COLLECTION FOLIO

Elsa Triolet

L'ÂGE DE NYLON

Roses à crédit

Gallimard

Ce petit roman, conte ou récit — comme vous voulez — est le premier d'un cycle intitulé L'âge de nylon. *Le XXᵉ siècle, comme tous les autres, depuis que le monde est monde, oscille entre son passé et son avenir, et, dans l'histoire que voici, la matière plastique est au fond des cavernes, le confort moderne asservit ceux qu'il devrait servir, les chevaliers croisent le fer pour la science... Il y a des rêves couleur du temps, de l'hygiène à la découverte... il y a la passion, stable comme notre planète vertigineuse... Tirés en arrière, propulsés en avant, pris entre la pierre et le nylon, les personnages que vous rencontrerez dans les pages qui suivent sont, comme nous tous, le résultat déchiré, déchirant de cet éternel état de choses. L'auteur a essayé de les cueillir au passage comme les enfants dressés sur leurs chevaux de bois attrapent des anneaux. Le manège continue à tourner, le récit qui suivra celui-ci court déjà après d'autres personnages.*

E. T.

I

UN UNIVERS BRISÉ

C'était cette mauvaise heure crépusculaire, où, avant la nuit aveugle, on voit mal, on voit faux. Le camion arrêté dans une petite route, au fond d'un silence froid, cotonneux et humide, penchait du côté d'un fantôme de cabane. Le crépuscule salissait le ciel, le chemin défoncé et ses flaques d'eau, les vagues d'une palissade, et une haie de broussailles finement emmêlées comme des cheveux gris enroulés sur les dents d'un peigne. Derrière, un gros chien, broussailleux lui aussi, de race indécise, traînait sa chaîne avec un bruit solitaire. Son long poil était collé par la boue du terrain, une boue tenace, où l'on distinguait la pointe d'un sabot d'enfant, englué. Cette boue retenait aussi une roue de bicyclette sans pneu, un seau, un pot de chambre, d'autres choses, indistinctes… Au fond, la cabane, comme une grande caisse vieille et sale, un assemblage de planches à échardes, clouées ensemble. Il n'y avait pas de lumière dans la fenêtre aux vitres étrangement intactes pour cet univers brisé. Il aurait été grand temps d'allumer les feux arrière du camion que la nuit finissait d'effacer sur son tableau noir, mais le siège du camion était vide. La seule chose vivante ici était la fumée couleur de crépuscule qui s'échappait d'un tuyau piqué dans le toit de la cabane, en tôle mangée de rouille.

Les six gosses apparurent au tournant, venant de la nationale. Ils parlaient à voix basse : « Il est encore là... — Qu'est-ce que c'est que ce mec ?... — Il est long alors, celui-là... — Tu as vu le numéro du camion ?... — Connais pas... — Qu'est-ce qu'on fait ? On ne va pas s'appuyer tout le chemin et retour... — Ta gueule ! — Moi, je m'en vais... » Une petite silhouette se détacha, rebroussa chemin. Les cinq autres continuèrent, traversèrent la haie... Tout de suite derrière, il y avait une sorte d'appentis, où étaient entassés bûches et fagots et l'on pouvait s'y cacher de façon à ne pas être vu de la maison. Le chien essaya de japper, reçut une tape, et se contenta de distribuer des coups de langue, dans un cliquetis de chaîne sur des pierres invisibles. Sans souffler mot, les gosses s'installèrent sur une poutre, comme des oiseaux sur un fil téléphonique.

Il faisait nuit noire quand la porte de la cabane s'ouvrit et un pas d'homme se dirigea lourdement vers le camion. Les phares... ils découvrirent les pierres du chemin, la boue, les flaques d'eau... Le camion démarra dans un grand bruit, emmenant ses feux arrière sans que les gosses aient pu voir le conducteur. Le silence se referma sur le tintamarre, comme l'eau sur une pierre. Les gosses ne bougeaient toujours pas.

Il se passa un bon moment avant que la fenêtre ne s'éclairât et que, sur le pas de la porte, n'apparût la mère : Marie Peigner, née Vénin.

— Amenez-vous, cria-t-elle dans le noir, vous allez attraper la crève !...

Ils sortirent de derrière les fagots. Marie les comptait au fur et à mesure qu'ils passaient la porte :

— Un, deux, trois, quatre, cinq... C'est encore Martine qui manque ! Elle veut ma mort, cette garce !

Les quatre garçons et la fille s'asseyaient autour de la table. Une lampe à pétrole, une suspension, se balançait dangereusement au-dessus de leurs têtes. Sur la cuisinière en fonte, chauffée au rouge, un pot-au-feu mijotait doucement, et cela sentait le feu de bois et la soupe. Les gosses avaient entre quinze et trois ans, tous pareillement les mains noires et crevassées d'engelures, le nez qui coulait et les cheveux tirant sur le roux. L'aînée, quinze ans, souffreteuse, avait une bouche aux coins tombants comme des moustaches gauloises. Les trois garçons qui la suivaient ressemblaient à trois grenouilles de bonne humeur, et seul le tout petit ressemblait à sa mère. Il avait plutôt de la chance.

Une petite femme aux cheveux crépus, en soleil autour d'un visage encore lisse, serein, le front bombé, le nez petit, et une bouche au sourire permanent. Ses six enfants lui avaient tiré sur les seins devenus longs et flasques, ça se voyait sous un chandail, jadis vert pomme. Un veston d'homme aux coudes déchirés et une jupe en coton. Nu-pieds, en savates. Il fallait qu'elle fût bien dure, pour, apparemment, ne pas souffrir d'être si peu couverte par un temps pareil. Elle servait le pot-au-feu à la ronde dans ces assiettes comme les épiciers en donnent en prime, à fleurs roses, toutes ébréchées et fêlées. Les gosses la regardaient faire, immobiles, muets, prenant leur mal en patience, l'œil sur la louche, comme les chiens qui attendent la soupe, assis sur le derrière. Ils eurent droit de se jeter dessus lorsque tout le monde eut été servi, la mère interdisait par des rappels à l'ordre sonores et expressifs toute velléité de faire autrement. Pendant un moment, on n'entendit que mastiquer et avaler. Les chiens bien portants sont gloutons et dévorants. La soupe était grasse, il y nageait de bons morceaux de viande et des légumes. Pour la deuxième tournée, car il y eut une deuxième tournée, la tension tombée, les gosses se mirent à jacasser, à piailler, à se jouer des tours... Ils s'agitaient même de plus en plus, et cela aurait fini par une raclée générale si un incident excitant n'était venu faire diversion : un rat monté par un des pieds de la table.

— Un rat ! criaient les gosses, pendant que le rat courait de-ci de-là entre les assiettes, les verres, les morceaux de pain, cerné de toutes parts par les enfants. Il se sentait perdu. Son poil avait pourtant cette couleur familiale, tirant sur le roux, qui était de mise dans la maison. Avec des pelades.

— Tapez ! criait Marie, mais tapez donc, bon Dieu !...

C'est l'aîné des garçons qui eut le privilège d'assommer le rat. Après lui, tous les autres tapèrent dessus pour le plaisir. Martine apparut, juste comme Marie, sa mère, tenant le rat crevé par la queue, ouvrait la porte pour le jeter au-dehors. Elle balançait le rat à bout de bras pour mieux le lancer, et Martine eut juste le temps de faire un bond de côté pour ne pas recevoir le rat en pleine figure. Il se trouva projeté au milieu de la cour. Martine s'adossa à la porte.

— Assieds-toi... dit sa mère, tu vas tourner de l'œil. Et mange.

— J'ai pas faim... — Martine allait vers la cuisinière rouge à fondre. — J'ai froid, dit-elle.

— Tu vas manger. — Marie souriait parce que son visage était mis en plis une fois pour toutes. — Il y a du pot-au-feu, tu vas te régaler. C'est le premier pot-au-feu comme il faut depuis la Libération.

Martine alla s'asseoir à côté de sa sœur aînée.

Ramassée sur elle-même, la tête entre les épaules, elle restait là, ses yeux noirs et sans éclat louchaient sur le lit ouvert, les draps qui pendaient, traînant sur le sol de terre battue. Outre la cuisinière, il y avait dans la pièce la place pour un buffet et une carcasse de fauteuil, tous ressorts dehors. La porte qui donnait sur la deuxième pièce était maintenue ouverte par une chaise au siège défoncé. Les gosses ramassaient avec du pain ce qu'il restait de jus dans leurs assiettes et commentaient l'incident du rat. Martine passa les deux mains sur ses cheveux qui pendaient en mèches noires et droites, des mains longues, claires, qu'elle appuya sur ses oreilles.

— Mange… dit sa mère.

Martine prit la cuillère et regarda la soupe dans l'assiette ébréchée et fêlée, les fleurs roses disparaissant au fond, sous le liquide, la couche épaisse de graisse, un morceau de bœuf, un os… Martine regardait la soupe et voyait aussi la table, les croûtons trempant dans le vin rouge renversé, les épluchures…

— Mange, dit sa sœur aînée à voix basse, tu vois bien que la mère est furibarde…

Martine enfonça la cuillère dans la graisse, la porta à sa bouche et s'écroula, la tête en avant, dans la soupe.

Il y eut un remue-ménage, comme pour le rat.

— Alors! criait la mère, bon Dieu de bon Dieu, vous ne voyez pas qu'elle est malade? Prenez-la sous les aisselles, je la prends sous les genoux… Allez! Robert! tu ne vois pas que ses pieds traînent? Ah, misère!…

On déposa Martine sur le grand lit défait.

— Ouste! cria Marie à tue-tête, et les gosses disparurent derrière la cloison, se bousculant dans la porte pour aller plus vite.

— Qu'est-ce que tu as, mais qu'est-ce que tu as, ma petite? répétait Marie penchée au-dessus de Martine. Martine ouvrit les yeux... elle se vit dans ces draps... elle vit le visage de sa mère, qui ne bougeait pas, son sourire une fois pour toutes... Elle serra les bras contre son corps, serra les genoux, serra les talons, les poings :

— Je veux m'en aller... dit-elle.

Au-dessus d'elle, le visage de Marie dans le halo de ses cheveux crépus ne changea pas d'expression.

— Je suis ta mère, dit-elle. Déjà la grande était absente pendant un an avec sa méningite tuberculeuse, j'ai pas pu les empêcher de l'emmener, vu qu'ils prétendaient que c'est elle qui a contaminé toute la classe. Mais toi... Tu n'iras pas au préventorium, tu n'as rien de malade, nulle part. Alors?

— La maman de Cécile me prendrait... J'apprendrais pour être coiffeuse...

Marie se mit à rire, sans que l'expression de son visage, de toute façon souriante, ne changeât, ni contredît son rire :

— Tu commenceras par te faire une permanente à toi-même? T'es malheureuse avec tes tiffes plats... Et les décolorer peut-être pendant que tu y es, pour ne pas dépareiller la famille... Sacrée Martine! Ça va-t-il mieux?

— Non, fit Martine. Je veux partir.

— Merde! cria Marie. Et puis tu vas rendre à Dédé ses billes. Tu les lui as encore fauchées! Une pie, voilà ce que tu es, une pie noire et voleuse, il te faut tout ce qui brille, je t'ai vue, de mes yeux vue, enterrer mon petit flacon d'eau de Cologne! Et le ruban de Francine, c'est toi qui le lui as barboté, c'est sûr!... Une pie! Une pie!

— Une pie ! glapirent les gosses, apparaissant dans la porte, une pie noire ! une pie voleuse !

Ils s'étaient peu à peu réintroduits dans la pièce, sautillant, criant. Tant d'événements les avaient déchaînés, ils étaient en transes, gesticulaient, faisaient des grimaces, tiraient la langue, lançaient bras et jambes à droite et à gauche. L'air, brassé, faisait se balancer la suspension, et les ombres trop grandes pour la pièce la remplissaient, dansant sur les murs et le plafond.

— Assez ! Marie distribua des claques, et les enfants disparurent à nouveau derrière la cloison.

Martine se glissa hors du lit et alla s'asseoir près de la cuisinière.

— Allez, fit Marie, assez de bêtises. Tu te feras coiffeuse ou ce que tu voudras, après l'école. La maîtresse dit que c'est à ne rien comprendre tant tu étudies bien. Dire que moi, ta mère, j'ai jamais pu apprendre ni à lire ni à écrire. Je ne suis pourtant pas plus bête qu'une autre. Et ta sœur aînée, c'est moi tout craché : à quinze ans, ni lire ni écrire ! Tu ne veux pas un peu de soupe chaude, dis, Martine ? Et viens me faire une bise. C'est le sang qui te travaille, ma fille, t'as déjà des petits seins mignons, et une jolie taille, et des petites fesses à croquer, coquine !… A quatorze ans !

Elle prit Martine dans ses bras, posa des baisers sonores sur ses cheveux noirs, ses joues blêmes, ses épaules. Martine se laissait faire, un corps sans vie, les narines pincées, les yeux clos. Un corps de fillette-femme, long et lisse. Sa robe de laine foncée, étroite et courte, semblait l'empêcher de bouger, de respirer. Marie la lâcha :

— Tu veux coucher avec moi ? Je te fais une petite place…

Martine se mit encore plus près de la cuisinière, à
se brûler :

— Je suis malade, maman, j'ai froid, je vais me
remuer, et je te réveillerai... Voici les billes à Dédé,
elles m'ont fait bien plaisir.

Elle tira deux billes d'une poche profonde.

— Garde-les, grosse bête... je lui donnerai autre
chose. — Marie fourra les billes dans la poche de
Martine. — Tu vas tout de même pas passer la nuit
près de la cuisinière, malade comme tu es, tu risque-
rais de tomber dessus...

— Je pourrais aller coucher chez Cécile...

Marie leva la main...

— Tu resteras à la maison ! D'ici que j'aille m'expliquer avec la coiffeuse... C'est déjà à cause d'elle et
de sa Cécile qu'on m'a pris ma grande et qu'on l'a
mise dans un préventorium ! Elle n'a pas besoin des
allocations, la coiffeuse, ça se voit, cela lui est égal
qu'on vous enlève vos enfants ! qu'on arrache une fille
à sa mère...

Marie peu à peu s'était remise à crier. Martine se
leva, adossa sa chaise au mur, en prit une autre, la mit
en face pour étendre ses jambes. Marie criait. A côté,
on n'entendait plus bouger les gosses : ils dormaient
dans le noir, ou préféraient se taire, vu que cela semblait vouloir se gâcher entre la mère et Martine.
Martine se demandait si Marie criait depuis très longtemps. Engourdie par la chaleur, elle ne l'écoutait
pas, et déjà Marie se calmait, quand, soudain, Martine
poussa un cri.

— Qu'est-ce que c'est encore qui te prend ?

Martine, levée d'un bond, ouvrait la porte : au-
dehors c'était la nuit noire, la lumière rouge de la suspension trop faible pour enjamber le seuil juste
capable d'éclairer la boue sur le pas de la porte.

Martine sortit… A tâtons, elle retrouva le cabas qu'elle avait laissé choir devant le rat au bout du bras maternel : «Pourvu qu'elle ne soit pas cassée! Oh! maman…»

Elle posa le cabas sur la table, et Marie, curieuse, s'approcha :

— Qu'est-ce que c'est?

Martine sortait du cabas un objet un peu plus grand que la main; il était enveloppé dans du papier de soie, très blanc. Délicatement, elle enleva le papier et une petite Sainte-Vierge apparut, adossée à une sorte de grotte en forme de coquille; devant elle, un enfant agenouillé. Des couleurs tendres, bleu ciel, blanc, rose. Marie balaya de la main la table, pour que Martine puisse y poser la Sainte-Vierge :

— C'est la coiffeuse qui te l'a donnée?

Martine fit oui de la tête, contemplant la statuette. A côté d'elle, Marie admirait.

— Elle me l'a ramenée de Lourdes… dit enfin Martine. Tu penses, si je l'avais cassée!… Elle est peut-être miraculeuse…

— Il n'y a pas de miracles, ma fille, c'est moi qui te le dis… Je vais éteindre, installe-toi, je te la mets sur le haut du buffet, pour que les petits ne la cassent pas.

— Attends, il y a un mécanisme… Je vais te le faire jouer.

Martine renversa la statuette et tourna la clef; elles écoutèrent en silence un mince, mince *Ave*, plusieurs fois de suite, dans le ravissement.

— Assez, dit enfin Marie, ne l'use pas tout de suite comme ça…

Marie grimpa sur une chaise et installa la Sainte-Vierge sur le haut du buffet. Martine regagna ses chaises à elle, la mère son lit.

La baraque, plongée dans l'obscurité totale, respi-

rait, ronflotait, traversée par le trottinement des rats…
Martine ne dormait pas : en cette saison, les nuits sont
longues, et comme on vivait selon le soleil, cela lui faisait trop d'heures dans le noir, elle ne pouvait dormir
autant. Alors, elle pensait au fils Donelle, Daniel, fils
de Donelle, Georges, l'horticulteur, qui avait des plantations de rosiers à une vingtaine de kilomètres du
pays. Daniel Donelle faisait depuis toujours partie du
monde familier de Martine, comme la forêt, l'église,
comme le père Malloire et ses vaches dans les prés, les
pommes et les poires en espalier dans le jardin du
notaire, le Familistère, les pavés de la rue Centrale, la
clairière verte de la forêt, qui était un marécage où
l'on pouvait s'enliser. Daniel avait des cousins dans le
pays, trois jeunes Donelle, fils de Donelle, Marcel,
horticulteur lui aussi, comme Donelle, Georges, mais
au petit pied. Tous les jeunes Donelle avaient un air
de famille, bien que leurs parents ne se ressemblas-
sent pas entre eux, pas plus que leurs enfants ne leur
ressemblaient. La jeune génération, sous-alimentée
pendant l'Occupation, était tout de même plus
robuste : les jeunes Donelle étaient de taille moyenne,
mais solidement charpentés, faits pour tenir longtemps, comme tout ce que bâtissent les gens de la
campagne, comme les murs, les clôtures… Ils avaient
la tête ronde, les cheveux coupés en brosse, ce qui en
accusait encore la rondeur, et de bonnes bouilles
rondes, toujours comme sur le point d'éclater de rire,
de se contenir pour ne pas pouffer, les narines fré-
missantes et les yeux plissés. Pour Martine, Daniel, le
fils du rosiériste, était le plus beau. Et c'était certainement le mieux bâti, le torse très développé et bien
campé sur des pattes qui manquaient peut-être d'élégance, mais pour la solidité ne craignaient personne.
Daniel faisait ses études à Paris où il habitait chez sa

sœur, Dominique, mariée avec un fleuriste, boulevard Montparnasse. Son hâle tenace, paysan, avait pâli après la première année scolaire, parisienne, mais revint avec les grandes vacances. D'ailleurs la guerre et l'Occupation avaient rapidement changé le cours des choses. Vacances ou pas, on voyait Daniel sans cesse au pays, soudé à son vélo, centaure 1940-45, faisant ses soixante kilomètres de Paris d'un seul coup de pédale, et s'il allait encore voir son père, cela lui en faisait vingt de plus. Pour un lycéen, il avait bien des loisirs : hiver comme été, sur la route ! mais par ces temps troubles, le lycée était peut-être sens dessus dessous comme tout le reste. Il était naturel que la sœur de Daniel, Dominique, la fleuriste, se nourrisse, et Daniel lui-même, et le mari de Dominique et leur petit, alors Daniel venait chercher des victuailles. Mais, en 1944, lorsque les Boches l'arrêtèrent pour vérification de papiers sur la route, ils trouvèrent sous le beurre et les œufs, dans le panier attaché au porte-bagages de son vélo, du matériel suspect : de l'encre d'imprimerie et des tampons vierges… Le maire du gros bourg, au-delà du village de Martine, là où il y avait la baignade, délaissée pendant l'Occupation parce que les Boches y venaient constamment avec des femmes sans vergogne, ce maire avait beau affirmer qu'il avait demandé à Daniel de lui rapporter ce matériel pour les besoins courants de la mairie, Daniel était à Fresnes et c'était moins une, lorsque vint la Libération… Daniel était condamné à mort avec ses dix-huit ans, sa force et son rire prêt à déborder. Il avait bien failli devenir un jeune martyr, mais ne fut qu'un jeune héros quotidien.

Or, ses cousins, trop jeunes pour collaborer, allaient quand même à cette baignade occupée par les Boches : ils aimaient se baigner. Et l'aîné aimait

aussi les vainqueurs, il s'exprimait là-dessus à haute et
intelligible voix. Cela ne lui porta pas bonheur, parce
que, soudain, il se dessécha, sa poitrine se creusa, et
il se ratatina, à vingt ans, comme un vieux, on n'a pas
idée. Il perdit toute ressemblance avec ses frères et
Daniel, et se rapprocha du père. Au village, on disait
qu'il avait attrapé quelque chose dans l'eau de la baignade, les Boches y mettaient un produit pour désin-
fecter, mais avec eux est-ce qu'on pouvait savoir, et ce
qui leur profite à eux n'est pas toujours bon pour les
gens de chez nous… Bref, si les deux autres cousins
se réjouissaient de la Libération, puisque tout le
monde en était heureux, et que de toute façon ils
avaient renoncé à «chercher à comprendre», l'aîné,
lui, quitta le pays. Il n'alla d'ailleurs pas loin : chez le
père de Daniel qui avait besoin de monde dans ses
plantations de rosiers, impossible de trouver quelqu'un, il fallait attendre le retour des prisonniers.

Quant à Martine, guerre ou pas, Occupation ou
pas, et d'aussi loin qu'elle pouvait se souvenir des
jours de sa vie, elle y trouvait l'attente de Daniel.
C'était ainsi depuis toujours. Sans la pensée constante
de Daniel, le corps de Martine se serait affaissé
comme un ballon troué, dégonflé, ridé, sans couleur… Donc, cela devait être pour toujours. Martine
vivait avec l'image de Daniel en elle, et lorsque cette
image se matérialisait, qu'elle voyait Daniel apparaître
en chair et en os, le choc était si fort qu'elle avait du
mal à garder l'équilibre. Martine sur ses chaises, dans
le noir, pensait à Daniel Donelle.

Le rougeoiement de la cuisinière faiblissait, il allait
s'évanouir… Martine ne dormait toujours pas, et elle
avait froid.

Elle s'était installée sur les chaises pour ne pas coucher avec sa mère, dans ses draps lavés deux fois l'an,

et dont Martine haïssait l'odeur. Mais rester toute une longue nuit sur deux chaises, quand on ne dort pas, c'est dur et c'est long. Elle se serait bien couchée sur la table, mais il y avait les rats qui aimaient s'y promener à cause des restes, on les entendait courir… Ils frôlaient Martine au passage, sans lui monter dessus. Martine, les yeux ouverts dans le noir, pensait à Daniel Donelle. En haut, à droite, il y avait une lueur… D'où venait-elle ? Martine cherchait machinalement un trou dans la tôle du toit, entre les planches des murs… Et soudain, elle eut peur : d'où venait cette lueur ? Si cela ne venait pas du dehors, alors… Peut-être y avait-il une grosse bête, les yeux brillants, prête à sauter… Comment tiendrait-elle si haut ? Un oiseau, alors ? Martine étendit le bras et, tâtonnante, tremblante, sa main trouva, derrière le tuyau de la cuisinière, les allumettes… Les yeux rivés sur ce qui brillait là-haut, elle en craqua une, et elle devina, plus qu'elle ne vit, la statuette de la Sainte-Vierge. Le choc qu'elle en éprouva fut presque aussi fort que celui qu'elle ressentait en rencontrant Daniel Donelle.

— Qu'est-ce que tu fous ? cria Marie, s'asseyant sur son lit.

— M'man… elle est lumineuse ! Martine pointait le doigt vers la statuette.

— Seigneur Dieu… — Marie poussa un soupir et se recoucha. — Ils vont me la rendre folle, cette gamine… D'ici qu'elle entende des voix…

L'allumette brûlait les bouts des doigts… La nuit se réinstalla, complète. Martine, les yeux ouverts dans le noir, les nerfs à vif, fixait la tache lumineuse et pensait à Daniel Donelle. L'insomnie était tenace, la nuit interminable… Il pouvait être neuf heures, dix peut-être… La mère ne devait pas dormir, elle non plus, parce que, soudain, elle dit :

— Après tout, tu peux aller coucher chez Cécile. J'y pense : le père est capable de rappliquer cette nuit, soûl comme toujours... Et avec toi dans les pommes pour un oui, pour un non, vaut mieux que tu sois ailleurs...

Dans le noir, Martine attrapa sa veste et se faufila vers la porte... Elle entra dans une autre nuit, pleine d'air, de pluie, traversa l'enclos boueux, courut dans le chemin, courut sur la grande route. Quelle heure pouvait-il bien être ? Et s'il était trop tard pour frapper chez Cécile ? Martine courait le long de la nationale... Une voiture la prit dans ses phares... une autre... Elle ne verrait l'heure qu'au cadran de l'église, et encore, si le clair de lune venait dessus... Mais aux premières maisons du pays elle se rassura : puisqu'il y avait encore de la lumière chez le père Malloire, il ne pouvait être bien tard. Les rues étaient vides, mais ici et là, il y avait de la lumière... chez le gazier... chez le notaire, sur la place, où, en retrait, se cachait l'église. Et même l'horloge, là-haut, dans le noir du ciel, se mit obligeamment à sonner. Sans hâte... dix heures ! C'était la limite... Martine arriva à la maison de la coiffeuse, derrière l'église, époumonée, haletante, un point dans le côté. Elle frappa à la fenêtre. La porte s'ouvrit et dans l'ombre où l'on devinait l'appareil de la permanente comme un arbre, et la lueur noire d'une glace, apparut la coiffeuse :

— Martine... C'est à cette heure que tu viens ! Il n'y a rien de cassé ?

— M'man m'a dit qu'elle aimait mieux que je file, vu que le père, il allait venir ce soir.

— Bon... entre, ma fille.

II

MARTINE-PERDUE-DANS-LES-BOIS

Le père... On l'appelait le père, bien que Marie
Vénin l'eût épousé quand elle avait déjà ses deux
aînées, de pères différents et tous deux inconnus. Le
mariage était le résultat de tractations entre le curé
du village — où Marie était née de parents qui travaillaient dans un équarrissage — et le maire du pays
qu'elle habitait maintenant : on disait que le maire
était le père de l'aînée des gosses ; on le savait coureur, or, il y a quinze ans, il n'y a pas à dire, Marie
était une fort belle fille, qui faisait courir les hommes.
Toujours est-il que le maire obtint du Conseil municipal qu'on accordât à Marie un terrain au bout du
village, derrière un rideau d'arbres. Il était entendu
qu'elle prendrait pour époux Pierre Peigner, le
bûcheron, et qu'ils s'arrangeraient tous les deux pour
cultiver ce terrain et y bâtir un pavillon qui ne dépa-
rerait point les abords du pays. Pierre Peigner était
travailleur, bien qu'un peu porté sur la boisson. Il
accepta la femme avec les deux gosses, dédommagé
par le bout de terrain et par Marie elle-même, toujours belle fille, avec ce sourire imperméable à tous
les soucis. Pierre Peigner reconnut les deux aînées,
tant il était épris de Marie, heureux d'avance de tout

ce que la vie allait maintenant lui apporter d'inat-
tendu, et le bien-être, et une femme bien à lui. Une
femme qui ressemblait à une grande fleur de soleil,
avec sa crinière dorée autour d'un visage hâlé et rond,
avec ce sourire perpétuellement au beau fixe, et un
petit corps robuste, d'une santé inoxydable comme
l'acier. Elle était coquette, et si elle se lavait rarement,
elle mettait une fleur dans ses cheveux jamais peignés,
un collier autour d'un cou-tige. Et quand sa voix portait loin des mots malsonnants, son visage restait
amène, les lèvres souriaient. Que pouvait-il rêver de
mieux, Pierre Peigner, enfant de l'Assistance ? De sa
vie, il n'avait été à pareille fête.

Pour commencer il bâtit une cabane en vieilles
planches, comme le font les bûcherons près d'une
coupe de bois, le temps de la coupe. Il se mit à défri-
cher le terrain, à bêcher, à semer et planter, et lorsque
le maire, qui venait de temps en temps faire une petite
visite aux jeunes mariés, lui a reproché que la cabane
ne fût pas bien réjouissante à voir, Pierre Peigner lui
dit avec indignation qu'il ne pouvait pas s'occuper de
tout à la fois, que ce n'était là qu'un début, qu'il fallait lui laisser le temps de souffler, que tout allait être
refait convenablement, avec de jolies couleurs, que
Marie planterait des fleurs, et que même, s'il voulait
savoir, il y aurait un jet d'eau et une allée avec du gravier.

Il y avait de cela des années. La première fois que
Pierre Peigner a surpris Marie avec un homme dans
leur lit conjugal, le rempailleur de chaises qui s'éter-
nisait au pays... Avec le temps, il s'était résigné, ayant
compris qu'il n'y avait rien à faire : il pouvait crier,
sortir son couteau, lever et abattre les poings, rien
n'aurait pu contrecarrer la passion que Marie avait
des hommes. Pierre couchait dans les bois et se sou-

lait. Il revint un beau jour pour annoncer qu'il voulait divorcer. Divorcer? Qu'est-ce que divorcer?
Défaire le mariage? Marie n'avait pas d'objection à
défaire le mariage, elle n'avait jamais tenu à se marier,
alors... Ils divorcèrent au grand étonnement de tout
le pays où cela ne s'était jamais vu. Après quoi, Pierre
Peigner revint chez Marie et continua à travailler le
bout de terrain et à rapporter à Marie l'argent qu'il
gagnait ici et là, faisant le bûcheron, ramassant les bet-
teraves. Mais il avait des idées sur l'honneur, et ne voulait pas que les gosses que Marie pourrait avoir por-
tassent son nom. Pour les deux aînées, il les avait
reconnues, c'était chose faite, mais ce n'était pas
pareil, c'était un beau geste, il n'était pas cocu pour
autant. Bref, Francine et Martine portèrent le nom de
Peigner, et tous les suivants furent des Vénin, comme
la mère. Néanmoins, pour les gosses, Pierre Peigner
était le père, et quand il rentrait, il fallait qu'ils filent
droit, c'est la mère qui l'exigeait, ils devaient le respect à leur père. Pour le reste... Marie attirait les
hommes à cinquante kilomètres à la ronde.

La baraque en vieilles planches ne devint jamais
une jolie maison, il n'y eut ni fleurs, ni jet d'eau, ni
gravier... En marge du village, derrière le rideau
d'arbres, dans une cabane sans eau ni lumière, avec
les rats qui passaient sur le visage des dormeurs, Marie
était heureuse dans les bras des hommes, et faisait des
enfants, comme une chatte.

Les enfants de Marie étaient des enfants bien élevés, bien sages et bien polis, ils ne manquaient jamais
de dire « Bonjour, Madame » ou « Merci, Monsieur »,
Marie n'aurait pas toléré l'effronterie autour d'elle.
Elle avait la main leste et dure, et les enfants étaient

habitués à faire ou à ne pas faire, selon ses ordres, et
à croire ses menaces de raclées qui jamais n'étaient
vaines. Il se produisait probablement dans la tête des
gosses la même chose que dans la tête d'un chien que
l'on dresse : lorsqu'ils s'abstenaient de faire ceci ou
cela ou, au contraire, lorsqu'ils faisaient une chose ou
une autre, ils obéissaient sans en savoir le pourquoi.
Pourquoi ils ne devaient pas faire leurs besoins à l'intérieur de la cabane, par terre, pourquoi il ne fallait
pas enfoncer des épingles dans le ventre du petit
frère, pourquoi les jours de fêtes il fallait toucher à
l'eau, se laver le visage et les mains, pourquoi il fallait
un beau jour aller à l'école et non ailleurs, pourquoi
il fallait quitter la maison quand les inconnus y
venaient voir leur mère, bien que ce qu'ils y faisaient
avec elle ne fût pas un secret. Affaire d'expérience
que tout cela — tel acte provoquait telle riposte — et,
bien sûr, il y avait des gestes encore inédits et spontanés, où la réaction de la mère était imprévisible et
étonnante. Il s'agissait de ne pas recommencer. Ainsi
de la première excursion indépendante que Martine
fit dans les grands bois environnants et qui se termina
par une fessée magistrale. Partie tôt le matin, elle
s'était perdue, et elle était restée dans les bois toute
la journée, la nuit qui suivit, le jour et encore la nuit.
Martine, cinq ans, dormait béatement sur la mousse,
au pied d'un grand chêne, pendant qu'une battue
monstre peignait les bois. C'est ainsi qu'elle avait
acquis une notoriété dans le village, où on ne l'appelait plus que Martine-perdue-dans-les-bois. Une drôle
de petite bonne femme, courageuse, deux jours et
deux nuits seule dans les bois ! Une autre, on l'aurait
trouvée épuisée de faim, de cris et de larmes, elle,
point du tout ! Quand elle a été réveillée dans le noir
par tous ces gens, avec des chiens et des lanternes, elle

a tendu les bras à l'inconnu penché sur elle et s'est mise à rire. On avait parlé de son aventure dans les journaux locaux, et même sur les journaux de Paris. La fessée qui suivit cet exploit, Martine s'en souviendrait ! Elle était mémorable, et ne parut pourtant que naturelle à Martine, comme toutes les autres claques et fessées reçues, inévitables de toute évidence, puisque les grandes personnes étaient plus fortes que les petites. Le pire était que les sévices se déclenchaient souvent de façon imprévisible, car pour Martine, tout comme pour ses frères et sa sœur, il n'y avait pas de lien de cause à effet. Comment Martine aurait-elle deviné que de se promener dans les bois et dormir sous un arbre entraînerait une pareille raclée ? Pourquoi la mère tout en la fessant pleurait-elle et riait-elle en même temps ? Tandis que les gens du village semblaient au contraire contents de ce qu'elle avait fait, et quand, avec ses cinq ans, traînant un cabas plus gros que sa petite personne, elle venait aux commissions, c'était souvent qu'on lui donnait une sucette, un fruit, une tablette de chocolat, et des sourires et des tapes amicales, des caresses. Elle était si gentille, si mignonne, surtout l'été, quand on lui voyait tout ce que le bon Dieu lui a donné, avec juste une petite culotte sur le corps, bronzée noir, déjà toute en jambes, et fessue avec ça ! Et ces mèches noires et plates qui pendaient droit autour d'un étrange petit visage, comme on n'en voyait point en Seine-et-Oise. Gentille, gentille comme un petit animal exotique, et réfléchie avec ça, sensée, une vraie petite femme ! Un jour de grande chaleur, lorsque sa mère lui avait ramassé toutes ses mèches sur le sommet de la tête, en chignon comme une dame, avec des épingles à cheveux, le village entier a ri, amoureux de cette Martine-perdue-dans-les-bois. De qui tenait-elle ?

On se mettait à rêver au père, on n'avait pourtant pas
souvenir d'avoir vu passer dans les parages quelqu'un
venant des colonies, un jaune ou un noir... De qui
tenait cette enfant?

Martine grandissait sans apprendre le pourquoi des
choses : elle ne comprenait pas pourquoi les draps
sales, la morve, les rats, les excréments la faisaient de
temps en temps vomir. Sa longue promenade dans les
bois s'expliquait par le fait que depuis toujours
Martine se sentait mal dans la cabane et avec la
famille, et cela même du temps où on y était moins
mal, où il y avait moins d'enfants, où Pierre Peigner
rentrait encore tous les soirs, apportait des seaux
d'eau, mettait des pièges à rats... Mais déjà de ce
temps Martine savait dire : «Ça pue!» et Marie et
Pierre trouvaient cela si drôle qu'ils faisaient répéter
à la petite : «Ça pue!»

Aussi connaissait-elle les bois et les champs comme
peuvent les connaître une taupe, un écureuil, un
hérisson : une taupe ne doit pas s'intéresser aux cimes
des arbres, ni un oiseau au sous-sol et Martine
connaissait dans les bois principalement la mousse, les
baies, les fleurs, puisqu'elle allait dans les bois pour y
dormir de jour, ne pouvant dormir la nuit, dans la
cabane ; qu'elle y allait pour manger ce qu'elle y trouvait de mangeable, puisque les soupes de sa mère, elle
les rendait ; elle y allait pour ramasser muguet,
jacinthes sauvages, jonquilles, fraises des bois, puisqu'elle était une de ces petites filles qui bordent les
nationales, avec des bouquets ronds et de minuscules
cageots. D'abord, elle gardait l'argent pour elle, mais
Marie avait rapidement appris ses occupations, et,
copieusement giflée, Martine comprit qu'il fallait rapporter l'argent à la mère. Par contre, Marie ne criait
plus que pour la forme, lorsqu'elle la voyait se laver à

l'eau glaciale du puits, frissonnante dans le soleil printanier sans chaleur, et s'enfuir aussitôt après : Martine rapportait de l'argent, il fallait la laisser faire à sa guise. Ce ne sont pas ses frères et sa sœur qui auraient été capables de trouver une source de revenus !

Martine ne leur ressemblait pas, et c'était peut-être pour cela qu'ils l'évitaient. Ils jouaient sans Martine, ne partageaient rien avec elle, et la traitaient si bien en étrangère qu'ils ne la taquinaient même pas, se contentant de lui reprendre les affaires qu'elle leur prenait. Martine ramassait tout ce qui brillait, tout ce qui avait de la couleur, ce qui était lisse et verni, billes, tessons de bouteilles, galets, boîtes de conserves bien lavées… En même temps, il lui arrivait de leur donner les jouets que la commune distribuait à la Noël, et que leur mère allait chercher à la mairie. Marie n'y menait pas les enfants : se donner la peine de les laver, les nettoyer et les voir quand même minables auprès de tous les autres, son orgueil ne le supportait pas. Elle distribuait ensuite les jouets à son idée, et lorsque Martine héritait, par exemple, d'un petit nécessaire de couture, elle le donnait aussitôt à Francine, son aînée, et ne demandait rien en échange. Francine savait coudre des boutons aux culottes des petits, elle savait moucher ses petits frères et leur donner des taloches, une vraie mère, même si elle n'avait jamais su apprendre ni à lire ni à écrire. Martine, à l'école, apprenait tout ce qu'elle voulait, sa mémoire était simplement fabuleuse, mais il aurait été vain de lui demander de donner la bouillie au plus petit, pendant que la mère allait aux commissions, la bouillie, elle l'oubliait… L'année où Francine allait déjà à l'école — et Marie avait naturellement compté sur Martine pour remplacer l'aînée auprès des petits — fut désastreuse. Martine n'avait pas plus d'esprit de

responsabilité que le plus petit des petits dans ses
langes, elle laissa les gosses s'ébouillanter gravement,
lâcher le chien qui ne revint jamais, noyer le chat dans
le puits… A vrai dire, à peine la mère avait-elle le dos
tourné que Martine s'enfuyait. Elle n'avait ni la fibre
maternelle, ni la fibre familiale, Marie aurait pu la
battre à mort que cela n'y aurait rien changé. Ce
n'était pas la peine d'insister. Il valait mieux l'em-
ployer à autre chose, à s'occuper des tickets, par
exemple, de ces maudits tickets auxquels Marie était
bien incapable de comprendre quoi que ce fût; on
pouvait l'envoyer à la mairie, avec ces nouveaux règlements allemands on ne savait plus où on en était…;
c'était elle aussi qui parlait à l'assistante sociale quand
celle-ci se présentait à la cabane pour des histoires de
Boches, ou de vaccinations, ou le préventorium…

Et toujours première en classe, tous les prix…
Tellement en avance sur les autres enfants que cela
creusait un fossé entre eux et elle. Pas qu'on la mal-
traitât, elle n'était pas le souffre-douleur de la classe,
elle ne restait pas seule dans son coin… Simplement,
elle ne formait pas corps avec eux, bien qu'elle jouât
et papotât comme tout le monde et Dieu sait si c'est
potinier, les petites filles, pleines d'histoires sur les
uns, sur les autres, et, avec la présence des Allemands
à R…, la petite ville voisine, elles avaient de quoi faire !
Dans le village même, il était rare qu'on les vît apparaître, les Allemands. Ils n'avaient rien à y faire, le village n'était intéressant ni du point de vue du ravi-
taillement, ni du point de vue de l'habitat, n'ayant
point de maisons confortables, de château, ou villas
avec salles de bains. Mais les villageois ne les voyaient
que trop à R…, où ils étaient bien obligés de se rendre
pour le marché, les affaires avec la Kommandantur,
les achats… Au village même, ils haïssaient les Boches

en toute tranquillité, leur opposant une résistance passive chaque fois qu'ils pouvaient le faire sans danger, ils n'aimaient pas beaucoup ça. Mais lorsqu'on rencontrait une femme du village avec un Fritz, elle le sentait passer du point de vue de l'opinion publique, le boycottage était total. En particulier, la femme d'un petit fermier : le curé y fit même allusion en chaire... Les enfants suivaient la vie du village de très près. C'étaient eux d'habitude qui prévenaient de l'apparition ou de l'approche des Allemands, ils couraient de porte en porte et les annonçaient... Aussitôt, tout se vidait, et c'était à travers des rues désertes que passaient des soldats en promenade, ou en patrouille... Mais le plus souvent, on les voyait en voiture, avant que les habitants aient eu le temps de s'enfermer. A la belle époque, ils fréquentaient les bois, et les enfants ne s'y aventuraient plus, on n'avait pas besoin de le leur interdire, la sainte frousse les faisait rester sagement dans les jardinets des maisons. Marie et les enfants, à l'orée des bois, s'enfermaient à double tour tous les soirs, et Martine se morfondait et pâlissait. Les fillettes de l'école brodaient là-dessus, elles s'imaginaient l'apparition des Boches devant la cabane solitaire, le carnage, et elles n'avaient pas tort, sauf que la solitude n'augmentait guère le danger... Bref, Martine n'avait pas à souffrir en classe, on ne la fuyait pas, on ne lui montrait pas d'antipathie... simplement de la voir lire une poésie une seule fois, et la réciter ensuite sans une erreur, ne jamais faire une faute dans la dictée, se rappeler toutes les dates historiques, cela avait quelque chose de confondant qui leur inspirait plus de crainte que d'estime, comme une anomalie.

Et pourtant, ce que Martine apprenait avec cette facilité surprenante ne l'intéressait point. D'une part,

elle ne pouvait faire autrement que de retenir les
choses, elles lui collaient à la mémoire, et d'autre part,
elle avait le goût du travail proprement fait, elle ne
pouvait supporter les bavures, les ratures et les pâtés
d'encre, les coins retournés des cahiers, des livres, lui
faisaient mal. Les siens étaient si bien tenus qu'on les
aurait crus tout neufs, sortant de la papeterie.

La maîtresse d'école était dans le pays depuis un
quart de siècle, et elle permettait aux enfants Peigner
et Vénin de faire leurs devoirs après la classe, à l'école,
parce qu'elle ne connaissait que trop bien Marie et la
cabane. Mais il y avait des moments où Marie disait
aux gosses : « Vous rentrerez tantôt, qu'est-ce que c'est
que ces façons de rester à l'école après la classe ! D'ici
là que j'aille dire deux mots à la maîtresse... » Alors,
rentrée dans la baraque, Martine devenait embê-
tante : elle prenait toute la place sur la table, y étalait
un vieux journal pour poser ses cahiers, et il ne fallait
pas que les petits s'avisassent de chahuter, de la pousser, de faire trembler la table... Martine faisait régner
la terreur, et si, elle, elle ne criait pas, elle avait la main
aussi leste et aussi dure que la mère. Du reste, elle faisait ses devoirs en un clin d'œil et se mettait aussitôt
dans un coin à ne rien faire, les yeux fermés, ou partait traîner dans les rues du village, par tous les temps
— les bois étant interdits, rapport aux Boches.

Ses cahiers et livres, elle les plaçait sur le haut du
buffet où ils semblaient le plus en sécurité. Le jour où
elle découvrit que les rats les avaient dans la nuit gri-
gnotés et déchiquetés... Martine posa le tout sur la
table et regarda les dégâts sans rien dire... mais
lorsque les trois petites grenouilles réjouies, ses jeunes
frères, curieux de constater ce que les rats avaient fait
aux cahiers, grimpèrent sur le banc et la table, et ren-
versèrent dessus une bouteille d'huile, alors Marie

elle-même prit peur : ah, il s'agissait bien de toute cette matière grasse perdue, quand on n'en aurait pas d'autre jusqu'à la fin du mois… c'était de Martine qu'il s'agissait, devenue folle à lier, la gosse ! Elle hurlait, trépignait, tapait des pieds, elle saisit un litre de vin et le projeta dans la direction des petits… c'est qu'elle aurait pu en tuer un ! telle était la force avec laquelle la bouteille alla se briser contre la porte fermée en toute hâte par les petits. C'était un extraordinaire déchaînement de désespoir et de rage. Enfin, Martine s'effondra haletante sur le lit de sa mère, et c'est tout dire quant à son égarement. Marie lui apporta un verre d'eau… Soudain, très calme, Martine se leva, prit ses cahiers et ses livres, déchiquetés et pleins de taches grasses, les déchira aussi menus qu'elle le put, et jeta le tout dans le feu de la cuisinière.

Elle qui n'était jamais en retard, elle arriva à l'école quand la classe avait commencé. Tout le monde la regardait : elle gagna sa place et dit calmement : «J'ai perdu mon cartable, avec tous les livres et les cahiers…» Elle était blême. La maîtresse, soupçonnant quelque drame dans la cabane — avec la Marie et Pierre Peigner on ne savait jamais — dit simplement : «Bon, je suppose que ce n'est pas ta faute… On tâchera de t'en procurer d'autres… Je continue la dictée… Qu'est-ce que vous avez à la regarder bouche bée, ça ne vous est jamais arrivé de perdre quelque chose ?… Continuons…»

La voisine de Martine, une petite blonde, Cécile Donzert, la fille de la coiffeuse, lui souffla : «Je t'en donnerai un, de cahier, d'avant-guerre, un beau… viens à la maison après la classe…» Ce fut là le début d'une amitié pour la vie.

III

LES FONTS BAPTISMAUX
DU CONFORT MODERNE

Mme Donzert, la coiffeuse, n'accepta pas d'emblée que sa fille fréquentât la fille de Marie Vénin. Elle sentait pourtant de la sympathie pour la petite Martine-perdue-dans-les-bois, depuis que celle-ci, encore avant-guerre, toute petite, était venue lui acheter une savonnette avec de l'argent soustrait à la caisse du muguet. Mme Donzert le lui avait, en fait, donné, ce savon à la violette que Martine longuement choisit, ce n'était pas avec les trois sous qu'elle lui tendait qu'elle aurait pu acheter quoi que ce fût, mais c'était pain bénit que d'introduire un savon dans la maison de Marie Vénin. Seulement lorsqu'il s'agit d'accueillir cette fille devenue grande, chez soi, à la maison... Mme Donzert, une catholique fervente et une brave femme, pensa que c'était son devoir d'aider la fille d'une pécheresse — cette malheureuse enfant qui étudiait si bien — à devenir une femme honnête malgré le milieu dont elle sortait. Il n'y avait rien à craindre pour Cécile, la plus sage, la moins cachotière des fillettes. Ce premier soir, Mme Donzert avait donné à Martine le beau cahier d'avant-guerre que Cécile lui avait promis, et l'avait gardée à dîner. Martine allait alors sur ses douze ans.

Depuis, en trois ans, elle était devenue comme la fille adoptive de la maison. Et même elle appelait Mme Donzert : «M'man Donzert», ce qui lui était venu tout naturellement et exprimait bien leurs rapports...

Mais à vous raconter tout cela, Martine est toujours à la porte du «salon de coiffure» de Mme Donzert, le soir où sa mère lui avait conseillé d'aller coucher ailleurs, vu l'arrivée possible du père. Martine avait frappé à la fenêtre, la coiffeuse avait ouvert et dit :

— Entre, ma fille...

La toute première fois que Martine avait pénétré dans la petite maison à étage de Mme Donzert, elle en avait perdu la parole pour la journée. Aucun palais des Mille et Une Nuits n'a jamais bouleversé ainsi un être humain, tous les parfums de l'Arabie n'auraient jamais, à personne, pu donner le plaisir intense qu'avait ressenti Martine dans la petite maison imbibée des odeurs de shampooings, lotions, eaux de Cologne. Lorsque Cécile s'était mise à ramener Martine de plus en plus souvent, et à insister pour que Martine restât manger et coucher, Mme Donzert avait imposé une règle : il fallait que Martine prît tout d'abord un bain. Mme Donzert se méfiait de ce qu'elle pourrait apporter de la cabane de Marie, bien que la petite semblât toujours bien propre, c'était même ce qui la caractérisait, cette netteté... Mais on ne prend jamais assez de précautions, vous voyez que les clientes du salon de coiffure attrapent des poux ?

Lorsque Martine vit pour la première fois la baignoire, et que Cécile lui dit de se tremper dans toute cette eau, elle fut prise d'une émotion qui avait quelque chose de sacré, comme si elle allait y être baptisée... «Le confort moderne» lui arriva dessus d'un

seul coup, avec l'eau courante, la canalisation, l'électricité... Elle ne s'y habitua jamais tout à fait, et
chaque fois que M'man Donzert lui disait : «Va
prendre ton bain...» elle éprouvait une petite émotion délicieuse.

Or, justement, M'man Donzert disait : «Cécile est
en train de prendre son bain... Ça va être ton tour.
Je vais vous monter une infusion quand vous serez au
lit. Assieds-toi donc!»

Martine s'assit sagement à côté de la coiffeuse,
devant la table de la salle à manger. Mme Donzert
épluchait un journal de modes. Ses mains potelées,
roses et blanches, tellement propres de toujours tremper dans l'eau avec les shampooings, tournaient délicatement les pages :

— Tiens, dit-elle, c'est joli ça... le petit tailleur. Il
t'irait bien... — Elle jeta un regard sur Martine : Ta
robe te serre que ce n'est pas convenable. S'il y en a
assez dans les coutures, il faudra l'élargir.

— C'est parce que je l'ai lavée, M'man Donzert,
elle a rétréci...

— C'est plutôt toi qui as gonflé, ma fille!

Cécile apparut dans un peignoir rose, toute rose
elle-même, avec les yeux pervenche de sa mère.

— Martine, dépêche-toi, on monte!

Les murs ripolinés blanc, le carrelage par terre, le
tabouret en tube métallique... Dire la délectation
avec laquelle Martine trempait dans l'eau chaude,
opaline de sels odorants... Elle était heureuse à en
avoir des frissons dans ses bras, ses épaules, le dos...
Elle savonnait une jambe, puis l'autre... minces,
longues, lisses... Sa peau était dorée, sans fadeur, avec
du sang là-dessous, riche. Elle était à cet âge exquis
où le corps de la femme est déjà entièrement ébau-
ché, et on a envie de crier à son créateur : «Surtout

n'y touchez plus, vous risqueriez de tout gâcher ! »
Mais le créateur continue, et, en règle générale,
abîme l'ébauche, gâche tout : il en met trop d'un côté
et pas assez de l'autre, il s'arrange pour déformer la
carcasse elle-même et elle perd la courbe qui en faisait le charme, la tête trop grosse, ou le cou trop court,
les genoux cagneux, les épaules aux oreilles... Sans
parler de toutes les parties molles où le désastre est
parfois total. A quatorze ans, Martine était à l'âge de
la perfection et du charme, ronde partout où il fallait
qu'elle le fût, le torse portant la rondeur des petits
seins, les bras encore minces et déjà ronds, le cou fort
et rond, et j'en oublie..., tandis que la nuque continuait tout droit la colonne vertébrale si bien que
Martine semblait ne pas savoir baisser la tête et, le
menton relevé, la tête immobile, faisait penser aux
femmes qui savent porter sur la tête un récipient plein
jusqu'aux bords d'un liquide. Elle marchait les
épaules rejetées en arrière, la tête haute, lançant ses
longues jambes qui faisaient valser ses jupes. Si cette
ébauche une fois terminée tenait ce qu'elle promettait, Martine serait une femme d'une grande beauté.

L'émail de la baignoire était lisse, lisse, l'eau était
douce, douce, le savon tout neuf faisait de la mousse
nacrée... une éponge rose et bleu ciel... Le globe lai-
teux éclairait chaque petite recoin de la salle de bains,
Martine récurait chaque petit recoin de son corps, au
savon, à la pierre ponce, à la brosse, à l'éponge, aux
ciseaux. Mme Donzert criait d'en bas : « Martine, tu
vas t'enlever la peau, à force de frotter... Assez ! » La
sortie de bain posée sur le radiateur était bleu ciel tandis que celle de Cécile était rose. M'man Donzert ne
lésinait pas sur le linge, on avait droit chez elle à des
serviettes propres tous les jours : avec la machine à
laver, une de plus une de moins... Ni sur les produits

de beauté, savons et sels, les représentants lui en laissaient à titre d'échantillons autant qu'elle en voulait.

Martine, ses cheveux noirs ramassés en chignon sur
le sommet de la tête, descendit l'escalier et alla se
mettre sur un petit canapé à côté de Cécile, devant le
feu. Cécile avait, elle aussi, les cheveux sur le sommet
de la tête, blonds et fins, comme ceux d'un nouveau-
né. Elles balançaient leurs pieds nus et bavardaient à
perdre haleine. Ces deux-là, jamais elles ne se disputaient, et jamais il n'y avait eu entre elles le moindre
nuage…

Soudain, Martine fit une pause :

— M'man Donzert, dit-elle, je suis folle ! J'ai oublié
de vous dire que votre Sainte-Vierge de Lourdes est
miraculeuse !

M'man Donzert était en train de verser la tisane :

— Ne divague pas, Martine, je déteste ça…

— Je vous jure, M'man Donzert, je vous jure
qu'elle dégage une clarté !

Mme Donzert posa les tasses sur un plateau :

— On monte, dit-elle.

Les deux lits jumeaux étaient faits. Des taies brodées de la main de Cécile, elle adorait broder…
Mme Donzert leur fit promettre qu'elles n'allaient pas
bavarder la moitié de la nuit, à leur habitude. Non,
juste le temps de prendre l'infusion… Et cette fois, ce
fut même sans prendre l'infusion qu'elles éteignirent.

— Tu vois ! Tu vois ?… chuchotait Martine.

Cécile voyait : sur sa table de chevet, sa Sainte-
Vierge à elle, pareille à celle de Martine, luisait doucement dans le noir.

— Qu'est-ce qu'on fait ? dit la voix angoissée de
Cécile, on appelle Maman ?

Elle courut nu-pieds à la porte :

— Maman, cria-t-elle, viens voir !

Mme Donzert montait l'escalier, elles entrèrent toutes les trois dans la chambre sans lumière : sur la table de chevet de Cécile, il y avait une tache claire.

— Voyons, dit Mme Donzert, qu'est-ce que c'est que ces diableries, voulez-vous allumer, au lieu de trembler comme des sottes.

Dans la lumière, la Sainte-Vierge s'éteignit, reprenant ses roses et ses bleus tendres...

— Ce sont des couleurs phosphorescentes, dit Mme Donzert, ce qu'on invente de nos jours ! Mais j'ai jamais vu de grandes sottes comme ça ! Je vous remonte l'*Ave*, couchez-vous et dormez.

Elle éteignit, ferma la porte : la tache lumineuse avait une mince, mince petite voix angélique. Martine et Cécile écoutaient, les yeux rivés sur la lueur.

— Moi, dit Martine, j'aime pas regarder les vers luisants de près... J'aime voir leur lumière verte sur l'herbe... Tu aimes le mot *phosphorescente* ?... Est-ce que tu sais ce que cela veut dire ?

— Ça fait rien... dit Cécile, c'est comme pour le ver luisant, j'ai pas idée pourquoi il luit...

— Une Vierge phosphorescente... phos-pho-res-cen-te... mi-ra-cu-leu-se...

Elles s'amusèrent un petit moment à répéter : phos-pho-res-cen-te... mi-ra-cu-leu-se... Puis elles se remirent à parler de Daniel. Il n'y avait pas de Daniel dans la vie de Cécile, d'un an l'aînée de Martine, jusqu'à présent elle partageait les émotions de Martine. Daniel était chez son père et se préparait au concours de l'École d'Horticulture de Versailles — on y recevait sans le bac, mais le concours était si difficile qu'il en fallait savoir plus que pour passer le bac, et avec des connaissances spéciales que le lycée, de toute façon, ne vous donnait pas. Pauvre Daniel, il appartenait à cette génération sacrifiée à la guerre... Au

lieu d'aller au lycée comme il l'aurait fait sans la
guerre, il avait appris ce que c'était que la lutte pour
la justice, et, maintenant, le voilà qui entrait dans la
vie avec ce handicap, tout ce temps perdu pour sa
réussite personnelle... Martine rapportait tous ces
propos, mot pour mot, du bureau de tabac, où elle
avait entendu le garde-champêtre pérorer devant le
zinc. Elle y était venue acheter des allumettes pour la
mère, et s'était attardée jusqu'à ce que cette teigne de
Marie-Rose, derrière le comptoir, lui eût demandé :
« Tu comptes coucher ici, ou quoi ?... »

Elles partirent dans des suppositions, et des divagations : comment, pourquoi Daniel pourrait revenir au
village maintenant que son oncle était mort et que les
cousins, pas seulement l'aîné, mais les deux autres
aussi, travaillaient chez Donelle père, à la pépinière.
Peut-être, en été, à la baignade ? Ça allait reprendre,
la baignade, puisque les Boches n'étaient plus là.
Martine, et, avec elle Cécile, fondaient de grands
espoirs sur la baignade pour faire revenir Daniel dans
le pays. Autrefois, on disait que Daniel couchait avec
cette affreuse, la femme du fermier, la Catherine,
mais maintenant c'était plus possible, tous les Boches
lui avaient passé dessus. Les petites employaient un
langage cru, elles ne le savaient pas, elles avaient la
grossièreté de l'innocence. Non, Daniel ne la baise-
rait pas après les Boches... Il n'y avait rien pour l'attirer au village. La baignade seule, peut-être, il fallait
attendre l'été, au mieux, le printemps. Elles parlaient,
elles parlaient...

IV

L'EMBRASEMENT

C'était la fin des études pour Martine, l'institutrice avait essayé de la persuader de continuer, avec le brevet supérieur, elle aurait plus de chances de réussite dans la vie... Non, Martine ne voulait pas en entendre parler et puisque M'man Donzert était d'accord, Martine resterait chez elle et y apprendrait le métier de coiffeuse.

Quand Martine se mettait quelque chose en tête... Maintenant qu'elle avait terminé l'école et qu'elle allait travailler au « salon de coiffure », sa mère n'avait plus rien à dire, c'était régulier. Mme Donzert vint en personne à la cabane et dit à Marie qu'elle aimerait prendre Martine en apprentissage : Martine serait, pour commencer, logée, nourrie et habillée, ensuite on verrait, selon ses dispositions... Elle aurait ses dimanches pour aller voir la famille. Mme Donzert, assise devant la table, dans la cabane, essayait d'avaler le café que Marie avait fait spécialement pour elle. Francine, l'aînée, revenait du sana. A la voir si pâle, la poitrine creuse, des rides comme une vieille, on pouvait se demander pourquoi on ne l'y avait pas gardée ? Elle tenait par la main le dernier-né, un petit frère qui ne savait pas encore marcher, les quatre

autres, des loques sur le dos à ne pas reconnaître ce
que cela avait bien pu être du temps où c'était neuf,
restaient à distance, épiant Mme Donzert avec une
curiosité intense. Sales à ne pas y croire, ils ne semblaient pas malheureux, et on ne pouvait que rire en
les regardant, tant ils étaient drôles avec leurs faces de
grenouilles réjouies. Jamais Mme Donzert n'avait vu
pareil intérieur, une poubelle était un jardin parfumé
à comparer à ce lieu. Martine, la malheureuse enfant,
ne lui en fut que plus chère. Et la cour, alors, ou plutôt l'enclos… Marie et la marmaille accompagnèrent
Mme Donzert jusqu'au portillon que, de toute évidence, on ne fermait plus depuis des années, il était
à moitié enfoncé dans la terre, l'herbe, les cailloux.
«Fais bonjour à Madame…» disait Francine au tout-
petit, qui avait suivi le mouvement, accroché à sa jupe,
mal assuré sur ses jambes potelées et, soudain, assis
sur les fesses nues dans la poussière de l'enclos. Il
remua une petite main minuscule dans la direction
de Mme Donzert. Un chien broussailleux vint tout
joyeux lécher le visage du petit qui s'agrippa à sa
patte… Mme Donzert sortit de cet univers, toute bou-
leversée.

   « C'est entendu, dit-elle à Martine, ta mère m'auto-
rise à te prendre en apprentissage. Tu pourras aller
lui dire bonjour le dimanche… » Et elle monta se
changer.

   C'est ainsi que Martine passa d'un univers à l'autre.
Elle faisait maintenant de droit partie de la maison de
Mme Donzert, du ripolin, linoléum, chêne clair,
savons et lotions.

   La coiffeuse était veuve. Une photo agrandie de son
mari occupait la place d'honneur au-dessus de la cheminée. Il était menuisier dans le pays et gagnait bien
sa vie. Parisienne, elle avait d'abord souffert de se

trouver comme ça dans la paix des champs, mais vint
Cécile, et elle s'était habituée à ce calme. Après la
mort de son mari, elle avait vendu l'atelier qui se trouvait à quelques pas de la maison, remis à neuf son
salon de coiffure, fait venir un appareil moderne pour
la permanente, si bien que même les Parisiennes en
villégiature venaient se coiffer chez elle, et même des
personnes de R..., du château. Pendant les mois de
vacances, le salon ne désemplissait pas et l'aide de
Martine n'était pas de trop. Dès ce premier été, elle
avait appris à faire le shampooing sur les têtes de
Mme Donzert et de Cécile, mais Mme Donzert ne prenait pas de risque, et elle laissait Martine d'abord s'ha-
bituer au salon, à la clientèle, lui faisant balayer les
cheveux coupés, nettoyer et astiquer émail et nickel
— et dans l'astiquage Martine se révéla inégalable —
il fallait voir comment tout cela brillait ! Elle savait
aussi sourire à la clientèle, silencieuse et affable,
habillée d'une blouse blanche, plus blanche encore à
côté de ce teint d'or, de ces cheveux profondément
noirs, avec un gros chignon lisse dans le cou, et à
quinze ans, ce chignon de femme avait quelque chose
de particulièrement séduisant. Elle était nette et
sans bavures. Mme Donzert, qui croyait faire une
bonne action, avait fait une bonne affaire. Cécile
tenait le ménage, faisait la cuisine, elle n'aimait pas
s'occuper du salon, et allait suivre des cours complé-
mentaires à R... : il lui fallait le brevet supérieur, si
elle voulait ensuite apprendre la sténo-dactylo à Paris.
Mme Donzert faisait des affaires d'or ; elle dut installer un deuxième lavabo pour les shampooings et
acheter un autre séchoir. Bientôt, elle fut obligée de
confier à Martine même les permanentes, sinon la
coupe... et Martine se débrouillait fort bien.

Tous les mois, Mme Donzert se rendait à Paris. Il

lui arrivait de rester coucher chez une cousine à elle.
Il fallait bien qu'elle y allât pour renouveler les stocks
du salon, et acheter ce dont ses filles et elle-même
pouvaient avoir besoin. Elle disait et pensait — mes
filles, au pluriel, ne distinguant plus entre elles, les
habillant souvent pareil, admirant autant sa petite
blonde-tendre que Martine. Cécile ressemblait à sa
mère, sauf qu'elle était toute mince, mince comme
sa mère avait dû être à son âge, tandis que maintenant Mme Donzert était plutôt grassouillette, gourmande et n'aimant pas se priver. Et elle et Cécile
étaient des cordons bleus. Aussi le nez fin et court de
Mme Donzert faisait-il menu entre ses joues pleines,
et les lunettes qu'elle devait malheureusement porter
n'y prenaient guère assise. Cécile avait les yeux pervenche de sa mère, mais sans lunettes, et ses beaux
cheveux cendrés, pour ne pas dire filasse. Bref, tous
les éléments étaient réunis pour que, après trente ans,
elle ressemble à sa mère point par point, ce qui n'était
pas désagréable comme avenir, mais pas du tout le
genre Ophélie qu'elle avait maintenant, romanesque,
fluette et virginale.

On commençait à oublier l'Occupation, on s'habituait si bien à la Libération que le bonheur devenu
quotidien ne se ressentait plus guère. Le retour de
l'essence et la disparition des tickets... pour le reste,
on y comprenait encore moins que pendant la drôle
de guerre, c'était sûrement une drôle de paix, à croire
que les Boches avaient gagné la guerre, les collabora-
teurs reprenant du poil de la bête à n'y rien comprendre, même quand on n'essayait pas trop, et on
tombait constamment sur des surprises, les prisonniers de retour de là-bas n'étaient pas contents, le

charron ne retrouvait pas sa clientèle qui lui avait été prise par celui de R..., un collaborateur pourtant, le pharmacien avait eu du mal à déloger de la pharmacie son remplaçant... Il y avait partout de l'amertume... Mme Donzert et les deux filles disaient comme tout le monde, pestaient et râlaient, mais, somme toute, cette sorte de déboires collectifs n'avait pas de prise sur elles, de la pluie sur un imperméable.

Cécile avait un petit amoureux qui, lui aussi, allait à R..., pour son travail, et ils faisaient tous les jours le chemin ensemble, en car ou à pied. Mme Donzert trouvait qu'ils étaient trop jeunes pour se marier, ce qui était vrai. L'amoureux avait dix-huit ans et était compagnon chez un maçon, mais les parents avaient de quoi, son père était entrepreneur maçon. Le petit devait apprendre le métier pour être patron : c'est indispensable pour savoir ensuite faire faire le travail aux autres. Cécile avait le droit de fréquenter Paul.

Martine n'avait pas d'amoureux, elle pensait à Daniel et continuait à vivre dans l'attente, les yeux aux aguets chaque fois qu'elle sortait dans la rue. Elle n'avait pas eu à attendre la reprise de la baignade. Tout d'abord Daniel avait fait des visites régulières chez le docteur Foisnel : être condamné à mort à dix-huit ans, cela vous secoue l'organisme. Deux fois par semaine, Daniel venait chez le docteur pour des piqûres et il rencontrait toujours sur son chemin, à l'entrée du village, assise sur une borne, Martine-perdue-dans-les-bois. Ce n'était pas sorcier de deviner pourquoi elle était là... Pourtant, Daniel passait sur son vélo, avec un sourire dans sa direction et même pas un bonjour. Pour le retour, il arrivait à Martine de le rater, ou le docteur le gardait à dîner, ou il filait sur Paris... À le voir comme ça sur son vélo, on n'aurait pas cru vraiment qu'il avait besoin de piqûres !

Changé, c'est vrai, un homme, mais toujours robuste, comme il l'avait été gamin, avec sa tête ronde et les cheveux en brosse. Les traits pourtant accentués, il avait toujours cet air de contenir un rire intérieur, qui faisait frémir les narines, mais ne gonflait plus des joues qui avaient perdu toute rondeur... Il était net, luisant et solide, comme sa moto neuve — car bientôt il eut une moto — en été juste un short sur le corps, en hiver un cuir et des bottes... Martine l'entendait venir de loin sur la route, et c'était merveilleux et effrayant.

En été, le promis de Cécile avait beaucoup de travail, toujours sur un chantier ou un autre, et elles allaient à la baignade toutes les deux, sans garçons. Naturellement, là-bas, elles en rencontraient, mais on les savait sérieuses et personne ne leur manquait de respect, on chahutait, on rigolait ensemble, il n'y a pas de mal à ça.

La baignade se trouvait entre R... et le village : c'était un étang assez grand, étiré en longueur, en plein dans les bois, mais se continuant d'un côté par un pré vert. La municipalité de R... avait fait construire des cabines, et des planchers à différents niveaux, permettant d'y venir avec les enfants ; quant aux adultes, ils avaient presque tout l'étang pour nager. Du côté où la baignade était interdite, parce que dangereuse, somnolaient des canots, s'enfonçant lentement dans l'eau, des pêcheurs immobiles attendaient, suspendus à leurs lignes. Pendant les vacances, surtout le dimanche, la baignade et ses approches étaient envahies. Des voitures arrêtées, des tentes de campeurs, des gens qui mangeaient sur l'herbe, leurs chiens qui couraient ici et là, gambadaient et faisaient connaissance.

On pouvait aller au bal à R..., il y avait un dancing

en plein air, mais Mme Donzert ne voulait pas que les
petites y allassent seules, elles n'y avaient droit que si
elle pouvait les y accompagner elle-même, ou la pharmacienne, une femme sérieuse. C'était mélangé là-
dedans. Une fois l'an, pour la fête du pays, la Sainte-
Clarisse, c'était la grande bringue : le Syndicat
d'Initiative de R... avait repris les traditions aban-
données pendant l'Occupation, avec bal sur la place,
baraques, retraite aux flambeaux... Il y eut des inno-
vations : embrasement du château historique au fond
d'une vaste cour d'honneur, un château auquel on
était si habitué qu'on ne le remarquait plus, et qui
devenait, dans cette robe de bal qu'on lui mettait
pour un soir, solennel, somptueux et inaccessible derrière sa grille forgée. Chaque pavé de la cour dessiné
avec netteté, des ombres profondes arrondissant les
tourelles avancées, et là-bas, au fond de la cour, le
corps de logis principal en briques avec chaînage de
pierres, un double rang de colonnes surmonté d'un
fronton au milieu... Les indigènes, estivants et tou-
ristes, accrochés à la grille, regardaient longuement
l'apparition lumineuse... Puis, le tir, le bal, les lote-
ries prenaient le dessus. L'autre innovation du
Syndicat d'Initiative était, depuis l'été 1946, l'élection
de Miss Vacances au cours du bal : un jury, élu séance
tenante parmi les personnalités de l'assistance, s'était
trouvé composé d'un châtelain — pas celui de ce château historique là, mais d'un autre non moins historique — d'une vedette de cinéma, qui avait acheté
une ferme aux environs de R..., d'un membre du
Conseil municipal de R..., d'un des députés du dépar-
tement qui soignait sa popularité, etc. Mais il n'y avait
pas de candidates ! Les filles de R... et d'ailleurs ne
rêvaient pas de monter sur l'estrade à côté de l'orchestre, et ce furent les membres du Syndicat

d'Initiative qui allèrent les pêcher parmi le public…
Elles protestaient, ne voulaient pas y aller. C'est ainsi
que Martine, traînée de force, se trouva parmi
d'autres, auprès du jury souriant, et devant un public
riant, sifflant et applaudissant chaque nouvelle candidate qui apparaissait là-haut… Elles étaient là une
dizaine, petit troupeau apeuré et gauche, ne sachant
que faire de leurs membres. La grosse caisse et les
cymbales battaient et sonnaient, et chacune des candidates malgré elles devait sortir du rang et faire
quelques pas sur l'estrade, accompagnée des commentaires du speaker à son micro, qui ne cessait pas
de parler, on eût dit une bobine de fil qu'on a laissé
tomber et qui se déroule sans fin… Le public, ravi de
la nouveauté du jeu, s'amusait énormément, et les
garçons au fond de la salle faisaient un chahut qui
couvrait caisse et cymbales, lorsque les filles qu'ils
connaissaient depuis toujours apparaissaient l'une
après l'autre dans les feux de la rampe, étranges
comme le château embrasé. Martine l'emporta de
haute main. Elle avait une robe blanche, une jupe plis-
sée qui valsait autour d'elle, à cause de cette
démarche qu'elle avait, la manière de lancer en avant
ses longues jambes, et le reste du corps immobile et
droit comme si elle portait sur la tête un récipient
plein de liquide. Sans fards, ses traits se dessinaient
nettement de loin, la ligne horizontale des sourcils,
de la bouche, la ligne verticale du nez droit, du front
droit… Les cheveux collaient à la petite tête et s'en-
roulaient sur la nuque — Martine les avait coupés
malgré les protestations de Mme Donzert…
Mme Donzert et Cécile, dans la salle, regardaient
Martine, bouleversées, émues, le cœur battant. Cécile
n'était ni envieuse ni jalouse, pourtant Martine
éprouva comme un soulagement confus lorsque

Cécile et Paul, son amoureux, eurent le premier prix du *slow*, sur quinze couples concurrents. Mais le comble de cette soirée inoubliable fut la rencontre…

Ce fut à la sortie, tard, comme Martine, seule à la grille devant le château embrasé, attendait le pharmacien qui devait les ramener au village et cherchait sa voiture, pendant que sa femme et Mme Donzert, plus fatiguées de regarder danser les filles que si elles avaient dansé elles-mêmes, s'étaient assises quelque part, sur un banc, et que Cécile était ailleurs avec son amoureux… Cela arriva au moment même où l'embrasement s'éteignit : la silhouette de Daniel surgit dans la nuit revenue, à côté de Martine… Il avait comme toujours sa moto à la main, il souriait. La nuit était profonde, veloutée, sous un ciel noir et étoilé :

— Martine, dit-il tout bas, je me perdrais bien dans les bois avec toi…

— Martine ! criait-on. Martine ! où es-tu ? On t'attend !

Daniel enfourcha sa moto, leva le bras en signe d'adieu… La moto fila dans un bruit de tonnerre de Zeus.

V

LA CORRIDA DES JEUNES

Avec toutes ces maisons paysannes arrangées par les Parisiens, et le camping qui s'est monté en haut de la colline, le village prenait maintenant chaque été un peu plus « le genre Saint-Germain-des-Prés », comme disait Mme Donzert, la Parisienne, ce qui n'expliquait rien ni à Martine, ni à Cécile. Mais elles n'avaient pas besoin d'explications, elles savaient mieux que M'man Donzert que ces garçons de Paris n'avaient pas de savoir-vivre, se croyaient, étaient mal embouchés, gueulaient, et ne distinguaient pas l'orge de l'avoine. Eh bien, si c'était ça, les Parisiens, les gars du village, auprès d'eux, étaient de gentils animaux domestiques ! Et les filles ! dévêtues, dépeignées, déchaussées, bref, débraillées, bien qu'elles n'eussent sur leur peau bronzée qu'un cache-sexe et un cache-seins ! Mais il suffisait d'un mouchoir de coton, fripé, noué de travers autour du cou pour leur donner cet air-là. Pour tout dire, une génération qui faisait le malheur de ses parents, disait Mme Donzert à son amie, la pharmacienne — pharmacienne par mariage, ce n'était pas elle qui avait fait des études, mais son mari — qui, elle, disait que cette génération ne faisait pas plus le malheur de ses parents que n'importe quelle autre, et n'était pas tout d'un, non plus. Et si tous ces jeunes se promènent nus, c'est à cause du progrès de la médecine, regardez-les, s'ils sont bien portants, grands et bien fichus… Avec les jus de fruits, les vitamines…

— On n'a pas besoin de se mettre nu pour avaler des vitamines, disait Mme Donzert.

— Non, mais quand vous êtes nus, elles agissent mieux.

— Tu diras peut-être que Cécile et Martine se portent mal ? Je ne te fais pas gagner beaucoup d'argent, à la pharmacie, et c'est sans regrets !

— Tu parles comme grand-mère, quand elle voit tes filles se promener sans chapeau au soleil, c'est elle qui prend un coup de sang ! Maintenant, on laisse parler la nature. Et il n'y aura pas de drame quand Cécile ou Martine te ramèneront un gosse… Mais ne te fâche pas ! Tu sais bien que lorsqu'on est femme de pharmacien, on exprime les choses simplement…

Martine et Cécile pouvaient difficilement sortir, tant il y avait de travail au salon de coiffure et à la maison, ce n'était guère que le dimanche qu'elles allaient faire un tour du côté de la baignade, après six heures, à la fraîcheur. Martine emportait avec elle l'espoir tenace de rencontrer Daniel. Depuis deux ans, elle se nourrissait encore de cette vision, la nuit, près du château qui s'éteignit à son apparition, comme on souffle une bougie… « Martine, j'aimerais me perdre dans les bois avec toi… » Depuis, elle l'avait vu quelques fois traverser le pays, s'arrêter chez son ami, le docteur, qui ne lui faisait plus de piqûres… Il n'apparaissait pas plus souvent en hiver qu'en été, il travaillait beaucoup à la pépinière, chez son père, et il passa brillamment son concours pour entrer à l'École d'Horticulture… Il allait donc partir pour Paris tout

à fait. Martine avait ses informateurs : la pharmacienne qui savait bien des choses par le docteur, et
aussi Henriette, la petite bonne de ce dernier, avec
laquelle Martine avait été en classe, et qui se
débrouillait pour savoir des choses, avec délectation.

Du haut du clocher carré, gris, l'heure dégringolait
au ralenti, sans hâte, dorée par le soleil comme les
aiguilles de l'horloge. Six coups tombèrent dans la
caisse du village qui les garda pour elle, dans la douceur des collines boisées. Il n'y avait pas de Daniel
Donelle parmi ces femmes en pantalon, ou, pis
encore, en short, les fesses tendant l'étoffe à craquer,
et des chaussures à talons, c'était risible… venues faire
leurs commissions du camping, traînant derrière
elles, au bout du bras comme au bout d'une laisse, un
gosse ou deux, nus et marron de soleil, traînant de
leur côté une poupée, un ours, un jouet sur roues.
Coop, Familistère, boucher, quincaillier, partout c'était
plein. Les deux filles sortirent du village. Derrière le
cimetière, les champs étaient traversés par une route
déjà agréable à cette heure-ci. Elles se mettaient bientôt à longer une petite rivière, pittoresque en diable,
il y avait même une sorte de gorge entre les collines,
rondes et douces comme les mamelles des vaches qui
y paissaient dans les prés… Ensuite, ruisseau et chemin entraient dans la grande forêt. Juste à l'orée, on
découvrait un petit château qu'on ne pouvait voir de
la route, le parc clos de murs. Du terrain de camping
au-dessus, sur la colline, venait le grondement d'un
haut-parleur et à sa suite de la musique qui se délayait
dans les airs, comme du sirop dans trop d'eau. C'était
de là qu'arrivait probablement aussi la bande de
jeunes garçons et filles, dévalant la colline avec des
cris sauvages… Martine et Cécile, sans se concerter,
se jetèrent dans les buissons, comme devant une

meute de chiens méchants. Le cœur battant, elles les regardaient passer, suants, grimaçants, sifflant, criant, hurlant... Attirés par le mur du château, elles les virent se faire la courte échelle, et — mon Dieu ! — c'était Henriette qui était là-haut sur le mur, lorsque y apparut la gueule ouverte d'un berger allemand qui devait sauter à la hauteur du mur... Henriette fit si vite pour descendre que ses jupes couvrirent les têtes des deux garçons qui la tenaient, et que toute la pyramide s'écroula par terre. Il n'y eut rien de cassé, et la bande s'enfonça dans la forêt avec des hurlements.

Les deux filles sortirent de leur cachette. Mon Dieu, cette Henriette ! Cela finira mal, sûrement. Elles sortirent des buissons et continuèrent à marcher, se disant qu'elles n'auraient pas dû mettre leurs ballerines neuves, le chemin étant poussiéreux par cette chaleur, et il y avait beaucoup de promeneurs allant tous dans la même direction, celle de la baignade, de la fraîcheur. Elles dépassèrent une grappe de gosses qui faisaient exprès de remuer la poussière, la mère, enceinte, poussait une voiture vide, et le père portait le petit qui s'égosillait. C'était dimanche. « Des papiers gras... » dit Martine avec dégoût. Et, en effet, tout le long du ruisseau, sous les arbres, il y en avait, de ces p. p. c. laissés par les pique-niqueurs sur l'herbe écrasée, avec, à la suite, des traces de roues. Le ruisseau allait jusqu'à l'étang dans lequel il se jetait.

Il y avait un monde ! Du côté de la baignade venaient des cris, des rires, des ploufs ! L'étang brillait à terre comme une coulée de métal chauffée à blanc, avec des rougeurs du soleil couchant. Des pêcheurs immobiles, au milieu de l'eau, là-bas, loin... des bateaux toujours à s'ennuyer dans les roseaux, à moitié submergés, à attendre qu'on leur fiche la paix, que tout redevienne calme... Des voitures se reposaient

sur la berge, les gueules des radiateurs grandes
ouvertes, cherchant le frais, c'était tout juste si elles
n'avaient pas une langue pour la faire pendre comme
les chiens qui couraient ici et là, essoufflés par la chaleur et l'excitation. Des remorques, des caravanes
dodues et confortables, se tenaient entre les arbres, il
y avait quelques tentes d'un orange tout neuf, et,
devant, des sièges et des tables légères, des gens en
peau bronzée... Martine et Cécile s'assirent sur un
énorme tronc d'arbre, soulevant leurs jupes. En face,
là où s'étalait le petit pré tout vert, et où il était inter-
dit de camper, paissaient les vaches du père Malloire.

Soudain, sortant de la baignade, des jeunes gens en
slip, des jeunes filles, juste avec un petit quelque chose
sur le corps, surgirent dans le pré parmi les vaches...
C'était la même bande !... sûr... voilà Henriette ! Elle
est folle, folle à lier ! Assises sur leur tronc d'arbre,
Martine et Cécile assistèrent à la corrida qui se dérou-
lait maintenant de l'autre côté de l'étang... « C'est les
vaches du père Malloire, dit Martine, pourvu qu'ils n'y
touchent pas, cela donnerait du mauvais... »

Justement, trois ou quatre garnements étaient en
train de se hisser, du moins d'essayer de se hisser sur
le dos des bêtes... Parmi les cris, les mugissements et
les ruades, les chutes, apparurent le père Malloire et
son fils, un gaillard comme le père... Du coup, les
bords de l'étang se couvrirent de monde, des gens du
dimanche, les mouillés, les en sueur, les poussiéreux
de la route, les élégants, les messieurs à lunettes
noires, la cravate dans la poche, des motocyclistes, et
des cyclistes tout court, avec des filles, celles qui sur la
route s'agrippent derrière eux, jambes écartées, les
bras autour de leur homme... espadrilles, sandales,
daim blanc... les enfants pieds nus... sortis de la baignade, des tentes et remorques, de derrière les arbres

de la forêt... Dans le pré, tout le monde gueulait, mais on pouvait distinguer entre toutes la voix du père Malloire. Voilà que d'un coup de poing il avait envoyé à terre un des garçons de la bande, mais les promeneurs avaient beau lui crier de l'autre côté de l'étang pour le prévenir, c'est à quatre qu'ils lui sautèrent dessus, de dos, pendant que le fils se colletait avec un autre... Quelqu'un du pays partit à moto chercher les gendarmes, mais je t'en fiche, tout s'était passé si vite que personne n'eut le temps d'intervenir, et que la bande décampait déjà à toutes jambes, laissant le père Malloire et son fils sur le terrain...

Martine et Cécile, nerveuses, attendirent pour rentrer que la famille, avec sa grappe d'enfants et la voiture du tout-petit, eût repris le chemin du village. Comme cela aurait été beau si Daniel était apparu pour les défendre lors d'une attaque de ces voyous... Cécile, elle, en froid avec son Paul, qui commençait à trouver le temps des chastes baisers un peu long.

— Trop de vitamines, disait le lendemain Mme Donzert, ironique, à la pharmacienne, vos mangeurs de vitamines sont de futurs assassins, s'ils n'en sont pas déjà... Comment va le père Malloire?

— Deux côtes cassées... Il est fou de rage et ses vaches n'ont plus de lait. Si jamais les autres revenaient, je ne donne pas cher de leur peau... On en a pris deux à l'arrêt du car : ce sont des Parisiens, des mineurs, des garçons de bonne famille. Le fils d'un avocat et le fils d'un rentier !... Tous les deux probablement soûls et morts de peur. Même pas des campeurs, ils n'avaient rien à faire dans le pays. Ils sont venus dans une voiture « empruntée »...

— Emboutie de tous les côtés, dit le pharmacien apparaissant dans la porte de l'arrière-boutique où il était en train de faire des mixtures. Ça ne sait même pas conduire ! Un danger public…

— Tu vois ! triompha Mme Donzert, ton mari pense comme moi ! Et c'est la faute des parents qui leur passent tout, qui ne savent pas les élever.

— Des fascistes, reprit le pharmacien qui détestait ce pays, où on lui avait fait tant de misères quand il était rentré de captivité. Ils ont toutes les caractéristiques des fascistes, et les fascistes, les nazis, au moins croyaient-ils en quelque chose. Ceux-là, rien, le néant, la violence gratuite, le mépris de la dignité humaine.

— Tu vois ! Tu vois ! reprit Mme Donzert, ton mari pense comme moi. Pas de religion, pas de principes…

— Laissons là la religion, coupa le pharmacien, je connais des gens qui ne croient ni en Dieu ni au diable et qui sont de fort honnêtes gens…

— C'est difficile de s'entendre, dit sa femme goguenarde, mais Dieu ou pas Dieu, il faut avoir un idéal…

Elle était conciliante : il ne fallait pas trop taquiner Mme Donzert, c'était une femme méritante, qui avait fort bien élevé sa fille, et Martine-perdue-dans-les-bois, tout comme si elle avait été la sienne.

VI

SUR LES PAGES GLACÉES
DE L'AVENIR

Mme Donzert leur avait promis de rentrer dimanche pour déjeuner, et Martine et Cécile l'attendaient à l'arrêt de l'autocar, devant le Tabac. Des cyclistes, la jeunesse du pays, mollets nus, pédales immobiles, sifflèrent admirativement. Les deux filles leur tournèrent le dos, depuis l'autre dimanche, elles étaient devenues encore plus circonspectes. Et voici l'horloge qui commence sa distribution lente et longue des heures... Midi...

— Il est en retard, dit Cécile.

Elle parlait du car. Martine pensait à Daniel : il était en retard, ne devait-il pas déjeuner chez le docteur, Martine en avait été informée par Henriette, rencontrée chez la boulangère, Henriette, mine de rien, après tout ce qui lui était arrivé ! et qui, très pressée, emportait trois baguettes : du monde chez le docteur, des gens de Paris et Daniel...

— Tu crois qu'il viendra chercher les invités du docteur au car ?

— Penses-tu, ils viendront en voiture.

Cécile savait bien de qui parlait Martine. Martine continuait à vivre son histoire, bien que, d'histoire, il n'y en eût pas... Du point de vue de la dramaturgie,

il ne se passait rien. Et, pourtant, Martine continuait
à feuilleter fébrilement les pages, peut-être, peut-être,
au détour d'une phrase, allait-elle voir surgir Daniel,
net, étincelant, son pull-over noué par les manches
autour du cou, le torse, les cuisses, les mollets nus,
bronzés... Chaque chose autour d'elle prenait une
part active à son histoire sans événements ni intrigue,
une histoire passionnante à vous couper la respiration
dans l'attente de ce qui allait arriver...

— Le voilà... dit Cécile.

L'autocar sortait sa grosse gueule de derrière la
maison du notaire. Il en descendit plus de monde
qu'il ne pouvait en contenir ! Les gens du pays
disaient : « Bonjour, petites... Bonjour, Mesdemoi-
selles... Salut, les quilles... » Les Parisiens se retour-
naient, admiratifs. Enfin, apparut M'man Donzert.
Elle avait une robe à fleurs, neuve, son visage était
moite et radieux, les lunettes étincelaient. Les filles lui
prirent son sac à provisions, sa valise, un carton... eh
bien, elle était chargée ! « Des surprises... Ah, quelle
course, je suis morte... Mes pieds... j'en peux
plus !... »

Dans la fraîcheur de la maison, les volets fermés, les
filles s'affairaient autour d'elle, lui enlevaient ses
chaussures, lui apportaient à boire, lui préparaient
une douche... Mais Martine ne pouvait rester déjeuner, il lui fallait passer chez sa mère, pour ne pas ris-
quer que l'autre s'amène. Veux-tu être polie pour ta
mère ! Il s'agissait d'aller lui faire une visite de temps
en temps, sans quoi, il arrivait que Marie commençât
à crier qu'on la privait de l'affection de sa fille, qu'elle
ne l'avait pas vendue en esclavage ; bref, il valait mieux
que Martine y allât... Cette fois-ci, l'urgence ne s'en
faisait peut-être pas sentir, mais Martine était dépri-
mée parce qu'elle avait bien compté voir Daniel. Et

puis, M'man Donzert n'avait pas essayé de l'en dis-
suader, elle avait dit même avec une certaine précipi-
tation : « Va, ma fille, Cécile te gardera le déjeuner au
chaud, ne te presse pas... »

La rue s'était vidée, les gens de l'autocar devaient
déjà être rangés ici et là, autour des déjeuners. Dans
les rues désertes, le soleil prenait toute la place, tapait
sur les pavés, les pierres des murs... Par les volets fermés sur des fenêtres ouvertes, la radio faisait à
Martine un bout de conduite, chantant des mots
d'amour. Elle était seule dans la rue. Seule dans la vie.
M'man Donzert n'était pas sa mère, sa mère n'était
pas une mère, et Daniel n'avait pas paru. Le gros vieux
chien de l'entrepreneur de maçonnerie, couché
devant la porte, ouvrit un œil à son passage. De la
petite maison remise à neuf par des Parisiens, arriva
une bouffée de rire... Dans le potager du père
Malloire, des soleils regardaient sans sourciller leur
confrère céleste. Sa maison était la dernière du pays,
après, la rue devenait route goudronnée, et commençaient les champs. Il faisait une de ces chaleurs !
A la lisière de la forêt stationnait une petite quatre-
chevaux abandonnée : les passagers devaient pique-
niquer quelque part sous les arbres... ou, peut-être,
étaient-ce des amoureux et avaient-ils mieux à faire
que de manger. Voici le tournant...
Martine avait ralenti le pas : on ne savait jamais ce
qui pouvait vous attendre dans la cabane. Elle regardait autour d'elle. Rien n'avait bougé ici depuis le
temps où Martine-perdue-dans-les-bois avait habité
sous ce toit de tôle rouillée... Le rideau d'arbres jetait
une ombre épaisse par-dessus la cabane, l'enclos, jusqu'à mi-route... Les bois, en face, étaient profonds et

humides. Au niveau du grillage rouillé, avec les pieux
qui achevaient de pourrir à terre, un jeune chien traînant sa chaîne se mit à aboyer et à remuer la queue...
Pas trace des enfants, mais Martine perçut un chu-
chotement, elle revint sur ses pas et se faufila par-derrière sous le toit de l'appentis. Ils étaient tous là, la
grande sœur longue et noire comme un pieux pourri
qui tenait dans ses bras le dernier-né, les grenouilles
de bonne humeur, cinq en tout maintenant au lieu
de quatre... Tout ce monde était assis sur la poutre
où Martine s'asseyait autrefois avec eux.

— Cht-t-t... firent-ils tous ensemble. Martine
enjambait bûches, caisses, planches, fagots...

— Il y a du monde ? chuchota-t-elle.

— Ils n'en finissent pas, murmura la plus petite des
grenouilles, on la crève... il y a une heure qu'on
attend !

— Si on vient tard, elle gueule, si on vient tôt, elle
gueule la même chose... Ah, là là...

Quel âge pouvait-il avoir maintenant, celui-là ? Dans
les six ou sept ans... C'est la grande sœur qui montra
du doigt le vélo adossé à la cabane, et elle remua à
peine les lèvres pour dire :

— Il s'incruste, la charogne ! Saleté, salope... c'est
l'heure de la tétée... D'ici que le mioche se mette à
brailler. Tu viens manger ?

— J'aime mieux partir... Tu diras à la mère que je
suis venue...

Martine tourna le dos à la famille. Ni bonjour, ni
bonsoir, personne ne dit rien.

Martine continua à marcher sur le petit chemin, à
peine carrossable, à travers bois : puis elle tourna, prit
un sentier, s'enfonça dans la grande forêt, étouffante
de l'odeur chaude des pins mêlés aux chênes, aux
hêtres, aux ormes... M'man Donzert n'était pas pres-

sée de la voir, après tout elle n'était pas sa fille, elle
n'était qu'une étrangère... Martine avait abandonné
le sentier et s'en allait sur les mousses, moelleuses
comme un tapis en caoutchouc... des branches sèches
craquaient sous ses pas, elle glissait sur les aiguilles des
pins... Elle se sentait voluptueusement malheureuse.
A travers les larmes, ses yeux fureteurs guettaient les
champignons, les fraises attardées... Avoir une mère
pareille !... On ne lui en tenait pas rigueur au village,
au contraire, on la plaignait, à la voir si propre, si travailleuse... Mais si cela n'avait pas été pour Daniel,
elle aurait quitté le village, elle serait partie pour
Paris, où personne n'aurait su d'où elle venait, ni
quelle mère elle avait. Mais quel espoir pouvait-elle
avoir de jamais rencontrer Daniel à Paris, d'autant
plus qu'il habiterait sûrement Versailles, puisque son
école se trouvait à Versailles... Ici, au moins pendant
les jours qu'il passerait au pays, il y avait une chance,
une toute petite chance... Non, elle n'avait pas
besoin de se dépêcher, personne ne l'attendait, sa
mère elle-même ne criait que pour la forme, lorsqu'elle laissait passer les dimanches sans venir, elle
criait parce qu'elle ne voulait pas qu'on dise au village : voilà Martine devenue une demoiselle, elle ne
fréquente plus sa famille. Martine-perdue-dans-les-
bois, assise sous un immense hêtre, sanglotait et
remuait autour d'elle les faînes sous lesquelles il pouvait y avoir des champignons : c'était ici un endroit à
cèpes.

Partir pour Paris... Qu'est-ce que Paris ? Elle n'y
avait jamais été, il y a des gens au pays qui, bien qu'à
soixante kilomètres de Paris, n'y sont jamais allés...
Martine n'avait jamais été au cinéma, elle n'avait
jamais vu la télévision... La radio, ça oui, chez M'man
Donzert elle laissait la radio ouverte tout le temps, à

tremper dans la musique et dans les mots d'amour...
Mais venait M'man Donzert et elle coupait musique
et mots d'amour avec l'indifférence du temps qui
passe. Le silence qui s'ensuivait était odieux comme
de recevoir un seau d'eau froide sur le dos, comme
de manquer une marche, comme d'être réveillée au
milieu d'un rêve. Pour Martine, cette musique était
un vernis qui coulait, s'étalait, rendant toute chose
comme les images en couleurs des magazines, sur
papier glacé. Mme Donzert était abonnée à un journal de coiffure et elle achetait des journaux de modes
où l'on voyait des femmes très belles, et du nylon à
toutes les pages, des transparences pour le jour et la
nuit, et, soudain, sur toute une page, un œil aux cils
merveilleux ou une main aux ongles roses... et des
seins dont le soutien-gorge accusait encore la beauté
et les détails... Sur le papier glacé, lisse, net, les
images, les femmes, les détails étaient sans défauts.
Or, dans la vie réelle, Martine voyait surtout les
défauts... Dans cette forêt, par exemple, elle voyait les
feuilles trouées par la vermine, les champignons
gluants, véreux, elle voyait les tas de terre du passage
des taupes, le flanc mort d'un arbre déjà attaqué par
le pivert... Elle voyait tout ce qui était malade, mort,
pourri. La nature était sans vernis, elle n'était pas sur
papier glacé, et Martine le lui reprochait. Dans la
chambre qu'elle partageait avec Cécile, les murs
étaient tapissés de photos de vedettes et de pin-up que
les deux filles n'avaient jamais vues et qu'elles admiraient éperdument... Il y avait aussi aux murs de leur
chambre des pages arrachées à des magazines avec
des images de meubles, d'arrangements de jardin...
C'était là leur monde idéal, féerique. Martine avait
cessé de pleurer : elle regardait avec une attention
soutenue les ongles de ses doigts de pied que les san-

dales laissaient découverts. Et les ongles des mains ?...
Bon, tout cela pouvait aller. Si elle quittait le village
pour Paris, elle y apprendrait les soins de beauté, ou
elle se ferait manucure. Martine n'aimait pas la coiffure, le shampooing incombait toujours à Martine, et
les ménagères du village avaient les cheveux sales...
Toutes ces têtes aux cheveux ternes, avec la poussière
du ménage, le cuir chevelu gras, pelliculeux... Elles
se les faisaient laver avant la permanente, et peut-être
jamais entre deux... c'est tout dire ! Martine lavait ses
cheveux à elle à l'eau de pluie de préférence, et elle
les avait brillants, noirs comme le vernis d'une voiture
neuve, et les gardait plats, collant à la petite tête
ronde. Tout son visage était net, lisse, sur le front droit
le trait horizontal des sourcils comme dessinés à
l'encre de Chine, soigneusement, chaque poil, et
aussi les cils, pas très longs et très fournis, très noirs,
comme si elle mettait du khôl à l'intérieur des paupières, ce qu'elle ne faisait pas. Tout dans son visage
était régulier et lisse. Et le corps... M'man Donzert
n'aurait pas permis que ses jeunes filles à elle fussent
« nues sous leur robe » comme cela s'écrit dans les
romans d'aujourd'hui, et Martine et Cécile portaient
sous leur robe, culotte, soutien-gorge, et par coquetterie un jupon en nylon, avec dentelles... Mais, pour
Martine, autant habiller du bronze : ses seins, cuisses,
fesses, perçaient, pointaient à travers les étoffes... elle
se disait parfois qu'elle n'était peut-être pas si loin des
pin-up américaines, et que Daniel aurait pu de temps
en temps avoir un coup d'œil pour elle... « Martine,
j'aurais aimé me perdre dans les bois avec toi... »
C'était tout, tout ce qu'elle avait eu de lui, pour elle
toute seule, de lui à elle. C'était tout ce qu'elle avait
eu pour garnir sa vie, la seule chose réelle pour nour-
rir un rêve... et comme toute chose vivante elle se flé-

trissait, se fanait, devenait poussière. Il aurait encore
mieux valu vivre de l'imagination seule, celle-ci au
moins était impérissable, elle n'était pas comme le
vrai son de la voix qui s'enfuyait, avec l'intonation. Et
le regard?... Il y avait eu les appels : «Martine, tu
viens!...» et le bras de Daniel levé pour le salut... Si
on ne l'avait pas appelée... Ah, c'est ainsi que les gens
qui vous aiment le mieux font, sans le savoir, votre
malheur...

Martine s'enfonçait dans la forêt... Elle allait vers
ce chêne qui continuait à tenir son rang parmi les
arbres, ce chêne sous lequel on avait autrefois
retrouvé Martine-perdue-dans-les-bois, dormant paisiblement dans la nuit habitée de la forêt. Elle avait
ouvert les yeux et tendu les bras à un inconnu penché au-dessus d'elle, l'éclairant avec sa lanterne... Si
elle avait pu s'endormir maintenant, tout de suite, et
se réveiller pour voir au-dessus d'elle Daniel... il avait
dit qu'il aurait aimé se perdre avec elle dans les bois.
Ses bras... Martine, dans un demi-sommeil sous le
grand chêne, sentait les bras de Daniel autour d'elle.
Une encre mauve coulait autour de ses yeux. Quand
elle se réveilla tout à fait, elle se remit à marcher.

Voici la cabane. La bicyclette était toujours là,
appuyée aux vieilles planches. Les enfants avaient disparu... Martine hésita, mais n'osa pas frapper à la
porte. Tant pis! Elle continuait à marcher, arriva à la
hauteur de la route nationale, se mit à la longer... Il
n'y avait pas encore beaucoup de voitures, les gens
n'avaient pas fini de digérer, il faisait encore trop
chaud. Une grosse voiture américaine lui arriva dans
le dos, et fila comme un gros matou au poil noir. Puis
apparurent ces mêmes jeunes gens, les cyclistes qui
étaient passés pendant qu'elle attendait le car avec
Cécile, des gars du pays...

— Hep, hep! Martine!... Hep, hep!

Un beau chahut. François, l'apprenti menuisier, saute de sa bicyclette :

— Martine, dit-il marchant à côté d'elle, fais pas ta fière, t'as rien de plus que les autres...

— Non, dit Martine sans s'arrêter, mais tu ne me plais pas...

Toute la bande, qui faisait des acrobaties de lenteur, s'esclaffa.

— Don Juan à la manque! criaient-ils. Triste figure! Martine! et moi! Est-ce que je te plais? Et moi? Mademoiselle-perdue-dans-les-bois rêve à un chanteur de charme! Miss Vacances se perd dans les bois toute seulette...

Une camionnette venant à leur rencontre, et une voiture dans le dos, les obligea de rouler, et Martine en profita pour sauter le fossé au bord de la route et s'enfoncer dans le taillis. Ces garçons l'ennuyaient, elle avait dit la vérité, ils ne lui plaisaient pas. Le taillis était épais, mais des fois que les autres l'attendraient sur la route... Par ici, elle arriverait derrière l'hostellerie dont la façade donnait sur la nationale. Une hostellerie fameuse pour sa cuisine, trois étoiles dans le *Guide Michelin*, «poulet à l'estragon» et autres merveilles.

Martine déboucha directement sur le treillage avec des rosiers grimpants à petites roses rouges et roses, il y en avait tant qu'on voyait à peine les feuilles... Martine pouvait tranquillement s'en approcher, elle verrait sans être vue, comme par le trou d'une serrure...

Elle vit le jardin, les gens attablés dans l'ombre des arbres... du gazon... d'immenses jarres avec des hortensias, des dalles dans le gazon... des cascades de petites roses pompon. Elle voyait surtout la table la plus proche… rien que des hommes… chemises déboutonnées sur des poitrines hâlées, médailles sur une chaînette, pantalon de flanelle… Elle vit, tout près, devant son nez, un bracelet-montre mince comme un louis d'or, une main soignée qui jouait avec un briquet… Les fauteuils en bambou étaient déjà éloignés de la table… la demoiselle, avec le plateau de cigarettes en bandoulière, arrivait sur ses grands talons… le garçon en veste blanche poussait une table à roulettes, chargée de gâteaux… Martine sentit soudain la faim, elle n'avait pas déjeuné ! De longues bandes de tartes aux pêches, aux fraises, un mille-feuille comme un in-folio… « Vous me donnerez des fraises… non, sans crème… Du café, simplement… Une glace… » Le garçon s'éloigna, roulant sa table avec les gâteaux dédaignés, sur les dalles bleutées entre lesquelles poussait de la sagine. Tout cela était comme sur les images que Martine découpait dans les magazines, lisses, satinées, sans défauts. Martine glissa le long du treillage, derrière les roses pompon, les pompons de roses…

Sur la nationale, les voitures maintenant se suivaient dans les deux sens, à marcher ainsi sur le bord, on se ferait écraser comme de rien faire… Martine fit un grand détour et rentra tard et affamée.

Quatre heures passées. Mme Donzert et Cécile dans la cuisine étaient en train de fabriquer une tarte aux fraises. Lorsque M'man Donzert se mettait à la pâtisserie hors de propos, c'était qu'elle se sentait énervée, et, en effet, Cécile et elle avaient les yeux rouges et cependant elles riaient, tout excitées… Martine en oublia sa faim :

— Qu'est-ce qu'il y a ? Il est arrivé quelque chose ?

M'man Donzert s'affairait sans répondre, et c'est Cécile qui dit, en rougissant violemment :

— Maman se marie...

Martine appuya les deux mains aux doigts écartés contre sa poitrine :

— Seigneur Dieu ! cria-t-elle, qu'est-ce qui nous arrive !

Elle s'effondra sur une chaise et se mit à sangloter.

— Mais qui est-ce qui m'a donné des filles pareilles ! A peine l'une a-t-elle cessé de pleurer, voilà l'autre qui commence !... — Mme Donzert laissa là la pâte qu'elle était en train de rouler :

— On dirait vraiment un malheur !

Elles pleuraient maintenant toutes les trois.

Mme Donzert se mariait avec un coiffeur, à Paris ; elle l'avait connu encore jeune fille, mais alors cela ne s'était pas fait ; elle avait épousé Papa, tandis que le coiffeur était resté célibataire, et, finalement, voilà, c'était le destin... Mme Donzert vendrait le salon de coiffure et déménagerait à Paris.

— Et qu'est-ce que je vais devenir, moi ? dit Martine, plus tard, la première émotion passée, et quand elles furent toutes les trois installées autour de la tarte brûlante. Elle se remit à pleurer, soudain consciente de tout ce que ce départ signifiait pour elle... Le chat qui ronronnait sur ses genoux sauta à terre, incommodé, et fila à travers le rideau en lanières de plastique dans le petit jardin herbeux et rempli de fleurs comme une corbeille... Là, il se roula dans l'herbe, sous les draps qui séchaient au soleil. M'man Donzert allait vendre... Plus de chat, de fleurs, de draps qui sèchent au soleil, plus de cages à lapins, de cave avec sa fraîcheur, les bouteilles, le charbon... plus de lueur de la petite Sainte-Vierge sur la table de chevet, de bruit du gaz dans le chauffe-eau, de cette odeur de shampooings et de lotions, plus de radio, d'où la musique coulait comme l'eau courante du

robinet… Plus de passants derrière la devanture avec
ses lettres vues à l'envers : «Salon de coiffure»… et
parmi ces passants, peut-être Daniel Donelle… Plus
de M'man Donzert et de Cécile !

— Martine, cesse de pleurer ! J'irai voir ta mère et
si elle te laisse partir, je t'emmène avec nous. Tout
cela ne se fait pas en un tournemain, Martine, ma chérie, mais ne pleure donc pas comme ça ! Il n'y a rien
de fait, voyons ! Viens, on va déballer ensemble les surprises…

M'man Donzert était comme ça, pas tellement
tendre, mais attentive et efficace : ces jupes apportées
de Paris, elle savait bien qu'elles allaient distraire les
petites, malgré l'émotion… M'man Donzert les laissa
à tourner devant l'armoire à glace, à faire virevolter
leurs larges jupes de coton, elle avait besoin de
s'étendre un peu, se reposer après les fatigues de
Paris, les émotions… Si Martine et Cécile voulaient
aller à la baignade, il faisait si chaud ! Pas aujour-
d'hui… Et lorsque Henriette vint frapper à la porte
avec derrière elle toute une bande de voyous, comme
si elle n'avait pas eu assez du scandale de l'autre
dimanche, elles l'éconduisirent sèchement, et,
ensuite, cela fit diversion : elles purent parler de cette
dévergondée d'Henriette et des malheurs qui l'attendaient… Elles jacassaient, potinaient, tournant devant
l'armoire à glace, changeant de coiffure, de
maquillage… ce n'était pas ce qui manquait dans la
maison avec tous les échantillons que les représentants laissaient à Mme Donzert, qu'ils avaient à la
bonne… Mais quoi, Henriette, c'était le passé…
Devant elles, il y avait Paris ! Elles iront à Paris !…

VII

À L'ÉCHANTILLON DU RÊVE

Parfumés, aérés, silencieux, capitonnés, antisep-
tiques, polis, aimables, souriants, fleuris, étaient les
salons de l'Institut de beauté rose et bleu ciel...
Flacons, écrins, colifichets, lingerie, transparences,
étincellements. Les femmes, sorties des mains des
masseuses, manucures, coiffeurs, comme repeintes à
neuf, fraîches et euphoriques. Martine, manucure, se
trouvait au cœur de son idéal de beauté, elle vivait à
l'intérieur des pages satinées d'un magazine de luxe.
L'Institut de beauté était la pierre précieuse tombée
au centre de Paris et qui faisait des ronds de plus en
plus larges, de plus en plus faibles, pour s'effacer dans
les faubourgs où l'étincellement n'avait pas cours.
Tout Paris rien que l'écrin de cet Institut de beauté,
avec les splendeurs de la place de la Concorde, de la
place Vendôme, de la rue de la Paix, mais déjà sur les
Grands Boulevards cela se gâtait, et les Champs-
Élysées n'étaient plus que de la camelote... Dans Paris
comme dans la forêt, Martine remarquait la lèpre des
maisons, la vermine de la prostitution, elle détestait la
fatigue de la foule retour du travail dans le métro, la
bousculade des Uni-Prix, dans la Seine elle devinait
les noyés, ses flots peignés charriaient n'importe

quelle charogne... Très vite elle avait appris à se
retrouver à Paris comme dans la grande forêt, elle ne
se serait pas perdue dans Paris, elle était devenue une
Parisienne, y cherchant, y trouvant ce qu'elle cherchait : le neuf, le brillant, le bien poli, le tout à fait
propre. Martine disait qu'elle aimait le moderne et
l'impeccable. Impeccable, surtout, un mot qu'elle
employait souvent.

Martine elle-même était impeccable. L'Institut de
beauté habillait ses employées de bleu ciel, des
blouses que l'on changeait tous les jours, et tout le
personnel féminin portait des chaussures blanches
sur de hautes semelles de liège et découvrant les
orteils. Les cheveux de Martine se prêtaient à tous les
essais de coiffure, et c'était elle-même qui soignait ses
mains, ses longs ongles nacrés. L'Institut ayant des
liens avec une maison de couture, Martine apprit à
acheter en solde, elle avait la « taille mannequin » et
sa jeunesse, sa beauté facilitaient les choses, tout le
monde content de la rendre plus belle encore : tout
lui allait, à cette Martine ! A la voir passer dans la rue,
c'était la Parisienne elle-même. Dans ce Paris dont
elle avait découpé à son gré une minuscule parcelle,
il ne manquait à Martine qu'une seule chose : la présence de Daniel. Martine était modeste, elle vivait
dans un reflet du luxe, et cela lui suffisait ; il lui aurait
suffi de l'ombre d'une possibilité de voir Daniel, ne
serait-ce que de loin, comme au village... Ici, à Paris,
il n'y avait plus rien, aucun espoir, comme la mort.
Elle ne pouvait même plus retourner au village, les
choses s'étant très mal passées avec sa mère quand
Martine vint lui dire qu'elle voulait partir avec M'man
Donzert à Paris, pour toujours. La Marie s'en était
allée crier des malédictions sous les fenêtres de
M'man Donzert, et, Martine encore mineure, il lui

aurait fallu se résigner à rester au village… La nuit
après la terrible scène devant le salon de coiffure,
Martine était rentrée à la cabane : sa mère dormait…
elle l'avait secouée : «Je te préviens, dit-elle, je vien-
drai me pendre ici — et elle montrait le gros crochet
de la lampe à pétrole — et je laisserai une lettre
comme quoi c'est toi qui m'as acculée à cette extré-
mité… Parce que jamais, tu m'entends, jamais, je ne
reviendrai vivre dans cette merde…» Marie s'était
mise à pleurer d'une petite voix fine, elle vagissait
comme un nouveau-né… Martine attendait. «Va, dit
enfin Marie, va, fille dénaturée, mais ne t'avise pas de
te montrer dans les parages…» «Bien, dit Martine,
mais ne t'avise jamais de me relancer… Je ne reviendrai que pour me pendre, là!» Et elle avait encore
une fois montré le crochet de la suspension. Dans ces
conditions, revenir au pays…

Non, il fallait inventer quelque chose, agir… Il
n'existait pour Martine d'autre homme dans ce vaste
monde que Daniel Donelle. Elle vivait à Paris, mais
Paris, le monde sans Daniel… Elle avait des moments
de cafard aigu, de désespoir.

Comme ce soir où elle marchait sous les arcades
sombres, froides et désertes, entre la rue Saint-
Florentin et la rue Royale. Le temps y était pour
quelque chose. Il pleuvait très fort. Martine se sentait
sombre, froide et déserte comme ces arcades avec
leurs barreaux de fer. Elle revenait du travail. Elle
était fatiguée, elle avait froid, ses bas étaient écla-
boussés et mouillés… M'man Donzert lui avait bien
dit de mettre un deuxième chandail sous l'imperméable trop mince, elle aurait dû l'écouter. Martine
attendait que la pluie se calmât un peu pour se jeter
dans la bouche du métro, mais combien de temps
pouvait-elle attendre, la pluie semblait avoir redoublé.

Le pavé de bois de la place de la Concorde luisait, noir et lourd comme l'eau d'un étang, les réverbères s'y enfonçaient, la tête à l'envers, et y traînaient leurs voiles de clarté, sur lesquels les voitures tournaient comme une vis sans fin. La Chambre des Députés, sur l'autre rive de la place, de la Seine, demeurait invisible.

Sous les arcades, des ombres… Martine alla se mettre plus près des journaux affichés contre les barres de fer, détrempés, et du marchand sur son pliant, qui essayait de se retirer de la pluie, se recroquevillant, les genoux remontés… Les passants, sous des parapluies dégoulinants, jetaient leur pièce, prenaient un journal et sautaient dans la bouche du métro. Les autobus étaient tellement pleins qu'ils semblaient avoir du mal à avancer avec ce poids dans les entrailles. D'habitude Martine prenait l'autobus, mais ce soir-là ce n'était guère possible, elle aimait encore mieux descendre dans le métro, malgré les odeurs de laine mouillée, et la mauvaise vapeur des vêtements et des haleines dans la chaleur souterraine. Allons-y… Martine allait suivre les arcades pour sortir dans la pluie, quand un regard venant par-dessus les barres de fer l'arrêta comme un éboulement : droit en face d'elle, tête nue, visage ruisselant, Daniel Donelle, un journal à la main, la regardait.

— Martine… — dit-il d'une voix venant de loin, loin, de l'autre côté de l'éboulement, des barres de fer, — venez prendre un grog, on sera plus heureux.

Martine marchait sous les arcades noires et Daniel, parallèlement, sur le trottoir, disparaissant derrière les piliers et réapparaissant dans les arches avec leur grille. A chacune des disparitions, le cœur de Martine avait des manques. Ils se trouvèrent face à face, au coin de la rue Saint-Florentin. Daniel tenait le coude de Martine pour traverser et entrer dans le premier tabac-bar. Ils trouvèrent une petite place, au fond, dans un remue-ménage de gare, avec, à côté, les lavabos, le téléphone, des jeunes gens à rouflaquettes, le mollet avantageux, qui, dans une épaisse fumée de cigarettes, secouaient les appareils à sous.

— Si on dînait ensemble ? Quand on rencontre une payse, à Paris...

— Il fallait Paris...

Daniel avait-il saisi tout ce que cela voulait dire : « Il fallait Paris » ?

— On dîne ensemble, répéta-t-il, affirmatif.

— On m'attend.

— Qui ?

— Mme Donzert...

— Téléphonez.

Martine se leva pour aller au téléphone. Dans le brouillard des cigarettes, elle voyait la caissière blême qui posait un jeton à côté des œufs durs, des brioches et des morceaux de cakes enveloppés de cellophane. Elle ouvrit la porte sur laquelle était écrit : Téléphone... L'appareil à son oreille, tout chaud de la main, de l'oreille qui venaient de l'abandonner... une odeur violente de *Femme*... Machinalement, mécaniquement, Martine faisait le numéro. Son cœur battait effroyablement : « Cécile, ne m'attendez pas... J'ai rencontré Daniel... » Elle raccrocha sans écouter les cris de Cécile.

VIII

LE PETIT POIS

Ils prenaient toujours le petit déjeuner ensemble,
dans la cuisine, sur une table vert d'eau, une de ces
matières brillantes, toujours propres. Le café dans
une belle cafetière perfectionnée, beurre, confiture,
pain grillé… des bols à fleurs, de l'argenterie inoxydable… Cécile et Martine prenaient en plus des jus
de fruits, M. Georges, des œufs sur le plat, une tranche
de jambon. La radio ronronnait doucement, chantait
ou parlait, on ne distinguait pas très bien, l'essentiel
était d'avoir ce petit bruit de fond.

— L'homme heureux que je suis, — dit
M. Georges, dépliant le journal, dans une grande
odeur de café et de pain grillé, — vous souhaite,
Mesdames, une bonne journée.

M'man Donzert, autrement dit Mme Georges, préparait les tartines pour son mari, l'œil sur Martine, les
yeux cernés, silencieuse. Cécile regardait Martine et
l'heure : elle travaillait dans une agence de voyages,
comme sténo-dactylo. A eux quatre, ils gagnaient bien
leur vie, et M. Georges payait facilement les traites de
cet appartement et de la boutique de coiffeur pour
hommes qui se trouvait au rez-de-chaussée de la
même maison, une maison toute neuve, à la porte

d'Orléans. Mme Donzert, pardon, Mme Georges tenait la caisse de la boutique, et il y avait deux garçons. Elle aurait préféré continuer son métier de coiffeuse, mais le local ne s'y prêtait pas, et elle n'aurait pour rien au monde voulu contrarier en quoi que ce fût son mari. M. Georges était la gentillesse même, pimpant comme un coiffeur pour dames, grand et — qu'y faire? — chauve.

— Bon, fit M. Georges, pliant *Le Parisien libéré*, cela va aussi mal que d'habitude, rien à signaler. On descend, M'man Donzert? Fillettes, fillettes, dépêchez-vous...

Il ne pleuvait plus, ce matin. Les rues de Paris étaient d'une fraîcheur humide, animées, reposées. Le ressort remonté, chaque passant s'en allait faire ce qu'il était supposé faire. Cécile et Martine prenaient l'autobus ensemble. Il y en avait toujours plusieurs, c'était le terminus, et elles choisissaient toujours les mêmes places. Le contrôleur leur souriait. Une belle fille, tout et tous lui sourient. Mais devant deux belles filles ensemble, les sourires s'épanouissent, et il arrive que cela tourne à la rigolade ou à l'obscénité. Cécile et Martine, très Parisiennes, ignoraient ces choses-là. Un jour, elles remarqueront peut-être qu'on a cessé de leur sourire, et elles se sentiront alors désemparées comme si la Seine avait abandonné Paris, ou le jour avait cessé de suivre la nuit. Mais elles n'en étaient pas encore là, et le contrôleur leur souriait, le vis-à-vis avançait un genou, et le voyageur debout avait un regard appuyé... Tout se passait normalement.

Cécile ne posait pas de questions. La veille, il était déjà trop tard quand Martine de retour s'était assise sur le bord du lit de Cécile... Elle avait des yeux démesurés, qui ne voyaient rien. Tout ce que Cécile parvint à tirer d'elle ce fut qu'elle avait rencontré Daniel et dîné avec lui dans une brasserie près de la gare Saint-Lazare. Elle s'était couchée sans faire sa toilette, chose extravagante, jamais arrivée depuis qu'elles partageaient leur chambre. Et c'était Cécile qui avait eu du mal à s'endormir, écoutant la respiration régulière de Martine. Cécile, elle, à nouveau fiancée... Depuis Paul, celui du village, elle avait eu d'autres fiancés, et toujours les fiançailles se trouvaient rompues pour une raison ou une autre. Cette fois, cela semblait vouloir tenir. En réalité, Jacques n'avait pas encore fait sa demande officiellement. Un ouvrier de chez Renault, que Cécile avait rencontré chez la cousine de sa mère ; M'man Donzert rêvait d'un autre gendre, mais puisque Cécile y tenait, ou du moins semblait y tenir...

— Tu déjeunes avec Jacques ? — demanda Martine, pour dire quelque chose, avant de descendre à la Concorde : elles ne s'étaient pas dit un mot de tout le trajet, comme si elles avaient été fâchées, et Dieu sait qu'elles ne l'étaient pas ! Jamais ni à l'école, ni depuis, il n'y avait eu une fâcherie entre elles...

— Oui... A ce soir, Martine ?

— Oui, oui... à ce soir...

Elle ne revoyait donc pas Daniel ce soir.

Mme Denise, une femme très grande, mince et majestueuse, habillée de beige, les cheveux blancs, le visage jeune, allait et venait dans les salons, l'œil à tout et à la pendule : les premières clientes allaient arriver. Mme Denise était la directrice, le bras droit du grand patron qui n'apparaissait que rarement. Les employées se changeaient au vestiaire, et transformées en anges bleus gagnaient rapidement leurs cabines respectives, y mettaient de l'ordre dans les pots, tubes, flacons, coton, gaze, crèmes et fards... Tout le reste était aspiré, aéré, lavé, essuyé, le linge changé, avec dans les placards des tas de serviettes, peignoirs, etc.

Martine entra dans la cabine quand la cliente, étendue, se reposait après le massage. Elle avait devant elle, sur le coussin, une main nue. Des doigts presque pointus, roses au bout, chaque phalange un peu renflée, la douce paume à peine sillonnée... Le reste de la femme couchée sur le dos, enveloppé dans un grand drap éponge, était invisible, le visage couvert d'une serviette mouillée. A son chevet, Mme Dupont, l'esthéticienne, tripotait ses pommades, onguents et lotions... Le silence, la détente...

— Vous me les taillez en amande, n'est-ce pas ? dit la forme enveloppée. Et à nouveau le silence...

— Je vous remets le même vernis ?

— Mme Dupont, libérez-moi un œil, s'il vous plaît !...

Mme Dupont enleva la serviette et la femme apparut... elle apparut avec l'éclat bleu foncé de ses yeux, dans toute sa beauté célèbre aux quatre coins du monde. Elle sourit à Martine, sûre de son effet, de l'effet immanquable de sa beauté, que Martine éprouva même à travers son idée fixe... C'est avec vénération qu'elle mettait le vernis choisi, sur ces ongles taillés en amande, elle en éprouvait comme du bonheur. Une chose si belle, si parfaite... Elle en avait de la chance, de travailler ici, dans l'impeccable, et si Daniel... Elle s'abîma dans ses rêves qui avaient maintenant des éléments nouveaux à se mettre sous la dent, une réalité vivante, effrayante comme toute réalité qu'on ne façonne pas comme un ongle, en amande, une réalité impossible à vernir... un homme qui agit à sa guise. Les mains défilaient devant Martine souriante, affable… Il y eut le déjeuner, au réfectoire, l'Institut comptait près de deux cents employées et employés. Elle mangeait, toujours souriante, mais prétextait un mal de tête pour ne pas être obligée de prendre part aux conversations.

— Vous êtes pâlotte, Martine… — lui dit Mme Denise qui avait un faible pour cette fille si jolie et si précise dans son travail, une employée modèle — vous avez beaucoup de rendez-vous aujourd'hui ?

— Toute la journée…

— Vous travaillez trop bien, tout le monde vous demande !…

Elle était bien habituée à son travail, Martine, à la maison, aux femmes autour d'elle, à Paris… Et si Daniel…

— Notre siècle, — disait M. Georges, le soir, toute la famille réunie autour du bifteck-frites sur la table vert d'eau, — notre siècle ne connaît qu'une divinité, qu'une royauté, la beauté ! La princesse dont tu nous parles, Martine, célèbre par sa beauté, est une authentique princesse, même si elle est née à la porte Saint-Ouen. Dans notre xxᵉ siècle, les titres de noblesse se portent sur le corps, on n'a pas à chercher dans le Gotha. Vous êtes, fillettes, des princesses, n'en doutez pas ! Et ma femme — une reine !

M. Georges était aimable avec naturel, c'était sa nature. On avait mangé une omelette flambée, et M. Georges s'en fut s'installer dans la pièce commune, pendant que les femmes lavaient la vaisselle, mettaient de l'ordre dans la cuisine. Vide-ordures, eau chaude, il n'est pas resté longtemps seul à lire le journal, M'man Donzert est venue très vite s'installer à côté de lui, sortit son tricot d'une corbeille à ouvrage ;

Martine faisait les ongles à Cécile, et la radio chan-
tonnait. Il pouvait bien pleuvoir au-dehors.

— Beauté, beauté… — reprit M. Georges, allon-
geant ses jambes et posant le journal du soir sur une
petite table basse. — Titres de noblesse fragiles…
noblesse fragile…

Triste à mourir, un violon semblait lui donner raison. M. Georges l'écouta un moment en silence, puis
reprit d'une voix méditative :

— Te rends-tu compte, Martine, que tu as déjà
gagné deux manches ? Je veux dire, dans ta courte
vie…

Martine massait la main de Cécile avec une pâte aux
amandes. M'man Donzert regarda son mari par-dessus les lunettes : Georges était un homme plein de
tact, mais les jeunes filles, c'est délicat et ombrageux,
se rendait-il compte de ce que cette rencontre de la
veille représentait pour Martine ?

— … deux manches. La première, quand M'man
Donzert t'a recueillie…, la deuxième, quand M'man
Donzert t'a emmenée à Paris. C'est elle ton destin et
ta bonne étoile. Songe, la petite-perdue-dans-les-bois,
la voilà dans un grand immeuble moderne, à Paris !
Elle est belle, elle a du travail dans un Institut de
luxe… Ne rate pas la manche suivante, fillette…

M'man Donzert plia son tricot : elle était trop énervée pour continuer à tricoter, lâchait des mailles. En
vérité, toute la maison se sentait inquiète de ce qui
avait bien pu arriver à Martine la veille au soir, et personne n'osait lui en parler directement, pas même
Cécile. Mais cette rencontre, à Paris, que cela fût
arrivé, avait quelque chose de surnaturel. Le rêve
d'une jeune fille romanesque, un rêve qui aurait dû
fondre devant un quelconque homme réel, M'man
Donzert commençait à trouver ce rêve anormalement

tenace… Jusque-là, elle se disait seulement que l'homme réel tardait à paraître et que la passion de Martine pour ce Daniel, auquel elle n'avait jamais parlé, ressemblait à de la folie. Toutes les fillettes commencent par s'amouracher au hasard, il leur faut un objet pour rêveries amoureuses, puis vient l'homme réel. Mais cette Martine, qui continuait à attendre, avec une patience fervente et têtue, et ce Daniel qui passait sans un regard pour elle… Alors, M'man Donzert aurait voulu lui parler, la prévenir… de quoi au juste ? Où cela pouvait la mener… mais quoi, cela ? Il n'y avait rien à dire contre Daniel, jusque-là il n'avait pas essayé de profiter de la situation, au contraire. Il était d'une famille respectable et l'on disait son père fort riche, quand même il continuait à vivre dans sa vieille ferme sans l'aménager. Qu'avait-il donc de si inquiétant, ce Daniel ? Probablement, la passion que Martine lui vouait. Le côté sorcier en lui venait d'elle. D'ailleurs, de lui-même, qu'en savait-on ? Qu'il ait été héroïque pendant la Résistance, c'était beau, ça… encore que se faire condamner à mort fût excessif… Maintenant, à cause de ses prouesses, il se trouvait être un étudiant attardé, il avait quand même vingt-trois ans, et ne faisait qu'entrer à l'École d'Horticulture, à Versailles… Alors, quand est-ce qu'il commencerait à gagner sa vie ? Le père Donelle passait pour quelqu'un qui avait fait un nœud si serré aux cordons de sa bourse qu'il était difficile à défaire. Et puis le fait que Martine eût toujours voué à ce Daniel un pareil culte ne voulait pas dire que lui de son côté aurait du sentiment pour elle, et il serait capable d'en profiter et de la laisser tomber… Cette Martine, une sotte et une folle ! M'man Donzert pensait que c'était aussi sa faute à elle de ne pas avoir su, en bonne catholique, inculquer à Martine le sens du péché pour ainsi dire. Et depuis qu'on habitait Paris, les petites n'allaient même plus à la messe, le dimanche, ni elle, d'ailleurs, non plus. M. Georges se montrait fort respectueux de la religion de sa femme, mais on ne pouvait pas lui demander de changer aussi radicalement ses habitudes du dimanche. Mais il s'agissait bien de cela... Messe ou pas messe, les parents adoptifs de Martine étaient aux cent coups.

— Martine a toujours été raisonnable, dit M'man Donzert, et c'est vrai qu'elle n'est pas faite, avec les goûts qu'elle a, pour épouser un ouvrier. Elle n'y songe pas. Moi, je suis d'une famille d'ouvriers, et mon premier mari était un ouvrier, mais je comprends bien que mes filles veuillent s'élever au-dessus de notre condition...

— M'man, dit Cécile, personne ne veut « s'élever » au-dessus de toi... Qu'est-ce que tu racontes... Jacques est un ouvrier et c'est très bien comme ça...

Martine massait les mains blanches de Cécile ; les siennes n'étaient pas moins parfaites, avec des ongles longs, roses, nacrés...

— Ça, on le saura après, si « c'est très bien comme ça... », dit M'man Donzert, impatientée, mais Martine, encore moins que toi, est faite pour épouser un ouvrier. Vous autres princesses, Georges l'a dit ! D'ailleurs il n'en est pas question, du moins pour Martine. Tu sais bien, Martine, comment tu es, tu tournes de l'œil quand tu vas dans des cabinets qui ne sont pas propres... Et il te faut changer les serviettes tous les jours... Et le lit ! Tu as les reins rompus si tu n'as pas un sommier et un matelas extra, pour un peu il te faudrait des draps de linon...

— La Princesse sur le petit pois... Curieux... curieux...

M. Georges lissait sa calvitie luisante de propreté. Il

était songeur, d'autant plus qu'il écoutait en même temps sa femme et la radio, qui racontait une histoire « insolite » et on ne savait plus à quoi se rapportait son « curieux »…

— Connaissez-vous ce conte, Mesdames ? continua-t-il. Une Reine-mère, pour marier son fils, voulait une *vraie* princesse… alors les filles qui se présentaient, les candidates-fiancées, elle leur faisait passer une épreuve : elle les gardait à coucher, et sur un beau lit faisait échafauder des matelas, l'un plus moelleux que l'autre… Il y en avait tant et tant, que la fille qui voulait épouser le prince et se disait princesse authentique, se trouvait tout en haut, sous le ciel de lit, en satin bleu… Or, entre le sommier et tous ces matelas, la Reine-mère glissait un petit pois, un seul tout petit pois. Le lendemain matin elle venait réveiller la jeune fille et lui demandait : « Avez-vous bien dormi, Princesse, le lit est-il bon ? » Et toutes les prétendantes répondaient : « Oh, oui, Madame la Reine, Votre Majesté, j'ai fort bien dormi, ce lit est du duvet… » Alors, la Reine-mère disait : « Allez-vous-en ! Vous n'êtes pas une vraie princesse. » Enfin, un jour, arrive au palais une fillette… elle portait une robe de coton et des sabots, ses grands cheveux tressés faisaient deux fois le tour de sa tête, son tour de taille égalait son tour de cou, et elle avait les yeux comme deux soleils… « Je suis une princesse lointaine, dit-elle à la Reine, et je veux, Madame, me marier avec votre fils, parce que je l'ai toujours aimé, depuis que, toute petite, j'ai vu son portrait… »

— Dans *Match* ? fit Cécile rieuse, mais les autres lui firent : « Cht-t-t ! »

— … « Comme vous y allez ! répondit la Reine-mère. Mon fils est encore plus beau que son portrait dans *Match*, et vous, ma fille, vous n'êtes qu'une gar-

deuse d'oies ! Je veux bien pourtant vous faire passer
la nuit au palais, histoire de rire… » On conduisit la
petite avec sa robe de coton et ses sabots dans la
chambre somptueuse, où le lit était déjà fait, avec tous
ses matelas, ses beaux draps en dentelles et le petit
pois glissé entre le sommier et les matelas. Les femmes
de chambre déshabillèrent la petite, défirent ses
grands cheveux d'or qui tombaient jusqu'à terre,
ondulés comme la mer lorsque souffle une petite
brise… Habillée de ses cheveux seuls, l'enfant monta
l'échelle qu'il fallait appuyer contre le lit, pour se hisser à son sommet…

Le téléphone, grossier comme toujours, vint couper
la parole à M. Georges. Martine laissa tomber la main
de Cécile… « Vas-y, toi… » dit-elle très bas, la voix
étranglée. Cécile courut dans le petit vestibule :

— Allô ! Allô !… faisait sa voix. Oui, oui, Jacques,
c'est moi…

Mais la porte se fermait, elle l'avait repoussée du
pied, et sa voix disparut : elle devait parler très bas…

— Depuis le temps qu'elle fréquente ce garçon, il
serait temps qu'il fît sa demande officiellement…

Décidément, M'man Donzert était très nerveuse ce
soir. Tout le monde se taisait, attendant Cécile. Elle
ne fut pas longue, et s'asseyant à nouveau devant une
Martine pâle et immobile, lui tendait sa main :

— Alors, Père ?… La petite est au sommet du lit,
dit-elle, continue…

— Bon… — M. Georges renversa sa calvitie, réflé-
chit un instant et continua : — La voilà donc sous le
ciel du lit, toute menue dans ses grands cheveux… On
tire les rideaux du lit, on éteint les lumières, et tout
le monde s'en va. La nuit descend sur le Palais… Une
longue nuit noire. Le matin, la Reine-mère, entourée
de toutes ses dames d'honneur, fait son entrée dans

la chambre à coucher où les prétendantes-fiancées
subissaient leur épreuve. On ouvre les rideaux de
satin blanc, brodé d'étoiles d'argent, qui tombaient
du ciel de lit, et l'on découvre un lit tout défait, les
draps de travers, les couvertures qui pendent, et là-
haut, là-haut la petite, les cheveux emmêlés sur les
oreillers bouleversés, toute pâle, des cernes mauves
autour de ses yeux immenses… Avant qu'on ait pu lui
poser une seule question sur la raison de tout ce
désordre, la voilà qui éclate en sanglots, et on entend
sa petite voix : «Je vous demande pardon, Majesté…
mais j'ai passé une nuit atroce, je n'ai pas fermé l'œil,
j'ai mal partout, des courbatures et des douleurs… Je
ne sais ce qu'il y a dans ce lit, on dirait un pavé, un
roc, juste au niveau des reins, c'est simplement hor-
rible… Cela n'aurait pas été pire si j'avais couché sur
un tas de cailloux !… » — «Dans mes bras ! s'écria la
Reine-mère, voilà enfin une vraie princesse ! Je te
donne mon fils, le Prince, pour mari. Soyez heureux ! » Le Prince vint saluer la Princesse, ils se mariè-
rent et eurent beaucoup d'enfants…

— C'est bien beau tout ça, mais je n'ai pas de
prince à ma disposition pour en donner un à chacune
de mes princesses sur le petit pois…

M'man Donzert se leva pour aller à la cuisine ;
c'était l'heure de l'infusion qu'on avait l'habitude de
prendre avant de se mettre au lit. Elle cria aux deux
filles :

— Reposez-vous, mes enfants, ne bavardez pas trop
tard…

Cécile et Martine couchaient dans la même
chambre, comme au village. Une salle de bains commune les séparait de la chambre des parents. Il y avait
un roulement pour le bain complet : Martine le soir,
Cécile le matin, et les parents, qui ne prenaient leur

bain qu'une fois par semaine, avaient droit à la salle
de bains tout le dimanche. Comme ça, jamais on ne
se dérangeait.

Cécile et Martine se déshabillaient. Elles avaient
chacune sa coiffeuse, toute en miroir, et sur laquelle,
en ordre parfait, étaient alignés des produits de
beauté. Et il y en avait ! elles se servaient à la boutique
de M. Georges, même quand ça n'était pas des échantillons, et puis, Martine rapportait de l'Institut de
beauté toutes les nouveautés dans ce domaine, au fait
des propriétés miraculeuses de chacun de ces produits... Elles s'amusaient à essayer toutes les teintes à
la mode des fards, tous les nouveaux parfums qu'elles
pouvaient avoir en réclame chez M. Georges et à
l'Institut, qui en lançait à chaque saison... En plus,
Martine et Cécile raffolaient des boîtes, il y en avait
un grand nombre sur leurs coiffeuses, en porcelaine,
cristal, opaline, nacre, bois précieux... Entre les deux
coiffeuses, sur un petit rayon, trônaient deux Saintes-
Vierges de Lourdes, les vers luisants de leurs nuits.
Elles se déshabillaient, les robes aussitôt pendues dans
le placard, le linge de chacune sur une petite chaise
Louis XV laquée gris et recouverte d'un satin vert
d'eau : on aimait beaucoup le vert d'eau dans la maison... Et puis, comme Martine préférait le bleu ciel et
Cécile le rose, cela faisait une moyenne. Les couvre-
lits étaient également vert d'eau, en satin artificiel,
matelassés. Aux murs, il y avait les mêmes images
qu'au village, des stars et starlettes et *pin-up*, de préférence nues, elles trouvaient que cela allait mieux
dans une chambre à coucher. Entre les deux lits une
table de chevet et, côté extérieur, un petit fauteuil cra-
paud au chevet de chacune.

— Quand je serai mariée, — Martine enlevait sa

culotte et se dirigeait vers la salle de bains, toute nue, — j'aurai un matelas à ressorts...

Quand elle avait terminé ses ablutions, Cécile était, comme d'habitude, déjà au lit. Si Martine préférait le bleu ciel et Cécile le rose, elles aimaient toutes les deux les chemises de nuit forme Empire, la taille haute sous les seins, les petites manches bouffantes... Martine, devant la coiffeuse, se mettait de la crème, Cécile l'avait déjà fait et, couchée sur le dos, essayait de ne pas graisser la taie d'oreiller, ses cheveux blonds bien tirés et attachés avec un ruban.

— J'aurai un matelas à ressorts, répéta Martine, en se couchant, c'est cher, mais avec les facilités de paiement...

Elle éteignit et remonta un peu la sonorité de la radio, qui éclairait la chambre comme une veilleuse vivante, et faisait la pige aux Saintes-Vierges.

— Je n'ai pas voulu le dire tout à l'heure... quand M. Georges racontait l'histoire de la princesse... dit Martine, mais le fait est que je ne suis pas très bien couchée ! Et toi ?...

— Moi, ça va... j'ai fait mon creux...

— Je me suis renseignée pour le matelas à ressorts... Tu dors, Cécile ?...

Cécile dormait. Martine retourna à Daniel. Non pas qu'elle l'eût quitté, mais quand elle se savait seule éveillée dans la maison endormie, c'était comme si personne ne pouvait entendre ses pensées. Elle était morte d'angoisse, rongée par l'inquiétude et le bonheur... Et s'il allait à nouveau disparaître ? Si cela devait recommencer ? L'attente ! La patience l'abandonnait, elle n'en pouvait plus... Ils avaient pris rendez-vous pour le samedi suivant, là-bas, sous les arcades. Daniel habitait au foyer de l'école, à Versailles, mais ne lui avait-il pas dit que les élèves

étaient libres de sortir et de rentrer quand ils voulaient, que ce n'étaient pas des internes. Et, pourtant,
il ne lui proposait pas de la revoir tout de suite, le lendemain... Il était raisonnable, il faisait ses études raisonnablement, il n'avait pas l'intention de sécher des
cours pour elle. Il voulait bien la voir le samedi parce
que, même s'il rentrait tard, il pouvait dormir le lendemain. Elle, elle était prête à ne plus jamais dormir
de sa vie, pour ne pas en perdre une miette, pour voir
Daniel, entendre sa voix, sentir ses lèvres sur sa
main... Il n'avait même pas essayé de l'embrasser...
Ah, mon Dieu, Martine n'en pouvait plus, sûr qu'elle
allait en mourir, de cette attente, maintenant qu'elle
pouvait compter les jours, les heures, les minutes...
La vie réelle, c'était une chose atroce, elle allait son
chemin, l'ogresse. Il fallait que Martine dormît pour
Daniel, de quoi aurait-elle l'air ce samedi prochain...
Et Martine s'endormit aussitôt.

IX

AU SEUIL D'UNE FORÊT OBSCURE

Daniel Donelle se rappelait bien Martine-perdue-dans-les-bois, assise sur une borne, à l'entrée du village : elle l'attendait, et il savait bien que c'était lui qu'elle attendait. Lorsqu'il la rencontrait par hasard, et qu'il la voyait prête à défaillir, c'était, semblait-il, simplement d'émotion, comme si, pour elle, il n'y avait ni hasard, ni surprise, comme si chaque instant de sa vie elle l'attendait. Même à Paris, lorsqu'il l'avait rencontrée, sous les arcades, place de la Concorde, à la façon dont elle le regarda sans un bonjour, on aurait pu croire que Daniel était en retard au rendez-vous qu'ils s'étaient donné ici même, et qu'elle boudait à cause de ce retard. Elle répondait à peine, regardait ailleurs… Elle l'aurait sûrement suivi dès ce premier soir, seulement lui, l'idée ne lui en était pas venue, comme ça tout de suite. Une jeune fille, si jeune fille, sans coquetterie, et une payse par-dessus le marché. Au village, cette enfant amoureuse qu'il voyait grandir lui inspirait une sorte de respect pour ce qu'il connaissait de l'imagination diffuse, timide, du brouillard physique dont il venait de sortir lui-même. Honnêtement, il entendait ne pas donner matière aux divagations dont il se savait le centre sans en tirer vanité : ce n'était qu'une fillette. D'autres amours attendaient Daniel au village, il en était fort occupé, et Martine était bien le dernier de ses soucis. Pourtant, une nuit, devant le château embrasé de la petite ville de R..., une silhouette blanche à contre-jour l'avait attiré, c'était du marbre auquel il manquait un piédestal... Il avait reconnu Martine, et elle lui avait paru admirable ! Lorsque d'un seul coup toutes les lumières s'étaient éteintes, la nuit complice l'avait poussé à parler, et, séducteur et troublé, il avait dit à cette femme nocturne : « Martine, je me serais bien perdu dans les bois avec toi... » Heureusement quelqu'un avait appelé : « Martine !... » et le charme rompu, il avait pris la route... Heureusement, parce qu'en réalité ce n'était que la petite Martine aussitôt oubliée.

Dans cette brasserie, près de la gare Saint-Lazare où ils étaient allés le soir de leur première rencontre sous les arcades, il avait voulu lui parler de cet instant où les lumières s'éteignirent. Curieux, ce n'était pas si simple... Il parla d'abord de la fête, de l'élection de Miss Vacances, et comment Martine l'avait emporté sur toutes les autres candidates... Martine protestait, elle trouvait cette histoire ridicule ! Pourquoi donc, ridicule, ce n'est pas gentil qu'une bonne centaine de garçons, entre autres, vous assimilent au beau temps, à la liberté, au grand air, au ciel ?

— Non, dit Martine, les vacances, c'est les papiers gras.

— Des papiers gras, les vacances ? — Daniel était scandalisé : retenir des vacances les papiers gras ! D'ailleurs nos propres papiers gras sont des souvenirs de bons sandwiches, d'un déjeuner sur l'herbe, de nos plaisirs... de cette façon, les papiers gras des autres se parent du plaisir de ces autres !

Martine l'avait regardé curieusement :

— Vous avez de la chance de sentir ainsi. Moi, je suis née dégoûtée.

Daniel n'avait pas insisté… Il était un peu dégoûté de cette fille.

— Ce soir, dit-il, ce n'étaient pas les vacances des papiers gras… Il y avait eu le château, blanc de lumières, et, soudain, la nuit… J'étais près de vous…

— Je me souviens.

Daniel s'alarma : peut-être ce souvenir était pour elle encore quelque chose de grave ? Mais se trouva aussitôt fat et imbécile, et continua à faire du charme…

Oui, elle l'aurait suivi, dès ce premier soir. Et, lorsque, une nuit, au-dessus de la Seine, dans le noir et le froid, il l'eut embrassée, il se sentit tomber verticalement dans une passion profonde et noire comme la nuit, avec tout ce que ces ténèbres l'empêchaient de voir dans ses profondeurs. A l'entrée de cette nuit, à l'orée d'une sombre forêt, il y avait un appât et un danger mortel : Martine. Daniel Donelle avait le goût du risque et de l'aventure, cette fille l'attirait.

Martine l'avait suivi dans une chambre d'hôtel dès qu'il le lui avait demandé. Depuis, ils se voyaient souvent, de plus en plus souvent. Il fallait la jeunesse, la robustesse de Daniel pour suffire à ses deux passions : Martine et les études. Car il avait la chance d'être amoureux de la science, et il se reprochait à part lui, comme un sportif avant un match, de gâcher sa forme en faisant l'amour avec folie. Mais il ne pouvait, ni ne voulait dominer aucune de ses deux passions, et vivait comme un possédé.

Une fille qui se donne à vous avec cette simplicité, cette confiance, sans rien demander, ni avant ni après, ni promesses ni mots d'amour… Elle était à lui, et n'en faisait pas mystère. Une fille si jeune, si belle, jamais Daniel n'avait connu une créature aussi parfaite, de la tête aux pieds ! Presque trop parfaite, « cela nuit à ta beauté !… » lui disait-il parfois, dans l'émerveillement devant Martine tout entière.

Ils n'avaient pas beaucoup le temps de se parler, leurs rendez-vous étaient brefs. Parfois, un dimanche, ils sortaient dans les rues de Paris, marchaient sans but, pressés de rentrer. Ils n'avaient pas toujours où rentrer, l'hôtel était cher, même quand il était médiocre, louche. Daniel avait un copain de la Résistance, un Parisien, étudiant à la Faculté des lettres, en train de passer sa licence et qui habitait chez ses parents, mais une chambre indépendante, à un autre étage. Quand ce copain ne l'occupait pas lui-même, il en donnait la clef à Daniel. Il y avait un lit-divan large et bas, et dans l'absence d'une table de chevet, à côté, sur le carrelage, des paquets de cigarettes vides, des allumettes usées, des livres et des feuilles couverts d'une petite écriture serrée… Des livres, il y en avait un peu partout, saupoudrés de cendres, et aussi des affaires qui traînaient, le pantalon de pyjama en boule, les pantoufles chacune à un bout de la pièce, une cravate fripée sur le dossier de l'unique chaise. Il y faisait froid en hiver, et assis côte à côte, ils attendaient que le petit radiateur parabolique ait un peu dégourdi l'air… Pendant les fêtes de Pâques, ils avaient eu à leur disposition l'appartement de la sœur de Daniel, la fleuriste, partie avec les enfants chez le père Donelle. Ici, il fallait faire prudemment disparaître toute trace de leur passage, Dominique, la sœur, l'aurait peut-être trouvée mauvaise que Daniel amenât « des femmes » chez elle.

Et rien de tout cela n'avait la moindre importance.

Cette fois, ils eurent du temps devant eux, et c'était le printemps. Pour la première fois se réveiller ensemble, pour la première fois voir les gestes de Martine se levant, faisant le café, pour la première fois se coiffer, se laver, s'habiller sans hâte, pour la première fois ne pas s'aimer à la sauvette. Avoir du temps devant soi et le printemps... Toute la journée à traîner ensemble, la Seine, les boutiques de la rue de Rivoli, l'embrasement nocturne comme là-bas, multiplié par Paris, par ses pierres, par l'amour, là, à toucher... Un autre jour, c'était la campagne, les arbres du parc à L'Haÿ-les-Roses, et ce qu'on voyait des roses par-dessus l'enclos. Ils parlaient, peut-être un peu chacun pour soi, il y aurait eu trop à dire, toute une vie... La cabane de Martine, la prison de Daniel, ce jeune passé très lourd, ils l'évitaient, mais déjà le présent seul... Comment, par exemple, introduire Martine dans la passion que Daniel avait de la génétique? Les greffes, les hybrides, la fécondation artificielle, la création de roses nouvelles... Daniel cherchait à obtenir par des croisements une rose qui aurait le parfum des roses anciennes, et la forme, le coloris des roses modernes... Martine s'étonnait : il y avait des roses anciennes et modernes? Jamais elle ne se serait doutée de cela! Daniel aurait voulu lui montrer tout de suite, les dessins anciens et les catalogues récents de rosiéristes, elle aurait vu que les roses se démodaient comme les robes, exactement! Tous les ans, au mois de juin, les rosiéristes, comme les couturiers, présentent leur nouvelle collection... Mais la création de roses, nouvelles par la forme, la couleur, les dimensions, la vigueur, la résistance aux maladies, était une affaire scientifique... c'est-à-dire que lui, Daniel, comme en général ceux qui ont fait des études, considérait que l'on peut obtenir des nouveaux hybrides non pas à tâtons, mais scientifiquement, tandis que l'ancienne école laissait la création à l'intuition et à l'expérience du rosiériste. Son père à lui n'avait pas le temps de s'occuper de créations nouvelles, il se contentait de reproduire les créations des autres... C'est une grande famille, les Donelle : il y a Dominique et les petits, elle est veuve depuis trois ans et, sans son mari, les affaires ne marchent pas ; il y a les trois cousins, ceux du village, que Martine connaît, eux aussi travaillent dans les pépinières et il faut assurer leur vie... Daniel devenait distrait, il y avait quelque chose qui n'allait pas ? Oh, non, c'est-à-dire, lui aurait voulu profiter du fait que son père avait ces grandes plantations de rosiers pour faire des expériences, et si son père faisait des objections c'est que les expériences coûtent cher, mais Daniel en serait venu à bout, s'il n'y avait pas le cousin, tu sais l'aîné, eh bien, lui est contre les expériences, parce que c'est un fieffé réactionnaire... Mais parlons d'autre chose, veux-tu ?

Martine retenait tout ce que disait Daniel, elle comprenait tout très bien, même lorsqu'il se lançait dans les histoires compliquées de chromosomes et de gènes... seulement, elle s'ennuyait ! C'était visible. De ce que Daniel lui racontait, l'intéressaient les éléments qui lui permettaient de comprendre les conditions de vie de Daniel, des rapports familiaux, et ceci dans la mesure où son avenir en dépendait. Bernard, pensait Martine, l'aîné des cousins, en voulait à Daniel, parce que les Boches dans lesquels il avait mis sa confiance avaient perdu la guerre, les cochons, et qu'un Daniel, au lieu d'être fusillé, était devenu un héros ! Les chromosomes n'étaient certainement pour rien, pensait encore Martine, dans les difficultés que Daniel pouvait avoir avec lui. Et lorsqu'ils

n'étaient pas ensemble, elle s'endormait en pensant
à ce Bernard qui voulait empêcher Daniel de décou-
vrir la rose très parfumée, et lui bouchait l'avenir. Elle
le haïssait.

Elle pénétrait dans le monde de Daniel bien plus
facilement que lui dans le sien. Il se perdait dans les
noms de ses amies de l'Institut de beauté, confondait
Mme Denise et Ginette, bien que Mme Denise, la
directrice, fût une femme très distinguée, les cheveux
blancs, le visage jeune, toujours impeccable, et
Ginette rien qu'une gentille petite manucure comme
Martine, c'est elle d'ailleurs qui a appris le métier à
Martine à ses débuts à l'Institut, c'est peut-être la
meilleure manucure entre toutes et voilà pourquoi
Martine la fréquentait, autrement elle n'était pas bien
intéressante. Mme Denise, elle, d'une bonne famille,
même à particule... n'empêche qu'elle a dû faire le
mannequin, revers de fortune... Maintenant, elle a un
ami, représentant d'auto, ancien coureur, un type très
chic, sûr qu'ils vont se marier...

Daniel s'ennuyait : que Mme Denise se marie ou
non lui était indifférent, il faut dire. Cécile et M'man
Donzert réveillaient son attention, parce qu'il les
connaissait un peu. Martine partageait la chambre de
Cécile... L'appartement avait trois pièces, salle de
bains et cuisine, très modernes, du rustique dans la
salle à manger... un tapis dans l'escalier, l'ascenseur... impeccable ! Mais maintenant on construisait
des maisons encore plus modernes, toutes nettes,
lisses, avec des couleurs vives à l'intérieur des balcons
qui ressemblent à des loges... Cécile ne voulait pas
coucher avec Jacques avant le mariage, et ils n'avaient
pas d'appartement pour se marier, ni d'argent pour
en acheter un, même pas à crédit. M. Georges et
M'man Donzert n'avaient pas fini de payer le leur.

Quand il eut entendu ces histoires une fois, deux, etc., elles perdirent de leur intérêt, même tombant des lèvres de Martine. Daniel les arrêtait en l'embrassant. Le monde de Martine était si petit, et elle ne tenait point à l'agrandir. Et, par exemple, elle ne lisait jamais. Daniel avait fini par s'en apercevoir, il voulait savoir pourquoi.

— Les histoires des autres m'embêtent, dit-elle tranquillement, j'ai déjà assez de mal avec la mienne.

Daniel était stupéfait, il ne trouva rien à dire... Martine semblait ne pas savoir ce que c'était que la création, l'art. Curieux, Daniel l'avait emmenée à une exposition dans une galerie de tableaux, une rétrospective d'œuvres classiques, des modernes. Qu'allait-elle aimer là-dedans ?

— Rien, dit Martine, j'aime mieux la toile sans peinture dessus, propre...

Daniel s'en trouva encore stupéfait. Formidable, cette négation de l'art, à l'état pur ! Martine était quelqu'un d'exceptionnel. Et combien étrange cet emportement avec lequel elle disait : « C'est beau ! » devant une devanture où étaient exposés des objets pour orner des intérieurs... Martine aimait ce qui était neuf, poli, verni, net, lisse, satiné, « impeccable » ! Daniel avait découvert cela, et la taquinait... Il lui disait qu'elle était une affreuse, une adorable, une parfaite, une impeccable petite bourgeoise ! Dans ses goûts esthétiques, s'entend... Parce que pour la force des sentiments, la liberté, elle était une femme véritable. Alors son ignorance de l'art, sans précédent il faut dire, et le goût de la camelote en même temps, ne jouaient aucun rôle... Cela n'empêchait pas Martine de très bien s'habiller, par exemple, et avec trois sous. Daniel tombait en extase devant ce que Martine avait pour lui d'inédit, et, par là même, de

mystérieux… Dire que même dans la nature Martine
était touchée par l'impeccable ! Par le ciel, le soleil, la
lune, les horizons lointains, parce que la distance les
rendait sans défauts visibles, appréciables.

— Alors, lui dit Daniel, dans cette chambre zébrée
par les persiennes, d'une petite auberge de campagne, si tu n'aimes que les choses impeccables, comment supportes-tu ce durillon que j'ai au pied ?

— Mal…

Avec Martine, si on ne voulait pas s'attirer des
réponses désagréables, il ne fallait pas poser de questions dangereuses. Daniel, nu dans les draps rêches
de l'auberge, cessa de jouer avec ses pieds sur la fraîcheur des barreaux métalliques du lit, il éclata de
rire ! Cette Martine, elle était directe ! Nue, elle aussi,
sagement couchée auprès de lui, s'écartant un peu :
il faisait si chaud par ce mois de juin torride. Soudain,
il cessa de rire :

— Alors, dit-il, si je perdais mes cheveux, ou si je
prenais du ventre… ou s'il m'arrivait un accident, ou
si, simplement, il y avait la guerre et que je rentre défi-
guré ?…

— Toi… Martine s'écarta un peu de lui. Toi, tu es
le commencement et la fin. Toi, tu pourrais te rouler
dans l'ordure… Je te laverais.

Ce fut cette petite conversation qui décida de tout.
Daniel était un personnage romanesque, un savant,
mais aussi un paysan. Ce n'est pas pour rien qu'il lui
venait peu à peu ce regard rêveur et placide, un
regard d'une innocence végétale, lointain et attentif,
patient et résigné, l'œil du savant au-dessus du microscope, et du paysan sur sa terre… Ce regard exprimait
une structure intérieure : comme les paysans, ses

aïeux, il construisait sa vie de façon qu'elle tînt, avec des gros murs, du chêne, des poutres énormes… L'amour de Martine était fait d'un matériau impérissable, tel qu'on en concevait jadis.

Y a-t-il donc des passions anachroniques? Personne n'est allé chercher dans les dossiers de la cour d'assises une réponse à cette question. D'ailleurs, pourquoi chercher la réponse dans les statistiques du crime?… La passion ne se mesure pas au crime… Pourtant, elle faisait penser au crime, la passion totale de Martine. Pas une passion de série, pas du préfabriqué, de la matière plastique. Et c'est pour cela que des mots se sont mis à parler de la passion profonde et noire comme la nuit, de ce que ces ténèbres empêchent de voir dans ses profondeurs. De Martine, se tenant à l'entrée de la nuit, à l'orée d'une sombre forêt, y attirant le voyageur, l'y entraînant… Daniel la suivait, c'était un homme.

X

L'UNI-PRIX DES RÊVES

M'man Donzert pleura. De soulagement, d'atten-
drissement. Depuis un an que cela durait, la maison
était écrasée sous le poids d'un secret qui n'en était
pas un, le poids du silence sur ce que chacun savait :
Martine couchait avec Daniel Donelle. Elle ne s'en
cachait même pas. C'est-à-dire qu'elle prévenait lorsqu'elle comptait dîner dehors, rentrer tard, ou ne pas
rentrer du tout, découcher et se rendre directement
au travail. La première fois qu'elle était restée dehors
jusqu'à quatre heures du matin, elle n'en avait prévenu personne, pour la bonne raison qu'elle n'en
avait rien su elle-même d'avance. M'man Donzert,
folle d'inquiétude, était allée au milieu de la nuit
réveiller Cécile qui dormait paisiblement : Martine ne
lui avait vraiment rien dit au moment de partir ? Et si
ce n'était pas Daniel, s'il lui était arrivé un accident ?...

— Laisse faire Martine, M'man, elle sait ce qu'elle
veut...

Toute mince et chaude au creux de son lit, Cécile
mit sa tête blonde sur la poitrine de sa mère, ses bras
autour d'elle :

— Ne lui dis rien, Maman, je t'assure, promets-moi

de ne rien lui dire ! C'est trop grave... Tu sais qu'elle aime Daniel depuis toujours, rien ne pourra l'arrêter, de toute façon.

M'man Donzert le savait, la force du sentiment qui possédait Martine était telle que tout ce que M'man Donzert aurait pu lui dire sur son avenir, sa réputation, le péché, tout aurait été mesquin et disproportionné... Et voilà que Cécile s'était mise à pleurer :

— Ne lui dis rien, Maman, je t'en supplie... Elle a sûrement raison, et elle est plus heureuse que moi...

En attendant M'man Donzert, M. Georges se tournait et se retournait dans son lit. Cet homme pacifique aurait avec plaisir cassé la figure à ce Daniel qu'il ne connaissait pas, parce que si accident il y avait... M'man Donzert revint se coucher à ses côtés :

— Mon pauvre Georges, dit-elle en pleurant doucement sur son épaule, tu ne croyais peut-être pas qu'en me prenant avec deux grandes filles tu aurais tant de soucis... C'est pire que lorsqu'elles étaient en bas âge...

— Ça va se tasser, ma mie, tu sais bien, les jeunes filles... tu te rappelles bien, nous deux... Ah, si je les tenais, les gredins, ces Daniel et ces Jacques...

— Cht-t-t !... M'man Donzert éteignit précipitamment : la clef dans la serrure, le pas de Martine, sur la pointe des pieds. La maison dormait...

Au petit déjeuner, pendant qu'elle grillait le pain, le dos tourné à la table, M'man Donzert dit :

˙ — Une autre fois, tu nous préviendras, on te croyait morte...

— Je vous demande pardon, M'man Donzert...

— Tu fais bien ! M. Georges tournait les pages de son *Parisien libéré* avec force : — Tu as encore la troisième manche à gagner, fillette...

Bref, on avait passé par des moments pénibles toute

l'année et plus… Et voilà que Martine annonçait son
mariage avec Daniel Donelle ! M'man Donzert en
pleurait, M. Georges baisait les mains de toutes ses
femmes, et Cécile, les joues en feu, ses yeux pervenche
humides, regardait Martine comme si elle ne l'avait
jamais vue.

A l'Institut de beauté, l'annonce des fiançailles fit
sensation… Une jeune fille qui se marie, c'est ravissant ! Tous les hommes sont toujours un peu jaloux
des jeunes fiancées, et les femmes un peu mélanco-
liques, elles pensent à leur propre histoire… A
l'Institut de beauté, on portait les couleurs de la maison, bleu ciel et rose, on était très sentimental et
famille et midinette, on rêvait titres et particules,
couple idéal, premier baiser, voile de mariée, enfin
seuls, layette… Les fiançailles ! Le plus beau moment
de la vie d'une femme ! Mme Denise fit apporter du
champagne… Il y avait déjà trois ans que la petite
Martine travaillait dans la maison, et l'on n'avait qu'à
s'en louer. La petite déesse, comme on se plaisait à
l'appeler, avait ces derniers temps perdu le repos, on
voyait bien qu'il y avait anguille sous roche ! Mais qui
était l'heureux élu ? On grillait de curiosité. Étudiant ?
Il sera ingénieur horticole ? Mais ces deux mots ne
vont pas ensemble ! Eh bien, si, c'est comme ça ! Et
après ? Il s'occupera de roses… C'est extraordinaire !
Et c'est une famille où c'est comme ça de père en fils !
Son fiancé apprenait à créer des roses nouvelles
comme on crée des robes, expliquait Martine. Dieu,
que c'est étrange… Le barman, tout en blanc, avec
des sortes de galons sur les épaules et une allure de
tous les diables, qui se tenait au bar du réfectoire et
servait des consommations aux clientes dans les
cabines, dit avec un fort accent russe que les dernières
paroles du tzar Nicolas II, lorsqu'il dut abdiquer,

furent : «Je pourrai maintenant m'occuper de mes rosiers...» Un ange passa. On trouvait aussi que Daniel Donelle était un joli nom. Et à quand le mariage ? Déjà cet été ? Eh bien, vous êtes pressés tous les deux ! «Vous m'inviterez bien à la noce ?» dit Mme Denise au comble de la gentillesse.

Le lendemain, Martine reçut une immense corbeille de roses venant du fleuriste le plus chic de Paris, avec une carte portant les signatures de tout le personnel de l'Institut de beauté. On avait de ces jolies pensées dans la maison bleu ciel et rose. Puis cela se calma, bien que chacun essayât d'être toujours agréable à la plus jolie des fiancées.

Cécile avait raison lorsqu'elle disait à Mme Donzert qu'il fallait laisser Martine tranquille, qu'elle savait ce qu'elle voulait. C'était vrai, il y avait chez Martine une détermination presque sinistre, tant on la sentait irrévocable. En toute chose. Si, après de longues réflexions qui l'empêchaient de dormir, elle se décidait pour un tailleur classique bleu marine, des escarpins de la même couleur et un chapeau blanc, il les lui fallait exactement tels qu'elle les avait imaginés, le tailleur et les escarpins et le chapeau... Un bleu marine franc, ne tirant pas sur le gris ni sur le violet. Pour les chaussures, un talon de quatre centimètres. Ni trois et demi, ni quatre et demi. Quatre. La vendeuse la plus adroite n'aurait pu persuader Martine que la couleur des chaussures, qui lui allaient à la perfection, collait à la couleur de l'échantillon du tailleur : elle voyait une petite différence, un petit ton, un rien qui n'était pas tout à fait ça. Lorsque Martine avait une idée en tête, et même lorsque cette idée était un rêve, elle n'en démordait pas, et une fois qu'elle

s'était imaginé ce tailleur bleu avec des chaussures
comme ci ou comme ça, elle ne pouvait supporter la
déchéance de ne pas les avoir exactement à l'échantillon de son rêve, en dévier lui semblait un compro-
mis indigne, quelque chose comme si elle s'était
contentée d'un laissé pour compte.

Elle était ainsi, en amour et en chaussures. Elle
rêvait, mais ses rêves avaient la précision d'une décision mûrement réfléchie. Depuis toujours Martine
rêvait avoir pour mari Daniel. Lui ou personne. Voilà
c'était son seul rêve chimérique, et dont elle n'était
qu'une proie passive. Tous les autres rêves de Martine
étaient modestes et réalisables, il s'agissait pour elle
de veiller à leur réalisation, et elle le faisait, très acti-
vement.

Elle ne rêvait ni de fortune ni de gloire. Elle rêvait
d'un petit appartement moderne dans une maison
neuve, aux portes de Paris. Comme Daniel devait,
après l'École d'Horticulture, travailler chez son père
à la pépinière, cet appartement n'avait aucun sens,
disait-il. Mais Martine insistait avec véhémence : ne
pas avoir de logis à Paris voulait dire s'enterrer à la
campagne pour toujours ! Il fallait, pour ne pas la
désespérer, qu'ils aient un appartement bien à eux,
ni à M. Donelle père ni à M'man Donzert, à eux. Un
couple qui vit chez les autres… Il fut décidé en conseil
de famille que M'man Donzert, M. Georges et Cécile
achèteraient pour Martine un appartement, cela
serait leur cadeau de mariage. Et Daniel regardait
avec stupéfaction pleurer Martine qui avait raté le dernier appartement disponible dans la maison qui lui
plaisait, exactement ce à quoi elle avait rêvé, un appartement dans leurs prix, donnant sur des arbres.
Daniel regardait avec curiosité les grosses larmes couler sur les joues parfaites de Martine… Pleurer pour

un appartement! Voyons, toi, perdue-dans-les-bois,
qui ne pleures jamais, pour un appartement! Ces
larmes épaississaient pour Daniel le merveilleux mystère de Martine… Quelle fille étrange!

Elle rêvait de son mariage à l'église… «Écoute,
Martine, disait Daniel, tu ne dis pas cela sérieusement? Pourquoi? Déjà la mairie, c'est bouffon, mais
alors, l'église! Voyons, si tu étais croyante, tu n'aurais
pas commis ce péché mortel et mignon, tu vis comme
une païenne, selon la nature, ma douce enfant,
qu'est-ce qui te prend maintenant? Tout cet argent à
des curés, foutu, quand on pourrait se payer un petit
voyage, une lune de miel un peu plus longue, écoute,
je n'ose pas demander au paternel de l'argent pour
une noce!… »

Au dîner, chez M'man Donzert, où Daniel avait été
invité au titre officiel de fiancé, il avait trouvé à ce
sujet une entente parfaite : Cécile parlait sans arrêt de
sa robe de demoiselle d'honneur, rose, bien sûr, ah,
mais cette fois-ci Martine serait en blanc et non en
bleu ciel! Et est-ce que, dans la famille de Daniel, il y
avait des enfants suffisamment jeunes et gentils pour
porter la traîne? Le voile irait divinement bien à
Martine… Et lorsque Daniel, courageusement, proposa le mariage civil seul, avec juste des témoins, et le
départ immédiat, sans noces, ni banquet… M'man
Donzert posa la fourchette, et se précipita à la cuisine
— en l'honneur des fiançailles, on mangeait dans le
salon rustique — pour cacher ses larmes. M. Georges
se mit à parler de l'attitude qu'un galant homme se
devait d'avoir vis-à-vis des femmes… Puisque les
femmes rêvaient à la solennité de l'église, à la blancheur au seuil de leur vie d'épouses, un galant
homme se devait de leur donner cette joie…

XI

LE « WHO IS WHO » DES ROSES

Le repas de noces, après l'église et la mairie, eut lieu dans une auberge sur une route nationale. La rapidité avec laquelle Martine fit son choix parmi tous les restaurants qu'elle avait été voir laissait supposer qu'il y avait belle lurette que ce choix était fait, autrement, à peser le pour et le contre, elle aurait épuisé tout le monde avant de se décider… En effet, un jour que Ginette avait emmené Martine dans cette auberge, encore bien avant que celle-ci n'eût rencontré Daniel sous les arcades, Martine s'était dit qu'elle aurait aimé revenir ici pour le repas de ses noces avec Daniel.

Une maison pimpant neuve, en plein sur la nationale, sans un arbre autour, avec, sur la route goudronnée, des baquets blancs cerclés de rouge, dans lesquels agonisaient des géraniums. Les voitures arrivaient l'une après l'autre et se garaient dans une sorte de cour, à droite de la maison. La quatre-chevaux des jeunes mariés, cadeau de M. Donelle père, était déjà là : d'un gris souris, soignée dans tous les détails, on voyait bien que Martine était passée par là. Il y avait la voiture de cet ami de Daniel, qui prêtait sa chambre à Daniel et Martine lorsqu'ils n'avaient où cacher leurs amours. Puis est arrivé le car avec la jeunesse, des amies de Cécile, des dactylos de l'Agence de Voyages, et des étudiants de l'École d'Horticulture, des copains de Daniel : Martine avait exigé des danseurs, c'était minable de voir des jeunes filles danser entre elles ! Le père de Daniel descendait de sa vieille Citron familiale, accompagné de Dominique, la sœur de Daniel, celle qui était autrefois fleuriste, et les deux enfants de celle-ci… Le nez en l'air, M. Donelle se mit au milieu de la route pour regarder l'auberge. Il était grand, maigre, courbé comme la première moitié d'une parenthèse, la poitrine rentrée, habillé de vêtements flottants, foncés, comme pour un enterrement.

— Imaginez-vous, criait-il, que cette maison m'intéresse ! Ravi d'y venir… Depuis le temps que je passe devant quand je vais à Paris… Une vieille, brave maison… La voilà *Auberge !* Et comme enseigne, c'est trouvé ! *Au coin du bois…* Pourquoi pas, *Au coin d'un bois !* … *Au coup de fusil !* Je me demandais qui aurait le courage d'affronter la maison… Eh bien, c'est nous !…

— Papa, tu vas te faire renverser par une voiture, à rester au milieu de la route…

Dominique, sa fille, lui ressemblait, grande et un peu voûtée, avec une lourde chevelure noire, mais probablement aussi réservée que son père était bavard et exubérant.

— Vous remarquerez, continuait à crier M. Donelle, en entrant dans la maison, qu'il n'y a pas un chat ici ! Ne croyez pas que c'est à cause de la noce, non, je n'ai jamais vu une voiture devant, ni un client dans le jardin !

M'man Donzert et M. Georges, la vieille cousine chez qui M'man Donzert couchait lorsqu'elle venait autrefois du village, le pharmacien et la pharma-

cienne qui avaient amené tout ce monde, venaient
derrière… M'man Donzert, très excitée, traversa vite
la salle pour aller au jardin : on mangeait dehors.

— Les enfants sont déjà là, monsieur Donelle, j'ai
vu leur voiture, un petit bijou… Je me dépêche, j'aimerais voir comment cela se passe pour le déjeuner…

— Tout est en ordre, Madame, vous serez satisfaite,
et la jeune mariée aussi, dit le patron qui se tenait au
milieu de la salle et saluait les invités.

La salle était sombre et fraîche, protégée par de très
gros murs et on se rendait bien compte que la maison
portait des siècles sur le dos, ses poutres taillées à la
hache, la cheminée en pierre sculptée. Le nouveau
propriétaire avait mis, le long des murs, des ban-
quettes tendues de vinyle rouge feu, et les tables à dessus de matière plastique, rouge également. Un bar,
des bouteilles, un parquet de dancing en bois jaune,
verni. Aux murs, entre des bassinoires et des chaudrons en cuivre, photos de jockeys, de chevaux et nus
artistiques. Le patron était somptueux : grand, le torse
imposant, les hanches étonnamment étroites et un
gros ventre ovale en forme d'œuf qui n'allait pas
avec le reste, comme surajouté. Avec ça, une tête de
César, très brune et autoritaire… Peut-être venait-il
de Marseille, via Montmartre. Il salua très bas
Mme Denise, impeccable avec ses cheveux blancs et
sa robe de chez Dior, accompagnée de son ami, un
ancien coureur d'auto, maintenant représentant de
luxe d'une marque d'auto particulièrement chère,
qui avait l'élégance du mécano et du sportif, hâlé, sec,
le ventre rentré… Sa voiture blanche, décapotable,
était une pure merveille, surtout pour qui s'y connaissait. Mme Denise avait pris dans leur voiture Ginette
et son petit garçon, Richard, excessivement blond, les
fesses rebondies… Ginette, habillée de couleurs pas-

tel, était tout poudre de riz, crèmes et parfums. Au fond de la salle sombre, le soleil découpait comme au couteau le rectangle aveuglant de la porte menant au jardin.

C'était là qu'était dressée la table. Le gravier crissait sous les pas des invités. Le soleil tapait, et il n'y avait pas l'ombre d'ombre, le jardin encore tout jeune, juste quelques baliveaux de tilleuls avec leurs tuteurs, de jeunes branches courtes, des feuilles claires et vernies. Ici et là, sur des supports en ciment, de gros pots en grès avec du géranium, et au milieu de ce petit désert, un puits en meulière, pièce purement décorative, puisqu'il n'y avait pas d'eau au fond... mais un rosier grimpait sur la margelle et, généreux, couvrait d'un flot de petites roses pompon le faux-semblant du puits. Pour avoir un peu d'ombre, on avait rapproché les tables rondes, à parasols, ce qui, à cause des creux en x entre chaque deux tables, ne constituait pas une seule tablée... M'man Donzert pensait à part soi que Martine n'aurait pas pu choisir plus mal, que les jeunes croient toujours savoir mieux, et que c'était une véritable catastrophe ! Enfin, avec le soleil, le jaune des parasols, le rouge et le blanc des fauteuils en lames de bois, eh bien, au bout du compte, cela faisait gai !...

Et le repas fut excellent, mieux que ça, succulent, abondant... M'man Donzert se disait que, vraiment, il faut être juste, pour le prix c'était incroyable ! Et les vins, les alcools... On était quand même quelque chose comme quarante à table... Il faisait une chaleur ! M'man Donzert avait enlevé ses chaussures sous la table, clandestinement. Les gosses de Dominique, débarrassés de leurs chemisettes empesées et de leurs chaussures en daim blanc, remuaient délicieusement les orteils et couraient dans le jardin, torse et pieds

nus. Les jeunes filles et jeunes gens s'étaient sauvés
dans la salle fraîche, avant la bombe glacée et les
fruits : on allait les servir à l'intérieur... En attendant,
ils faisaient marcher le pick-up à toute pompe.
L'ombre de la maison recouvrait maintenant un tiers
du jardin, les trois garçons qui servaient à table, d'une
bonne humeur inaltérable comme il se doit lors d'une
noce, avaient installé dans cette ombre des transat-
lantiques, des tables, et l'on pouvait un peu se reposer après le repas, dans une fraîcheur relative, avec
café et alcools...

Mme Denise était très contente de sa journée, elle
avait eu bien raison de faire ce geste, d'assister au
mariage d'une gentille employée, et elle ne s'était
guère attendue à y trouver un homme aussi distingué
que M. Donelle... La sœur du marié, cette grande
bringue, n'était pas mal non plus. Sans parler du
repas ! Daniel était certainement un garçon bien
élevé, un peu intimidant même... Assez attirant.

— Vous avez un beau métier, monsieur Donelle...
dit-elle au père de Daniel, sirotant un café délicieux.

— C'est un métier qu'on a chez nous dans le sang,
Madame... Daniel et ses cousins sont la quatrième
génération des Donelle rosiéristes... — Le regard que
M. Donelle tournait vers Mme Denise avait la même
innocence végétale que celui de son fils : — Et mes
petits-enfants que vous voyez là, s'ils restent fidèles
aux traditions, seront la cinquième.

La cinquième génération était en train de taquiner
des dindons qui se trouvaient de l'autre côté d'un
grillage : Paulot, un garçonnet d'une dizaine d'années, la tête ronde et les cheveux en brosse, tel
qu'était Daniel à son âge, et la petite sœur, Sophie,
qui ressemblait à sa mère, mais promettait encore tout
ce que l'autre n'avait pas tenu... elle était brune

comme sa mère avec les mêmes grands cheveux noirs,
et une timidité excessive qui lui liait bras et jambes
dès qu'on la regardait, et mettait dans ses yeux une
expression d'angoisse, une brume adorable...

— ... Ce petit, continuait M. Donelle, sait déjà
greffer un rosier, il suit les ouvriers pas à pas... Il est
né en 1940, et mon grand-père, le premier qui ait
aimé les roses dans la famille, à ma connaissance, est
né en 1837. Il était le plus jeune d'une famille nombreuse et mon arrière-grand-père l'avait placé à
quinze ans au château voisin comme aide-jardinier...

— Un peu comme les cadets des grandes familles
anglaises, qui n'héritent pas et sont obligés de courir
le monde... intervint Mme Denise, rêveuse.

— Si vous voulez... bien que nombreuse et grande
ne soit pas la même chose ! Il se trouvait que le propriétaire du château, le comte R..., était un grand
amateur de fleurs, et qu'il avait un jardinier remarquable. Mon grand-père fut un élève exceptionnel...
il se maria avec la fille du jardinier !

On rit un peu, et M. Donelle continua :

— Ils eurent leur premier enfant en 1850, et grand-
père eut envie de retourner à la ferme familiale et de
s'installer horticulteur... Il a dû avoir beaucoup de
mal à persuader la famille d'essayer un nouveau
métier, vous savez ce que c'est que les paysans — lents,
têtus, méfiants... Enfin, on lui avait concédé la terre
qui devait lui revenir un jour, une victoire extraordinaire : chez nous, on ne divise pas !... Grand-père
s'était mis à faire de la fleur, et surtout de la rose. On
allait les vendre à Paris aux marchés de la Cité et de
la Madeleine ; ce n'est pas que cela rapportait lourd,
plus que la culture quand même et, peu à peu, il a
gagné du terrain, c'est le cas de le dire... Mais c'est
son fils qui a définitivement abandonné la grande

culture et ne s'est plus occupé que de la fleur. La vieille ferme avec ses terres est devenue un établissement horticole… Peu à peu, on n'y a plus fait que des plantations de rosiers. Mon père, Daniel Donelle, fut un grand rosiériste. J'ai appelé mon fils d'après lui. J'espère qu'il lui fera honneur.

— Mais il y a bien des plantations de roses « Donelle » à Brie-Comte-Robert ? demanda avec intérêt le représentant en autos, l'ami de Mme Denise, que l'échelle des affaires de M. Donelle commençait à intéresser. J'y suis passé l'autre jour, et le nom m'a frappé…

— C'est mon frère, Marc Donelle, qui y est… Nous y avons acheté de la terre et construit des serres pour la rose coupée. Nous avons d'autres cultures de rosiers en Seine-et-Marne, dans les Alpes-Maritimes, le Vaucluse, la Loire, les Bouches-du-Rhône… Les Donelle sont une grande famille, Madame, et il se trouve toujours un cousin ou un gendre pour aller s'occuper des nouvelles cultures, des serres et des plantations. C'est rare qu'un Donelle se marie en dehors des familles horticoles, pour ainsi dire… Daniel est une exception. Enfin, Martine est quand même une fille de la campagne.

— L'Hymen, dit M. Georges, songeur, est la divinité qui présidait au mariage… A Athènes, dans les fêtes de l'Hymen, des jeunes gens des deux sexes, couronnés de roses, formaient des danses qui avaient pour objet de rappeler l'innocence des premiers temps…

— Eh bien, fit Ginette, aujourd'hui ils dansent la samba, et pour l'innocence, on repassera !

Par les portes ouvertes sur la salle sombre venait le rythme sambique, les jeunes gens et les jeunes filles semblaient s'en vouloir à mort.

— En tant que pharmacien, dit le pharmacien du village de Martine, je sais évidemment que l'eau de rose, l'essence de roses, nous viennent de l'anti-quité... J'avoue que je n'ai jamais pensé que cela signi-fiait forcément une culture de roses en grand... Votre métier doit être un métier très ancien, n'est-ce pas ?

— Comme métier ? C'est difficile à dire... La rose sort de la nuit des temps douze siècles avant Jésus-Christ, en Asie Mineure, pour se mêler aux rites reli-gieux des Perses. Les Juifs avaient des plantations de roses près de Jéricho... La rose apparaît chez les Grecs... chez Homère, chez Sapho, Hérodote... à Rome, elle a été de toutes les fêtes... Et le naturaliste Pline l'Ancien nous en conte des vertes et des pas mûres sur la rose... Les couronnes, les pétales, pour en avoir tant et tant, il fallait bien les cultiver. En l'an 70, il y avait déjà des serres, en Grèce. On connais-sait la greffe, les croisements. Ensuite, l'histoire de la rose enjambe plusieurs siècles, on ne lui pardonnait peut-être pas son caractère païen... mais, chose curieuse, tout comme pendant des siècles avant Jésus-Christ on l'avait associée aux dieux et aux déesses, on s'était soudain mis à l'associer à la pureté de la Vierge !

— Toujours dans les huiles... fit Ginette.

— ... Les couronnes de roses sont maintenant tres-sées en l'honneur de la vertu, et chaque fois que la Vierge se manifeste aux hommes, des roses naissent sous ses pas...

— Ça, c'est le côté spirituel de l'histoire, inter-rompit le pharmacien, mais, au Moyen Age, la rose jouait un grand rôle en pharmacie. Avicenne lui-même affirmait que la conserve de roses consommée en très grande quantité guérissait de la tuberculose... Et l'eau de rose au Moyen Age s'employait en quan-

tité si énorme que la rose devait bien être cultivée sur
des centaines d'hectares, rien qu'en France.

— Oui, dit M. Donelle, très content de trouver un
interlocuteur qui avait des lumières sur les roses ; je
crois qu'au Moyen Age c'était un métier très lucratif.
Avec la mode des chapeaux et couronnes de roses, et
l'eau de rose à elle seule...

— Oh, vous devez bien vous défendre aujourd'hui
aussi, monsieur Donelle ! — Ginette, à qui Martine
avait confié que le père ne les lâchait pas facilement,
souriait finement : — Richard, veux-tu descendre de
là ! cria-t-elle à l'intention de son fils qui faisait des
acrobaties sur la margelle du puits. Richard, qu'est-ce
que je te dis ! Attends un peu que je t'y envoie, sur les
roses !... — Et calmement, pour les autres : — Ce
gosse me fera mourir...

M. Donelle ignora l'interruption de Ginette, — en
homme bien élevé, — se dit Mme Denise, cette
Ginette était impossible, d'une vulgarité ! N'étaient
ses qualités de manucure, il y a longtemps qu'on se
serait passé d'elle, à l'Institut de beauté... Pourquoi
fallait-il que Martine se fût liée avec elle, justement ?...

— ... Le métier de marchand de roses, continuait
M. Donelle, était très répandu en France aux xvᵉ et
xviᵉ siècles. Il existait même alors une coutume qui
devait aider à entretenir d'agréables relations entre
gens qui « se devaient mutuelles déférences »... J'ai lu
dans une *Histoire des antiquités de la Ville de Paris* que
les Princes du sang qui avaient des pairies dans le ressort des Parlements de Paris et de Toulouse étaient
obligés de donner des roses au Parlement, en avril,
mai et juin. Le pair qui présentait les roses en faisait
joncher toutes les chambres du Parlement, ensuite il
offrait un déjeuner aux présidents, aux conseillers,
aux greffiers et huissiers de la cour. Après le repas, il

allait dans chaque chambre porter des bouquets et des couronnes ornés de ses armes, pour tous les officiers... On ne lui donnait audience qu'après et puis on entendait la messe. Le Parlement avait d'ailleurs son faiseur de roses qu'on appelait le « Rosier de la Cour », et le Prince du sang, qui payait sa redevance en roses au Parlement, était obligé de se fournir chez lui...

— Vous voyez M. Ramadier ou M. Georges Bidault ceints de couronnes de roses !

La pharmacienne leva les bras au ciel. Elle avait toujours le mot pour rire, celle-là ! Tout le monde rit, d'autant plus que Ginette, tout étonnée, demanda :

— Il y avait un Parlement au XVIe siècle, à Paris ? On était donc déjà en République ?

Le grand garçon brun qui commençait bien précocement à perdre ses cheveux, l'étudiant en lettres avec qui Daniel avait été dans la Résistance et qui lui prêtait sa chambre, ignora, lui aussi, très poliment Ginette :

— Savez-vous, monsieur Donelle, qu'on parle de la *baillée des roses* déjà au XIIe siècle ? La reine Blanche de Castille l'aurait instituée à l'occasion du mariage de la fille du premier président du Parlement de Paris, la belle Marie Dubuisson...

L'ami de Daniel devait aimer les femmes, la beauté de Martine l'avait beaucoup ému, l'idée qu'elle ait pu coucher dans son lit...

Mme Denise trouvait M. Donelle de plus en plus vieille France, et ce jeune homme maintenant... C'étaient des gens très bien.

— Rosiéristes de père en fils... quand on est quelque chose de père en fils, monsieur Donelle, on est aristocrate, dit-elle. Et votre fils va la continuer, cette lignée aristocratique ?

— Aristocratique? — M. Donelle regarda Mme Denise avec un petit sourire. — Il y a eu quelques horticulteurs qui ont appartenu à la noblesse, les Vilmorin, par exemple... Ils ont perdu leurs prérogatives de gentilshommes parce qu'ils se sont mis dans le négoce, vers les 1760... Mais les dynasties de rosiéristes, les Pernet-Duchet, les Nonin, les Meilland, les Mallerin, ne possèdent ni titres, ni particules... Notre Gotha c'est celui des Roses ou — ne soyons pas trop ambitieux! — notre *who is who* des roses...

Mme Denise ressentait une surprise agréable : cet homme parlait l'anglais...

— L'antiquité, Madame, nous a transmis peut-être une dizaine de variétés de roses décrites... aujourd'hui nous en avons quelque chose comme vingt mille. Il y a des hommes qui ont donné leur vie à l'obtention de roses nouvelles... Ce sont des créateurs, et mon père en était un... Chaque rose nouvelle est portée sur un registre, sur un catalogue, avec son nom à côté du nom de celui qui l'a créée, et la date de sa création. Le catalogue indique à quelle race elle appartient, la provenance de cette race et la date de son introduction en France.

— C'est inouï! s'exclama Mme Denise.

— Et vous dites qu'à ce jour il y en a vingt mille d'enregistrées? Le pharmacien semblait trouver que c'était beaucoup.

— Mais oui, Monsieur, et on lit le nom de Donelle assez souvent à côté du nom de la rose... Mon père en a créé un grand nombre, il a obtenu des prix à Lyon, à Bagatelle... à d'autres concours de roses... C'était un maître en matière d'hybridation... Il n'a jamais fait d'études spéciales et pourtant au Congrès International de Génétique il a été très écouté...

Daniel tient de son grand-père, mais c'est un scientifique. Il veut créer les roses nouvelles, scientifiquement. On verra bien… C'est chez lui une passion telle
qu'à la place de Martine, j'en serais jalouse…

Les garçons apportaient du champagne. Cette noce
était décidément très réussie. Dans la salle, on s'amusait beaucoup, il en venait des rires et des cris et des
applaudissements. Ginette, n'y tenant plus, quitta les
grandes personnes qu'elle commençait à trouver
rasoir, pour aller se jeter dans la danse.

Dans la salle, on avait allumé quelques bougies électriques discrètes ; elles se reflétaient dans le cuivre de
ces bassinoires et chaudrons qui tenaient compagnie
aux vieilles poutres et justifiaient *l'Auberge* annoncée
à l'extérieur. « Quelle ambiance ! » put dire Ginette,
aussitôt dans les bras d'un garçon… C'était une java,
et un couple la sambisait si bien que les autres s'en
tordaient de rire. Le patron lui-même était entré dans
la danse, et ventre ou pas, il se révélait un danseur de
java émérite. En homme qui a du savoir-vivre, il ne
s'était permis d'inviter la jeune mariée qu'une seule
fois, très correctement.

— C'est vraiment épatant chez vous… Martine
dansait menu dans les bras puissants du patron.

— Il ne tient qu'à vous, Mademoiselle… pardon,
Madame, d'y revenir aussi souvent que possible. Et
quand je dis cela, vous savez bien que ce n'est pas l'intérêt qui parle.

— Certainement, Monsieur… Mais on ne se marie
pas tous les jours. Je vous suis très reconnaissante, à
vous et à Ginette, d'avoir si bien fait les choses… Je
ne voudrais pas abuser, quand même… Comme vous
voyez, on n'a pas encore une Cadillac, c'est plutôt une
quatre-chevaux !

— Vous l'aurez, la Cadillac, Madame, c'est moi qui

vous le dis, même que, j'en suis sûr, si vous l'aviez
voulu, elle aurait déjà été à votre disposition…

— Pour qui me prenez-vous… dit Martine d'une
voix terne, sans point d'exclamation.

— Quand on vous voit, Madame, on regrette que
le *strip-tease* ne soit pas d'usage plus courant !

La java s'arrêta, et les jeunes crièrent d'un seul
cœur : «Assez!» et, ensemble : «Cha-cha-cha! Cha-
cha-cha!… »

Martine retourna dans les bras de Daniel qui attendait, les mains dans les poches, et s'amusait beaucoup
à regarder les autres faire les fous.

— C'est drôle, dit Martine, toutes les femmes te le
diront : les maris ne savent jamais danser… C'est-il
que les bons danseurs ne se marient pas, c'est-il que…

— Je te comprendrais aussi bien, mon cœur, si tu
disais : est-ce que les bons danseurs ne se marient
jamais, ou est-ce que… Qu'est-ce donc qu'on vous
apprend à votre Institut de beauté ?…

— N'empêche que tu danses comme un pied !

— Très juste ! Je t'aime, ma fée, ma danseuse, mes
petits pieds dansants… Le soleil finira bien par se
coucher et nous aussi. J'attends, j'attends…

— Moi je ne t'attendrai plus jamais. Je t'ai.

Pas plus de point d'exclamation que de points de
suspension. La ponctuation dans le langage de
Martine devenait de plus en plus celle d'une machine
à écrire de bureau.

— Si on partait tout de suite ?… Daniel la serra
contre lui. J'ai repéré que la porte derrière les lavabos donne sur le large…

Personne ne semblait avoir remarqué leur disparition. Le pick-up continuait à s'époumoner, et des
atomes crochus, comme on le disait du temps où le
mot atome ne voulait rien dire, maintenaient les

couples dans un état de plaisir partagé. Le patron se retira dans ses appartements avec un petit signe à Ginette. M. Donelle et les autres firent quelques pas sur le gravier crissant du jardin, puis sortirent sur le goudron de la route… Tout le monde avait trop mangé, trop bu… Il faisait encore lourd, très lourd…

— On n'est pourtant pas encore des vieux, dit Mme Donzert au pharmacien, constatant à part soi que la quatre-chevaux n'était plus là, mais voyez comme tout a changé… Les cadeaux de mariage par exemple… Ma mère me racontait souvent comment, lorsque le patron de l'usine où elle travaillait a marié sa fille, on avait exposé tous les cadeaux de mariage sur une grande table et tout le monde pouvait y aller voir… C'était de l'argenterie et des bronzes, des vases et des bijoux… Vous la voyez sur la table, la quatre-chevaux que M. Donelle a donné aux enfants ? Et la radio sans fil de Mme Denise, et l'appareil photographique que leur a envoyé un oncle, rosiériste sur la Côte d'Azur… Et nous-mêmes qui leur avons offert un appartement… à crédit… que nous allons payer à nous trois, Georges, Cécile et moi, pendant deux ans ! Ah, je vous dis…

Soudain, les jeunes jaillirent tous ensemble de la maison, ils grimpaient dans le car où le chauffeur sommeillait en attendant le départ. Ils voulaient faire une promenade, faire n'importe quoi, on n'allait pas se séparer comme ça…

— Vous remarquerez, disait M. Donelle, qu'à côté de ce *Coin du Bois*, il n'y a pas de bois ! Et pas âme qui vive dans la journée ! Nous n'avons pourtant pas loué toute la maison, et l'entrée n'en était pas interdite aux personnes étrangères à la noce…

Le car démarrait… Les départs commençaient à s'organiser. Mme Donzert, morte de fatigue, remerciait l'ami de Daniel qui voulait bien ramener toute la famille, M. Georges, Cécile et son Jacques, à Paris. Le pharmacien allait maintenant dans l'autre sens, il rentrait chez lui, au village. Cécile et Jacques n'avaient pas voulu monter dans le car avec la jeunesse. Cécile n'était pas en train, semblait fatiguée, et Jacques, un grand gaillard sombre, ne disait rien... Clair que ces deux-là s'étaient disputés.

— On a passé une journée merveilleuse... — Mme Denise montait dans la voiture rutilante de son ami : — Où est Ginette ?... Eh bien, tant pis... Je suis sûre qu'elle se débrouillera...

Il ne restait plus que la vieille Citroën de M. Donelle.

— Pépé ! il y a la lune ! dit la petite aux cheveux noirs flottants...

XII

UNE PLACE FORTE

Martine sera-t-elle une autre fois dans sa vie heureuse comme elle le fut ce soir, cette nuit, et le lendemain encore... Ce bonheur n'était pas à crédit, comme l'appartement et la quatre-chevaux, ce bonheur ne devait rien à personne. Ou, plutôt, elle l'avait payé elle-même pendant tant et tant d'années que maintenant il lui appartenait, on ne pouvait plus le lui reprendre.

Ils avaient traversé des pays qui leur paraissaient étranges, parce qu'ils surgissaient soudain au sortir des baisers et des arbres. Ils n'avançaient pas vite, même lorsqu'ils avançaient, parce que Daniel conduisait d'une main, il ne savait peut-être pas danser, mais il savait conduire, les maris savent conduire, hein, Martine ? et vous embrasser... La vallée de la Seine autour d'eux était sonore comme le sont les maisons neuves, sans meubles, ou alors ne serait-ce pas là un autodrome, un vélodrome ? De temps en temps, il venait sur eux comme un bruit de course, le vent ou un peloton de coureurs... ou peut-être était-ce la trépidation d'une usine ? Mais *cela* se résolvait, s'éloignait, sans avoir apparu. Ils roulaient au-dessus du fleuve, puis s'enfonçaient dans les bois, et en sortaient

pour se trouver à un autre coude de la Seine... Elle
les tenait, les ramenait à elle. Pour Martine c'était un
vrai voyage, elle qui n'avait jamais rien vu d'autre que
son village et Paris, elle se sentait ici, à une centaine
de kilomètres de Paris, merveilleusement dépaysée,
tant ce grand ciel clair et implacable ressemblait peu
à son ciel familier.

Ils soupèrent dans le jardin d'un hôtel isolé dans la
campagne, quelque part près de Louviers. Il était plus
de dix heures du soir, mais le temps était si doux, à
rester dehors sans fin... Les couples, autour des
petites tables sur la pelouse, avec la lumière dans les
arbres... Les vestes des maîtres d'hôtel et les nappes
trouaient la nuit d'un blanc violent. Ici personne ne
s'étonne jamais qu'on arrive à n'importe quelle
heure. Martine et Daniel, avant de se mettre à table,
marchaient dans le parc de l'hôtel... les allées, les
« pas japonais » qui les menaient à des groupes
d'arbres, à des bosquets... voici une pièce d'eau, et la
blancheur des cygnes faisait penser aux vestes des
maîtres d'hôtel, aux nappes...

— Viens, ma douce... Le champagne doit être
froid et le lit bien chaud...

Martine était soûle de bonheur, et elle se mit à rire
comme une folle, parce que sur la table préparée
pour eux, si bien ordonnée, servie, fleurie, une pie se
promenait ! Une vulgaire pie noire, qui était en train
de mettre son bec partout, et lorsque le garçon tenta
de la chasser, la pie se mit à pousser des cris de
mégère, attrapa la nappe dans son bec et tira dessus...
Toute une affaire pour la chasser ! Le patron s'approcha, le sourire complice :

— Cet oiseau est insupportable, dit-il, mais il
amuse tant les clients ! Et nous aussi ! On s'y est attaché... Il faut seulement le surveiller... il vient de boire

un alcool à la menthe, à la table, là-bas... Et il emporte tout ce qui brille, méfiez-vous, Madame !

Daniel regardait rire Martine et trouvait que la pie était un oiseau fantastique. Ils ne mangèrent pas beaucoup, bien qu'ils n'eussent déjà pas mangé à déjeuner, mais ils avaient soif, et les narines de Martine frissonnaient de ce champagne qui les chatouillait et les piquait...

— Ah, faisait-elle, ah... Cette pie noire et voleuse... Quand j'étais encore Martine-perdue-dans-les-bois, ma mère, la Marie, m'appelait une pie noire et voleuse, parce que je fauchais tout ce qui était lisse et brillant !... Les billes de mes petits frères... ça me faisait un plaisir ! de les tripoter dans la poche de ma blouse... Ma mère criait : une pie noire et voleuse ! Et tous les petits frères reprenaient en chœur : une pie ! Et voilà qu'on me met une pie sur la table, la nuit de mes noces, on me met une pie dans mon champagne ! Crevant !

— Crevant n'est pas le mot, je t'assure, mon Martinot, — Daniel versait à boire, — une pie, ce n'est ni crevant, ni impeccable... c'est une sorcière comme toi... Donne-moi tes petites mains, Martine...

— C'est une mégère, — Martine mit ses mains sur les paumes ouvertes de Daniel qui se refermèrent sur elles, — elle ne connaît pas les mots interdits, elle hurle les mots qu'elle veut... La pie est furieuse. Je vais attraper la nappe dans les dents et tirer dessus !...

— Je te tiens...

Daniel tenait les mains de Martine, solidement, et ils oublièrent ce qui montait en eux comme une soupe, pour se noyer dans les yeux l'un de l'autre.

A d'autres tables, on se disait d'autres contes... Des couples venus ici dans ces grosses voitures qui les attendaient au fond du vaste garage, brillant dans les

pénombres de leur vernis impeccable, les hommes
avaient de quoi se payer la voiture, la femme, et les
poulets froids en gelée, et le vin de l'année délicieuse.
Tout ici était agrément, fraîcheur, plaisir... les
femmes belles, les hommes au moins soignés... La
seule personne de mauvaise humeur était la pie.
Martine et Daniel se levèrent.

Une chambre minuscule, toute tapissée d'une
étoffe à fleurs, claire, moelleuse comme un œuf... La
fenêtre s'ouvrait sur le ciel et les parfums de la nuit.

Le matin, ils découvrirent devant eux une pelouse,
et plus loin, à l'infini, la verdure des champs, la campagne sans une bâtisse... Martine à nouveau éprouva
un bonheur aigu devant l'excellence du déjeuner, les
tasses fines, les petits pots de confitures cachetés, les
toasts, croissants... Et il y avait des roses sur le plateau,
une attention de la maison. Martine les serra contre
sa chemise, pas du nylon, de la soie pure : pour sa nuit
de noces, Martine avait voulu de la soie et des dentelles...

— Dieu, ce que tu es belle ! — dit Daniel, la regardant stupéfait, comme on est stupéfait, lorsqu'on se
lève matin, de la beauté d'un jardin avec les oiseaux
et la rosée, et qu'aucun regard n'a encore touché à
ces fleurs, ces rayons de soleil, avec la fraîcheur de la
première respiration... — Dieu, ce que tu es belle ! —
répéta Daniel, et il se regarda dans la glace étroite.

Il se regardait dans la glace étroite et il se disait à
lui-même : « Cela finira mal, Daniel », les yeux dans
les yeux du Daniel de la glace, un Daniel en pantalon
de pyjama, le torse nu, jeune, fort, et à vingt-quatre
ans quelques rides sur le front... Les yeux dans les
yeux, les deux Daniel se regardaient avec ces yeux
qu'ont les hommes qui regardent pousser les plantes
avec attention et patience, qui voient le ciel et la terre

d'où viennent la vie et la splendeur, les deux Daniel
hochèrent la tête et le vrai Daniel se tourna vers
Martine :

— Tiens ! — il lui lançait une écharpe — cache ces
seins, il y a le garçon qui reviendra sûrement chercher
le plateau...

Ils allaient maintenant tout droit à la ferme familiale des Donelle pour y passer les vacances de lune
de miel : après toutes les dépenses faites, on ne pouvait guère en faire d'autres.

Ils roulaient dans la grande plaine vallonnée. De
loin, loin, on pouvait déjà distinguer la tache grise
qu'était l'ancienne ferme des Donelle. On la perdait
de vue dans les descentes, la retrouvait en montant...
Daniel était un peu ému à l'idée d'introduire Martine
dans le monde de son enfance, dans l'intimité de ses
souvenirs : il est malaisé de les communiquer, de les
faire partager. Ils approchaient : la ferme, isolée sur
un vaste tapis à dessins géométriques, marron, vert,
beige, jaune, grandissait à vue d'œil.

Rien que des murs... En pierre grise, une forteresse
rectangulaire avec trois tourelles, deux rondes et une
carrée. La partie du mur donnant sur la route était
très haute, devenait maison, percée de quelques
fenêtres et d'un portail en bois plein, si haut qu'il
mordait sur le premier étage. A côté du portail, il y
avait une porte vernie, visiblement récente, avec deux
marches et une plaque de cuivre : *Donelle, horticulteur.*
Ils étaient arrivés.

— Ne prends pas peur, mon Martinot, disait
Daniel pour la centième fois, toi qui n'aimes pas le
désordre... tu vas voir !

Le portail s'ouvrait dans un concert furieux de

chiens bondissants, se démenant... Un jeune ouvrier
très blond, nu jusqu'à la ceinture, enlevait son
chapeau de paille et montrait largement ses dents
dans le bronze du visage. Il ferma le portail derrière
eux et disparut dans la maison. Daniel rangeait la
voiture sous l'appentis adossé au mur, à côté de la
Citroën paternelle et d'une camionnette. Les chiens
aboyaient et bondissaient.

On aurait dit une place de village après le marché...
la cour pavée était jonchée de paille, de cageots, de
paniers, de ficelles, de vieux journaux, de brouettes,
de bâches... De la boue sous les pieds, un peu partout. Il avait dû y avoir de la pluie. Près du vieux puits,
c'était une large mare où barbotaient des canards.
Des poules suivies de poussins cherchaient leur bonheur entre les pavés où poussait l'herbe... Des chats...
ils étaient couchés ici et là, au soleil... sur la margelle
du puits, sur les toits des constructions basses adossées
aux murs, sur les marches devant les portes... Côté
portail, où se trouvait la maison d'habitation à un
étage, le tronc en spirale d'une très vieille glycine
grimpait au mur et de là embrassait la cour, laissant
nonchalamment pendre ses immenses manches
vertes au-dessus de tout ce désordre. Face au portail,
côté maison d'habitation, il y avait un deuxième portail, ouvert sur les champs, un horizon lointain...

M. Donelle père était heureux d'accueillir les
enfants. Dominique serra la main de Martine et dit
rapidement, avec un sourire aussitôt effacé : « Soyez
la bienvenue... », poussant devant elle la petite Sophie
avec ses cheveux noirs, flottants, porteuse d'un gros
bouquet de roses. Cela se passait dans la salle à manger, sombre à cause de la glycine. Elle devait être
humide, le papier peint du plafond, avec un dessin en
relief, blanc sur blanc, pendait en lambeaux. Il y avait

un buffet en bois sculpté et des chaises à dossier haut, recouvertes d'un cuir repoussé, avec des clous en cuivre. Au mur, des agrandissements de photos de famille, un baromètre, et un paysage représentant un village, avec, dans le clocher de l'église, une vraie petite pendule !

— Voyons, ma fille, aimes-tu le croupion ? Parce que si tu l'aimes, il est à toi, on ne refuse rien à une jeune mariée !

M. Donelle découpait le, ou plutôt, les poulets, d'une main de maître. Ils étaient assez nombreux à table : outre M. Donelle, Dominique et les enfants, Martine et Daniel, il y avait aussi les trois cousins que Martine connaissait du village. Martine n'aimait pas le croupion, et elle n'avait plus faim après le pâté maison, le saucisson et jambon maison, le melon… Le vin rosé, on le recevait directement de chez un ami amateur de roses, un vin qui n'était pas falsifié, ça non, il ne l'était pas ! La tarte réconcilia Martine avec la très vieille femme bougonne qui faisait la cuisine et servait à table. On l'appelait la mère-aux-chiens, et des chiens, il y en avait !… Présentement, ils étaient couchés autour de la table, bien élevés, sans mendier, obéissant au doigt et à l'œil… des bergers allemands de race pure et des bâtards du côté chien de chasse. De temps en temps, on leur jetait un morceau de viande, de pain trempé dans le jus, et ils ne se disputaient même pas.

M. Donelle avait son complet du mariage, foncé et flottant ; les trois cousins portaient eux aussi des complets-veston avec gilet, qui paraissaient encore plus épais à cause de la chaleur. Dominique, dans une robe de coton blanche, les bras nus, hâlés, était bien mieux qu'au mariage ; la petite Sophie, on l'avait encore coiffée avec les grands cheveux dans le dos, qui lui tenaient terriblement chaud, lui collaient au front, lui entraient dans les yeux... Elle ne mangeait rien et regardait Martine. Le petit aussi regardait Martine et avait chaud. Les trois cousins aussi la regardaient, à la dérobée, parlaient peu. Bernard, celui qui aimait les Allemands, semblait se porter à merveille, lui qui avait tant décollé après leur départ que c'en était risible. « Cette cravate, se disait Martine, c'est pas possible ! Il a dû l'hériter d'un fridolin ! Et la bouille qu'il a maintenant, si je ne savais pas que c'est Bernard, je croirais que c'est Gœbbels évadé qui s'est retapé à la campagne ! » Les deux autres, Pierrot et Jeannot avec leur bonne tête ronde, ressemblaient à Daniel, alors... Mais ces vestons qu'ils avaient, de quoi étaient-ils doublés, de carton ?... Ah là là... Comme il était beau, son Daniel, avec sa chemise blanche à col ouvert... On parlait surtout du temps où tous ces grands garçons et Dominique étaient des enfants. La fois où Daniel avait mangé un bocal de prunes à l'eau-de-vie ! ça fait quelque chose comme vingt ans et depuis on cache toujours la clef dans une sculpture du buffet. Les liqueurs et alcools sont toujours dans le buffet, comme ça M. Donelle les a sous la main quand il veut offrir un verre à un client..., son bureau est contigu à la salle à manger, c'est la porte de ce côté... Et le jour où Dominique est tombée dans le puits ! Les quatre garçons l'ont rattrapée au vol et maintenue à bout de bras au-dessus du vide, jusqu'à ce que les deux ouvriers l'aient tirée de là... La première greffe faite par Daniel ! A-t-on assez ri ! Il avait greffé à sa manière, on peut dire... A chaque nouvelle histoire, la petite se tournait vers sa mère et lui chuchotait quelque chose à l'oreille, et Dominique répondait : « Oh, quatre ans peut-être... six ans... douze ans... »

Au café, tout le monde semblait un peu absent, et

avec la dernière gorgée avalée, chacun fila comme un chien détaché : au travail !... Daniel et Martine, eux, étaient en vacances, ils pouvaient aller se reposer. Daniel avait pris le bras de Martine, il allait la mener dans sa chambre, la leur, on s'était mis à table à peine arrivés, et elle n'avait encore rien vu... Donc, à côté de la salle à manger, où l'on ne mangeait que dans les grandes occasions, c'était le bureau. Daniel ouvrit la porte devant Martine : machines à écrire, registres et dossiers sur des rayons... on dirait l'étude d'un notaire. Une chaleur là-dedans ! Un comptable et une dactylo vinrent serrer la main de la jeune Mme Donelle... Une deuxième porte donnait sur un vestibule d'où l'on pouvait sortir directement sur la grande route : c'était la petite porte près du portail sur laquelle on pouvait lire *Donelle, horticulteur.* Dans ce même vestibule, donnait un escalier en pierre, avec une belle rampe : à l'étage, un long couloir à peine éclairé par quelques fenêtres sur la route. Daniel ouvrait, l'une après l'autre, les portes des chambres. Grandes comme des salles, blanchies à la chaux, de gros meubles de bois foncé, des dessus de lit tricotés, des crucifix, elles avaient l'immobilité des pièces inhabitées, un silence stagnant... Personne n'y couchait depuis des années, la famille s'était rétrécie, expliquait Daniel, et puis, on avait appris à avoir froid. Dans le temps, on ne sentait jamais le froid, paraît-il, on faisait du feu dans la cheminée quand il y avait quelqu'un de malade au point de se mettre au lit. Maintenant, il faudrait installer le chauffage central, mais père refuse de brûler de l'argent... lui, il n'a jamais froid. Alors, tout le monde a déménagé de l'autre côté du portail, on y a divisé les pièces et installé des poêles. De ce côté, ce n'est que chez moi qu'il fait chaud en hiver, tu n'auras jamais froid, mon

Martinot... Martine ne dit rien, mais elle eut un fris-
son, par cette chaleur, à la seule pensée qu'elle pourrait vivre ici.

La chambre de Daniel était au bout du couloir, il y
avait quelques marches à monter. Une grande pièce
basse de plafond, à le toucher de la main, sur le plâtre
blanc des murs, les croisillons des poutres. Des rayonnages avec des livres... Une grande vieille table de
ferme en face d'une fenêtre donnant sur les champs,
avec, au premier plan, un champ de colza aussi jaune
que le ciel était bleu, et, au fond, le grand, grand horizon. Un fauteuil défoncé, un lit d'acajou, presque
noir à force d'être foncé, et une table de chevet du
même bois, en forme de colonne, avec un dessus de
marbre noir et une place pour le pot de chambre. Le
plancher était fait de grosses planches mal jointes et
grises d'âge. Cela sentait très fort les roses rouges,
chaudes : on en voyait partout, dans des brocs de
faïence blanche, des grands et des petits, des droits au
bec pointu et des dodus à large lippe verseuse... Dans
un coin de la pièce, une rampe en rond autour d'un
trou dans le plancher : c'était l'escalier en vis qui descendait dans la cuisine. Telle était la chambre de
Daniel. Telle était la maison où il était né. Il fallait que
Martine s'y plût.

Elle s'approcha de la fenêtre, ou plutôt de la
lucarne qui donnait sur la cour... Les chiens et les
chats sommeillaient, couchés sur le flanc, sans se laisser déranger ni par les poules, ni par les mouches, ni
par le soleil qui fouillait dans les recoins et n'arrivait
pas à assécher la mare où barbotaient les canards, la
boue de la dernière pluie... L'ouvrier très blond sortait la camionnette, dans un bruit de moteur et d'ailes.

— J'imagine cette ferme aménagée... dit Martine,

rêveuse. Elle tourna le dos à la lucarne, vint près de Daniel, près, tout près.

— Tu aimes ma maison, Martine ? dit-il, ému.

— Je t'aime, toi.

Il s'écarta un peu :

— Moi, je n'aime pas les fermes aménagées...

Bon, c'était clair : Martine n'aimait pas la maison de son enfance. Il ne lui ferait pas partager son passé. Ce passé n'était pas communicable, chacun resterait seul dans son passé comme dans un rêve. Elle n'aimait pas la maison de son enfance, elle ne faisait que la lui pardonner. C'était pourtant une belle maison ! Mais elle, elle aimait la « ferme aménagée » comme sur les images de la *Maison Française*, brillante et satinée... Tant pis.

— Et où se lave-t-on ? demanda Martine se regardant dans la petite glace, au mur.

— Dans la cuisine, mignonne, au-dessus de l'évier, il n'y a pas de salle de bains. Il faut que je t'explique : père se fout du confort moderne. Il y a un château d'eau pour les roses, toute l'eau qu'on veut pour les arroser, et dans la maison, pour nous autres, c'est toujours l'eau du puits et, si on a la pompe, c'est que Dominique, quand elle est rentrée ici après la mort de son mari, a menacé d'envoyer le linge à laver au bourg... Un scandale dont on n'a encore jamais entendu parler dans la famille Donelle ! Envoyer son linge sale au-dehors, le laver en public ! Alors père a cédé, on a eu la pompe.

— Il est avare, ton père... — Martine ouvrit sa valise.

— Non ! Il n'est pas avare, mon Dieu ! Pas pour les roses... Mais donner un coup de téléphone pour cette fichue pompe, avoir les ouvriers dans la maison, ça l'embête, quoi ! Tant qu'à faire, il aime mieux

installer un local climatisé pour conserver les rosiers
arrachés, que le chauffage central pour nous autres.
Avare ! Ça m'ennuie que tu puisses croire que mon
père est avare... Je suis sûr qu'il n'a aucune idée de
ce qu'il possède... ni personne, d'ailleurs ! Sans parler
de l'aléatoire d'un métier qui dépend de l'humeur du
bon Dieu...

— C'est compliqué ce que tu me racontes... —
Martine, ses jupes, sorties des valises, sur les bras, ins-
pectait la pièce : où allait-elle les mettre ? — Ça me
fatigue moins de penser qu'il est simplement avare.
En tout cas, pour la mangeaille, c'est impeccable ! Ta
sœur n'a pas d'amant ?

Daniel regardait Martine mettre ses vêtements sur
les cintres qu'elle avait apportés avec elle et les pendre
à la rangée de clous dans le mur. Les tiroirs de la
grosse commode étaient ouverts, elle y rangeait des
choses fines, jolies...

— Non, ma sœur n'a pas d'amant, à ma connaissance, dit-il, distrait... Elle se tait, elle pense à on ne
sait quoi. Parfois je me dis : et si tout son mystère
n'était que de la sottise ? Tu vois, je te dis tout,
Martine, je te donne ma sœur, ma grande sœur que
j'aime... Tu n'es pas fatiguée, ma chérie ? Si ? On fait
la sieste ?...

La sieste se prolongea. Ils passèrent le reste de la
journée au lit. Personne ne vint les déranger, et derrière la fenêtre c'était le désert doré de colza, le ciel,
un horizon fait au compas... Daniel, descendu pour
chercher à boire, revint avec une bouteille de rosé,
embuée, fraîche, des biscuits, des fruits... Le soir, ils
traversèrent l'étage désert pour descendre l'escalier
de pierre dans le vestibule et sortir sur la route goudronnée. La nuit embaumait, il faisait parfaitement
beau, l'air immobile et frais avec la douceur émou-

vante d'un tout petit enfant. Lorsqu'ils revinrent sur leurs pas, la ferme, de loin, parut à Martine très grande, une place forte avec donjon et murailles du Moyen Age...

— On dirait un château inhabité, murmura-t-elle avec respect, pas une lumière...

— Tout le monde dort... On se lève avec le soleil...

La porte donnant sur la route n'était par fermée. Ils montèrent l'escalier doucement, bien que personne ne dormît de ce côté, ils longèrent le couloir et retrouvèrent le lit.

XIII

SOUS LES PAS
DU GARDIEN DES ROSES...

Les rangées parallèles des rosiers s'en allaient devant eux, très loin, ils étaient en pleine floraison, il y avait des rangées rouges, roses, jaunes. Il y en avait de déjà fanées, ayant viré de couleur, ouvertes, montrant leurs étamines, amollies, dans un désordre de pétales, les rouges devenues mauves, les jaunes et blanches, salies, les bords des pétales desséchés... Martine se dit qu'une roseraie, ce n'était jamais impeccable.

— C'est ici, dit M. Donelle, que grand-père a planté ses premiers rosiers, c'est là que tout a commencé... Depuis la Rose des Mages, nous nous sommes compliqués, les uns comme les autres. Par la culture... Les compliqués spontanés, comme toi, Martine, c'est rare. Enfin, parlons rosiers... Soudain, la Rose des Mages, notre Rose de France, la Rose gallique a donné des fleurs doubles. Spontanément ! Tu vois, Martine, cela arrive aussi aux fleurs... Alors on s'était mis à cultiver, à l'*améliorer* comme on dit... Pourquoi la complication est-elle une amélioration ? Pour ma part, esthétiquement parlant, je préfère la rose simple, à cinq pétales.

— Tu es blasé et snob, père !... — Daniel laissa partir son grand rire.

— Bon, bon, peut-être... De la rose sauvage, les Grecs ont fait la rose Cent-Feuilles... Tu l'as en image sur le mur de ta chambre, puisque la chambre de Daniel est maintenant la tienne... Et parce que Redouté l'a peinte au début du XIXe siècle, elle appartient bien plus aux images qu'à la nature... On dirait que Redouté l'a habillée d'une robe à volants, et il est difficile maintenant de s'imaginer qu'elle est vieille de plusieurs siècles et qu'elle nous vient de l'antiquité...

— Père, il fait chaud, dit Daniel, qui avait l'impression que Martine s'ennuyait.

— Bon, bon... Je disais que grand-père avait planté ici même les premiers rosiers. On n'a qu'à rentrer si vous trouvez qu'il fait trop chaud...

Il continuait pourtant à avancer. On voyait au loin un tracteur naviguer sur la terre marron, ondulée... Plus près c'étaient des sillons vert tendre, au-dessus desquels de petites silhouettes pliées en deux, la tête presque entre les jambes écartées, semblaient immobiles sous le grand soleil... pourtant, de temps en temps, elles avançaient d'un pas...

— Du cousu main, ce qu'ils ont fait là... — M. Donnelle mit sa main en visière. — J'essaie de t'intéresser à la question, Martine... Il faut bien, puisque d'une façon ou d'une autre Daniel s'occupera des roses... Un membre de la famille Donelle qui ne s'intéresserait pas à la culture des roses, cela ne s'est encore jamais vu !... Tu iras bien voir tout de même comment les hommes là-bas greffent ces quelques milliers de petits églantiers ? L'incision au pied, la pose de l'écusson, la ligature... c'est petit, c'est délicat... aussi délicat que d'enlever les petites peaux autour de l'ongle ! Cela nourrit aussi mal... Et ton mari qui est une tête brûlée, au lieu de se contenter du pain quotidien que lui donnent ces rosiers, s'est fait chercheur d'or… Créer des roses nouvelles revient aussi cher qu'une écurie de courses ! Et si encore il voulait se contenter de ce que nous savons, nous qui vivons avec les roses… non, il lui faut les chromosomes, les gènes et tout le saint-frusquin, pour arriver à quoi ?… Peut-être bien à rien du tout !

— Tu dois ton commerce à grand-père. — Daniel avait une voix non pas blanche, mais jaune, une voix de bile. — Tu n'aurais pas ton pain quotidien, s'il n'y avait eu d'abord un chercheur d'or : grand-père…

Martine, saisie, regardait Daniel. Elle savait que cette question de la création de roses nouvelles était une question malade entre eux, mais elle ne savait pas que c'était aussi grave. M. Donelle, cet homme si agréable, un peu vif d'allure, exubérant, comme pressé, même dans la parole abondante, précipitée, coupée de petits rires, et Daniel, le trapu, le robuste, avec son rire tout intérieur, silencieux, ils ne se ressemblaient guère, mais ils s'aimaient… Alors, qu'est-ce qui se passait ?

— Grand-père s'amusait sur des rosiers qui ne lui coûtaient pas cher… Et les polyanthas qu'il a créés, c'était un gros lot qu'il avait gagné… intuition et hasard… Tes hybrides à toi, c'est une distraction pour les rois, mon fils ! Si tu as de l'influence sur lui, Martine, tu lui feras peut-être passer son goût de la génétique… Il m'abîme très scientifiquement mes meilleurs rosiers, il en fait des sujets d'expérience… Ah, je t'assure que j'aurais préféré qu'il joue aux cartes, à la roulette ! Au moins, il n'abîmerait pas la marchandise !

— Père… — Daniel était rouge foncé — père, je ne sais pas ce qui te prend… Qu'est-ce qu'il t'a raconté hier soir, Bernard ? Qu'est-ce qu'il a fait ?… Viens, Martine, tu vas attraper du mal…

Daniel mit sa main sur le bras frais de Martine, et à la pression de ses doigts qui laissèrent des taches blanches sur la peau, elle sentit sa rage...

— On se verra à déjeuner ! leur cria M. Donelle.

Martine suivait Daniel dans le sentier, parmi les herbes folles. Le dos athlétique de Daniel, sa nuque déjà hâlée, la tête ronde aux cheveux coupés ras... quelle tendresse elle avait pour cette tête ronde...

— Écoute, vraiment ! — disait-elle à ce dos... Elle était conciliante et raisonnable.

Les chiens les reçurent par un ensemble d'aboiements mal orchestrés : ils ne connaissaient pas encore Martine, bien sûr, depuis la veille qu'elle était là... Les canards, les poules ne se dérangèrent pas pour si peu. A la porte de la cuisine, Daniel dit : « Je vais faire un tour... », et elle n'insista pas.

La cuisine était vide et vivante : le couvercle dansait sur un grand chaudron, la vapeur blanche s'en allait sous la hotte, les mouches zézayaient au-dessus de la table et venaient se coller aux bandes suspendues ici et là, déjà lourdes et noires de cadavres. Martine monta dans sa chambre, celle de Daniel... Ici, il faisait frais, le store était baissé, le dessus de lit net et bien tiré. Les mouches étaient toutes en bas. Une autre fois, elle ne mettrait pas de souliers blancs pour traverser la cour ; le père de Daniel leur avait fait faire le tour, par la porte donnant sur la route et le chemin qui passait sous la fenêtre de la chambre de Daniel, longeant le mur de la ferme, extérieurement, le chemin des clients, il avait plus d'usages que Daniel. Daniel, cela lui était égal de la faire patauger avec les canards. Martine changea de souliers, se refit une beauté... En entrant ici, elle se sentait inquiète, mais cette pièce semblait si silencieuse et paisible que Martine se laissa gagner par son calme. Derrière la

fenêtre, le colza faisait onduler ses pépites d'or. Le
père Donelle avait appelé Daniel chercheur d'or. Et
s'il en trouvait ? Elle aurait voulu poser des questions
à Daniel… Comment un rosiériste peut-il trouver de
l'or ? Qu'est-ce que l'or des rosiéristes ? Ça l'agaçait
que Daniel fût parti « faire un tour ». Il voulait être
seul avec sa colère. Des voix en bas… Martine jeta un
coup d'œil dans la petite glace au mur : il faudrait
changer de rouge à lèvres, celui-ci commençait à
paraître trop mauve pour sa peau brûlée…

C'était le clac-clac de ses talons dans l'escalier qui
avait fait s'éteindre les voix… Elle s'arrêta sur la dernière marche, curieuse et gênée : il y avait une dizaine
d'hommes, en pantalon bleu plein de terre, tricot
Rasurel, des bras de bronze, des mains striées de
noir… Ceux qui étaient déjà assis autour de la table
se levèrent à son apparition…, d'autres venaient de la
cour, des sillons de peigne mouillé dans les cheveux,
s'essuyant les mains…

— Je ne te présente personne, — dit M. Donelle,
le seul en pantalon kaki, bras de chemise et bretelles,
— c'est trop long… C'est la jeune mariée, les gars,
Mme Daniel Donelle… Elle est belle, hein ?

On rit. On la trouvait belle, c'était clair, on aurait
été difficile… Dominique et les deux gosses firent
heureusement diversion, cela devenait gênant.
M. Donelle dit à Martine de venir s'asseoir auprès de
lui. La mère-aux-chiens apportait un plat de viande,
les hommes sortaient leurs couteaux. Daniel n'était
pas là et Martine ne pensait qu'à cette absence. Dès
le premier jour… Mais personne n'y fit allusion, personne ne semblait s'apercevoir qu'il n'était pas là. Ils
discutaient :

— Tu parles d'un travail… Qu'est-ce que c'est que les cochons qui vous ont planté les églantiers, patron ? Des tordus ! Oui, des tordus, les églantiers et ceux qui les ont plantés… Une perte sèche de vingt pour cent pour vous, patron…

Celui qui parlait était un petit bonhomme à la moustache jaune de tabac.

— Laisse tomber, fit le gaillard à côté de lui, et fous-nous la paix. Il versa au vieux du rouge, négligemment, comme on jette un mouchoir. En fait, le gaillard était celui qui leur avait ouvert le portail, la veille, avec des cheveux blond-argent.

— On a fait un chopin avec Mimile, cria de l'autre bout de la table un petit rigolard, il a des bras de singe, jamais vu ça ! Quand il est plié en deux, ses mains se baladent cinquante centimètres plus bas que les pieds !…

— Je m'en arrange, dit Mimile, dix-huit ans, pas plus, du duvet sur les joues, on en mangerait. Lui, mangeait son bifteck avec un appétit dévorant.

— Je vous dis, patron, reprit le moustachu, des tordus… Qui donc a surveillé le travail chez vous ? Les plants n'ont pas été serrés. Vous n'avez donc personne pour passer derrière les gars ? Après, si la greffe ne prend pas, vous allez dire que c'est de notre faute…

— C'est pas le genre de la maison, — M. Donelle versait à Martine du rosé pendant que les autres buvaient du rouge, — on note, bien sûr, mais on se fait confiance aussi… On voit que tu es nouveau ici… D'ailleurs, ne t'en fais pas, j'ai moi-même marqué le nom des planteurs, et Pierrot marque le nom des greffeurs, hein, Pierrot ?… Comment on faisait là où tu étais avant ? Ici, c'est à la bonne franquette…

Il parlait distraitement. Martine regardait la porte.

Dominique s'occupait des enfants... Le petit Paul
avait si chaud, le front moite...

— Ho! Paulot, combien en as-tu fait, de greffes,
aujourd'hui? lui cria le petit gars rigolard, viens tantôt, je te montrerai un nouveau tour de main...

M. Donelle jeta un coup d'œil à son petit-fils et dit :

— Tu prendras ton chapeau...

Comme la veille, dans la salle à manger, les chiens
se tenaient autour de la table, et de temps en temps,
on leur jetait une bouchée. La mère-aux-chiens évo-
luait parmi eux, trottinante.

— Tiens, Martine, jette ça au gros, — M. Donelle
tendait à Martine un os, — c'est le chef de la bande,
s'il l'accepte, tu es adoptée...

Le gros happa l'os... Daniel n'était toujours pas là.
On faisait circuler le fromage. Drôle que personne
n'en dise rien. Il n'y avait que Bernard qui peut-être
y pensait, il sembla à Martine qu'il regardait la porte,
lui aussi, en tripotant le pain, roulant des boulettes
qui devenaient noires. C'était dégoûtant. Tout
compte fait, il était aussi moche en bleus qu'en com-
plet-veston. Le café était bon, et Martine y tenait, au
bon café. On mangeait bien dans la maison, et pas
seulement pour l'arrivée des jeunes mariés. A propos,
M. Donelle fit servir avec le café un marc, tu m'en
donneras des nouvelles, et on a bu à sa santé... Il était
l'heure : les hommes se levaient, allumaient une ciga-
rette, se bousculaient dans la porte, sortant de la
sombre cuisine comme des mouches attirées par la
lumière. La mère-aux-chiens ramassait les assiettes...
Dominique était déjà partie, les gosses dans la cour
s'étaient mis à jouer... la petite, à la voir gambader, à
l'entendre crier, on aurait dit qu'on lui avait enlevé
des liens, un bâillon. Elle jouait, passionnément.
Martine, sur le pas de la porte, regardait les ouvriers

passer le portail ouvert sur les champs, et, plus loin, les plantations de rosiers... Ils s'en allaient, comme en balade. Dans son dos, la mère-aux-chiens parlait à ses pensionnaires-chiens. Si elle croyait que Martine allait s'amuser à faire la vaisselle ! Même à Paris, où tout était prévu pour faciliter le travail, jamais M'man Donzert n'aurait permis à Cécile et à Martine de s'abîmer les mains. D'ailleurs, lorsque Martine se retourna, elle trouva dans la cuisine une forte fille qui avait déjà ses bras jusqu'aux coudes plongés dans un baquet d'eau fumante... Par où était-elle entrée ? Une souillon qui lui dit avec sérieux : « Bonjour, madame Daniel... » Martine monta dans la chambre.

Elle s'était couchée, ne sachant plus que devenir, fébrilement inquiète... et tous ces gens qui ne semblaient point s'en faire, comme si Daniel n'avait pas disparu après avoir dit qu'il allait « faire un tour ». Enfin, pas la peine de revenir là-dessus, puisque le voilà, bien vivant, poussiéreux et poisseux d'avoir marché, marché par cette chaleur... Il avait apparu avec la nuit, les remous déjà calmés en bas, dans la cuisine. Martine n'était pas descendue dîner et personne n'était venu la chercher. Cela devait être le genre de la maison : on ne s'occupait pas de vous... La nuit avait le calme d'une usine une fois les machines arrêtées, les ouvriers partis. Elle lui avait ramené Daniel.

Couché sur le dos, par-dessus les draps, les bras en croix, fatigué et sombre, il parlait, volubile :

— C'est la faute à Bernard. Tout ce qu'il fait depuis que nous étions mômes, il le fait contre moi... Et je ne lui ai jamais rien fait. Je ne sais pas ce que c'est, une haine innée. Je suis sûr qu'il s'est mis avec les Boches parce que moi j'étais de l'autre côté. On me dirait que c'est lui qui m'a donné que cela ne m'étonnerait pas.

Martine touchait Daniel d'une main fraîche et caressante, il avait mal, le pauvre, le pauvre…

— Écoute ! — Daniel se souleva pour donner plus d'importance à ce qu'il allait dire. — L'année dernière, à cette époque, il a jeté par la fenêtre tous les récipients avec les étamines que j'ai recueillies. Je les avais mis ici, dans le tiroir de la table, à l'ombre et à la chaleur… je rentre, je trouve le tiroir entrouvert, et j'ai tout de suite comme un pressentiment : il était vide ! Je ne savais même pas où chercher, c'était fou, j'ai couru à la fenêtre : ils étaient en bas, en miettes ! Je suis parti comme aujourd'hui, courir sur les routes… Je l'aurais tué… Parce que je savais, j'étais sûr que c'était Bernard ! J'ai recommencé pour le pollen, c'était encore assez tôt dans la saison… Je prépare mes roses femelles sur les rosiers, je leur mets le cornet en papier pour les protéger des pollens étrangers et les marier avec qui je veux… Le jour où j'arrive avec le pollen et mon pinceau, pour le mettre sur les pistils… C'était un jour idéal, chaud, ensoleillé, sans vent… écoute, Martine ! il n'y avait plus de cornets sur mes roses femelles ! Tout était foutu. Et je n'avais plus le temps de recommencer, le fruit n'aurait pas eu le temps de mûrir… Une année de perdue, une année entière… A cause de ce monstre !

Daniel se retourna sur le ventre d'un seul bond. Martine siffla entre ses dents : « La salope ! » comme l'aurait fait Marie, sa mère.

— Je n'ai même pas de preuves que c'est lui… Si je le disais à quelqu'un, on ne me croirait pas… il faut savoir, connaître depuis toujours… A l'école, je me suis jeté dans le travail de laboratoire… Toute cette année, je me suis occupé des cellules de pétales de

roses contenant les essences parfumées... Je t'en ai
déjà parlé, seulement cela ne semblait pas t'intéresser... Enfin, pour aller au plus court, je cherche un
hybride qui aurait le parfum de la rose ancienne et
aurait la forme, la couleur d'une rose moderne. Je
veux faire une hybridation scientifique, faite dans ce
but précis... Je n'ai pas l'intention de marier les variétés au petit bonheur la chance ! alors j'ai essayé d'étudier l'ascendance et la descendance de quelques-unes
des variétés que l'on cultive ici... J'essaie d'être un
savant, je me refuse à être un sorcier. Merde, merde
et merde !

Daniel donnait des coups de poing sur le matelas.
Il était à nouveau hors de lui... Sa colère avait entièrement gagné Martine. La lune, froide et curieuse, la
tête un peu penchée, les regardait par la fenêtre.

— Tu comprends, reprit Daniel calmement, pour
bien faire, il me faudrait essayer des centaines de combinaisons diverses de fécondation artificielle d'une
espèce par une autre espèce. Sur des milliers de
sujets... Pas au hasard, mais des combinaisons basées
sur des considérations scientifiques de génétique...

Il semblait à Daniel que Martine, ce soir, l'écoutait
avec intérêt... Qui sait, peut-être prendrait-elle goût à
ce qui était sa passion à lui ? Cela serait merveilleux...

— Si on veut un résultat, il faut faire faire aux roses
des mariages intelligents... disait-il. Grand-père était
un grand rosiériste, il a même constitué un catalogue
très sérieux, en classant ses roses par espèces, variétés,
etc., mais il s'est basé uniquement sur leurs caractères
externes... Dans notre XXe siècle nous avons des
moyens scientifiques pour déterminer la parenté des
plantes : on fait un examen microscopique des
cellules, on compte le nombre des chromosomes...
Les roses qui ont le même nombre de chromosomes

sont apparentées et ce sont celles-là qu'il faut marier entre elles, si l'on veut obtenir un hybride vigoureux. Je ne vais pas te donner une leçon de génétique juste maintenant... à toi et à la lune... Mais il faut que tu saches que le nombre 7 est décisif pour les chromosomes de la rose... et que, dans les mariages des roses, la femelle domine pour la forme et le mâle pour la couleur...

Il s'arrêta de parler... Martine respirait régulièrement à côté de lui : elle avait dû s'endormir, c'était toujours comme cela lorsqu'il lui parlait de ce qui était le centre de sa vie à lui, il n'y avait rien à faire...

— Tu dors ? dit-il doucement.

— Non... Si on a une fille, on l'appellera Chromosome...

Daniel était heureux, il n'en fallait pas beaucoup pour son bonheur... Comme elle le connaissait bien, comme elle savait le calmer...

— Maintenant, je te dirai un grand secret...

— Dis vite... — Martine, allumée de curiosité, était toute réveillée.

— J'ai un complice dans la place : le cousin Pierrot. Je n'ai pas perdu l'année ! Il avait récolté en même temps le même pollen que moi, pareil à celui que Bernard a jeté par la fenêtre... Il avait préparé des roses pour la fécondation de la même espèce que celles que j'avais choisies et que Bernard m'avait déshabillées... Il se méfiait de Bernard. Moi, j'avais tout fait au vu et au su de tout le monde, tandis que lui y était allé avec son pinceau, ni vu ni connu, et, moi parti, il a récolté en octobre les fruits et a fait son semis avec de fausses étiquettes, comme si c'étaient des variétés marchandes d'ici. Et quand le semis a germé et poussé, mon Pierrot en a repiqué en février une bonne petite sélection. Et alors, écoute-moi bien,

Martine... — Daniel s'était levé et avait solennelle-
ment élevé la voix : — Alors...

Martine la tête appuyée sur le bras plié dans les
oreillers, était toute curiosité et attente.

— Sur l'un des jeunes rosiers venus de ce semis, dit
Daniel, résultat de la fécondation clandestine à
laquelle Pierrot s'était livré au début de juillet 1949,
est née au mois de mai 1950 une rose ! Et quelle rose !
Elle était comme un négrillon naissant d'une femme
blanche, impossible de cacher la honte ! C'était un
hybride nouveau, un hybride é-ton-nant ! Et, Martine,
il avait un parfum ! Il ne sentait aucune des quatorze
odeurs que sentent les roses... ni le citron, ni l'œillet,
ni le myrte, ni le thé... cette rose sent le parfum
unique, inégalable de la rose !...

Daniel se promenait de long en large sur les
planches disjointes de la chambre...

— Quand Bernard a découvert le pot aux roses, il
a fait, paraît-il, une colère mémorable... Qu'est-ce
que c'est ? d'où cela vient-il ? Il a couru chez mon père
et il a dû lui en dire, lui en dire... Pierrot a fait l'innocent, mais mon père est malin, lui aussi, et il a mis
Pierrot au pied du mur, il l'a traité de tous les noms...
Pour les quelques douzaines de rosiers... une honte !
Mais, maintenant, il voudra courir après son argent.
L'hybride est peut-être intéressant, il le voit bien... Et,
au mois d'août Pierrot va le greffer sur églantier, père
est d'accord. On verra ce que cela donnera, positivement, dans trois ou quatre ans. Quand on a affaire à
la nature, il ne faut pas être pressé. Mais si entre-temps
Bernard les détruisait ? J'en tremble... Je ne sais pas
si c'est pour les rosiers, ou de haine pour ce sinistre
individu...

Et c'était vrai, il en tremblait, et Martine aussi...

— Tu crois vraiment qu'il serait assez salaud pour les arracher ?

— S'il faisait ça, je le tuerais ! — Et soudain, il déborda de rire. — Je me vois expliquant au tribunal que c'est une histoire de chromosomes... Que c'est un incident de la lutte pour le progrès... Que Bernard est un sale réactionnaire. Ils ne verraient qu'un type qui en a tué un autre pour deux douzaines de rosiers détruits. Jamais ils ne pigeraient que c'est un crime passionnel. Ils me couperaient le cou. Mais je l'aurais tué... Viens près de la fenêtre, mon amour, j'ai besoin d'air, j'étouffe...

Martine accourut près de lui, ils s'assirent sur l'appui de la fenêtre ouverte, ils respiraient ensemble le parfum fruité venant des plantations là-bas, et rafraîchi dans le grand seau de la nuit, argenté par la lune...

Daniel disait :

Hôfiz, tu recherches aussi ardemment que
*   les rossignols la jouissance qui s'élève*
Paye donc de ta vie la poussière qui s'élève
*   sous les pas du gardien des roses...*

— Je payerais bien de ma vie la joie de t'approcher, toi, mon amour, ma beauté, ma rose...

Quelle nuit, quelle nuit...

XIV

SUSPENSE À DOMICILE

Cette lune de miel ensoleillée était encastrée dans la vie quotidienne de la ferme, monotone et prévisible comme la ronde du soleil. Tout le monde travaillait; eux pas... Ils vivaient à part, mangeaient seuls, ce qui arrangeait tout le monde, on se sentait plus libre sans la jeune dame à Daniel. La mère-aux-chiens leur préparait de petits plats, elle jugeait la cuisine que l'on servait aux autres peu convenable pour des jeunes mariés. Aussitôt après le repas du soir, les ouvriers partaient, ils ne couchaient pas à la ferme, et avec leur départ, la maison d'un seul coup tombait au fond de la nuit immobile et calme : il n'y avait pas que les ouvriers qui s'en allaient, tout le monde disparaissait...

Daniel et Martine faisaient l'amour, dormaient, marchaient, prenaient la quatre-chevaux... Jamais personne ne s'imposait, ne les accompagnait, ne posait de questions... Tout semblait être ici à un perpétuel beau fixe. C'était une idyllique paix des champs avec un ruban de satin autour du cou. C'était la surface lisse et opaque d'un monde, où, invisibles et impalpables, s'entrecroisaient les sentiments, les rapports des gens, leurs désirs et passions. La lune de

miel de Daniel et Martine en prenait une saveur
secrète.

On montait la garde autour du nouvel hybride, on
le surveillait de loin, on allait faire un tour par là… Et
il y avait les nouvelles combinaisons à faire, recueillir
le pollen, préparer les roses femelles. Conciliabules
avec Pierrot, système de fausses étiquettes… Parfois, il
incombait à Martine de retenir Bernard, par exemple
le dimanche, après le repas pris ensemble, au café.
Elle se mettait à parler du village où ils étaient nés
l'un et l'autre et où Martine ne retournait jamais, bien
qu'ici elle ne fût qu'à une vingtaine de kilomètres de
sa mère, de ses frères et sœur. Non, elle n'avait aucun
complexe à ce sujet, mais pourquoi réveiller de vieilles
histoires, comment savoir ce que la Marie, sa mère,
allait inventer en la voyant… Elle avait donné par le
notaire son autorisation pour le mariage, c'était tout
ce qu'on lui demandait. Martine parlait de la nuit où
elle s'était perdue dans les bois, des jonquilles qu'elle
vendait sur la route nationale… Bernard la dévorait
des yeux, en oubliait son café, le rendez-vous qu'il
avait au bourg. Martine, les yeux mi-clos, se disait avec
haine qu'il s'était bien, très bien remis de la peur qu'il
avait eue lors du départ des Allemands, personne ne
s'était occupé de lui, quelques huées, voilà tout, ah,
les Français ne sont pas vindicatifs… Avec une délectation perverse, Martine s'alanguissait dans le soleil
sous l'œil dévorant de Bernard : elle se vengeait.
L'imbécile ! Lorsque Daniel revint de prison, et qu'il
trouva le cousin Bernard à la ferme, son père lui avait
dit : « Personnellement, je m'en fous… Il travaille, les
roses ne se plaignent pas. Laisse-le tranquille. » Daniel
l'avait laissé tranquille. Après ce qu'il venait de vivre,
il avait assez à faire pour rattraper le temps perdu, à
respirer, à bouger, à étudier… Il s'en fichait, de

Bernard, il ne le remarquait pas. C'était Bernard qui avait l'air de sortir de prison, et non Daniel. « Et cet air, il l'a gardé ! » pensait Martine, faisant les yeux doux à Bernard. C'était un fait, une fois qu'on avait pensé cela, on ne pouvait pas ne pas se dire qu'il semblait étrangement pâle parmi tous les autres qui travaillaient ici, que, ses cheveux coupés court, on eût dit qu'ils repoussaient après une tonte, et qu'il avait quelque chose d'inquiétant dans les yeux, surtout lorsqu'on avait remarqué ses mains trop grandes pour sa taille, ses poignets sur lesquels on imaginait facilement des menottes... C'était ainsi que les yeux de la haine, ceux de Martine, voyaient Bernard.

— Avec cette affaire-là — disait Martine à Daniel qui revenait en nage d'avoir fait on ne sait trop quoi d'illégal sur des rosiers, et Bernard parti aussitôt Daniel revenu — tu n'as pas besoin de cinéma, tu as ton *suspense* à domicile...

Peut-être, après tout, Martine se serait-elle ennuyée sans ce *suspense*, isolée dans le rien faire, parmi le travail acharné des autres, peut-être Daniel et Martine auraient-ils vite épuisé les sujets de conversation, si grande était la divergence de leurs pensées... Mais la vie quotidienne se parait pour Martine de la lutte pour un rêve : puisqu'elle avait épousé Daniel, elle s'était mise à croire à la réalisation des chimères. La rose parfumée que Daniel allait créer pimentait la chaude monotonie des jours. Martine rêvait... Cette rose aurait le Grand Prix au concours de Bagatelle, ou de Lyon, de Genève, de Rome. La rose porterait son nom à elle : *Martine Donelle*. Il y aurait des millions de rosiers *Martine Donelle* dans le monde entier, et le créateur de la rose *Martine Donelle* serait couvert de gloire et d'argent.

Elle rêvait, renversée dans une chaise longue que

Daniel avait installée pour elle près du mur de la ferme, d'où l'on pouvait voir les plantations de rosiers, et des champs à l'infini. Ils avaient acheté cette chaise longue dans la petite ville voisine, avec des ruelles comme des fentes entre les vieux murs, de belles maisons aux solives sculptées, un donjon du XIIIᵉ siècle, abandonné, une barbe d'herbe et même des buissons sortant d'entre les pierres. Il y avait sur la place une église romane, une pharmacie, un quincaillier, et un grainetier qui vendait des instruments de jardinage et des sièges de jardin à toile orange, rayée... Martine avait choisi cette chaise longue en tube métallique, si bien comprise qu'elle épousait exactement la forme du corps et que l'on pouvait redresser, abaisser d'une pression d'épaules ou des pieds. Tous les jours, elle y prenait son bain de soleil... Avec à la main le petit poste sans fil, cadeau de mariage de Mme Denise, elle passait le long du mur, traînant derrière elle comme un parfum des airs de musique : chacun à son travail, qui aurait-elle pu rencontrer ici?... Elle s'en allait, de cette démarche à elle, la tête haute et immobile, on eût dit portant un récipient plein de liquide, lançant en avant ses longues jambes qui faisaient valser sa jupe... Lorsqu'elle en avait une, car, ici, elle était nue, avec un cache-sexe et une grande serviette-éponge à la main, pour le cas improbable où quelqu'un passerait par là.

Un jour pourtant, un client arrivé à l'improviste que M. Donelle emmenait aux plantations... Ils tombèrent tout droit sur Martine qui offrait au soleil l'or de sa peau, ses vingt ans. A côté d'elle, la radio délirait doucement, et il venait des plantations un parfum suave et fort.

— Il ne manque que le toucher et le goût pour que

les cinq sens soient comblés, monsieur Donelle! dit le client.

— C'est la femme de mon fils, répondit M. Donelle, il vous faudra rester sur votre faim… Ça vous apprendra à venir à l'improviste.

C'était un vieux client de la maison, un amateur de roses passionné, et il y avait bien vingt ans qu'il venait régulièrement chez M. Donelle s'entretenir de roses et en acheter de nouvelles variétés. Martine n'avait pas bougé, faisant semblant de dormir, c'était ce qu'elle avait de mieux à faire. Ils passèrent.

Un drôle d'homme que le père Donelle, pensait Martine… Avec lui les choses n'étaient pas toujours ce qu'elles semblaient être. Pourquoi avait-il soudain fait venir des roses de Damas? Il n'avait d'explications à donner à personne, mais avait pourtant incidemment dit que la mode se mettait à la rose démodée, comme dans l'ameublement au meuble Charles X, paraît-il… Martine avait alors dit à Daniel que, sûrement, le vieux l'avait fait exprès, qu'il savait parfaitement ce que Daniel trafiquait, et qu'il voulait l'aider. Pourquoi aurait-il fait venir juste les rosiers qu'il lui fallait pour les nouvelles hybridations?… Daniel avait haussé les épaules : son père, l'aider? Mais le vieux aurait préféré le voir entretenir des danseuses à le voir faire des expériences… Martine pensait que le père Donelle voulait simplement empêcher Daniel de les mettre tous sur la paille. Il gueulait, et, en sous-main, il l'aidait. Elle ne le disait pas à Daniel, il se serait mis en colère : vous êtes tous contre moi! Il avait pourtant beaucoup de respect pour son père, Daniel… « Des hommes comme mon père, disait-il, autrefois ils faisaient la France : intelligent, inusable, patient… le soldat de 14-18… Mais les temps ont changé, nom de Dieu! Nous avons dans tous les domaines l'interven-

tion violente de la science ! La guerre des tranchées,
c'est fini ! Il nous faut une autre sorte de patience. Si
on nous fait faire la guerre maintenant, l'homme y
pèsera encore moins lourd que le fantassin de 14-18.
Et la Résistance... c'était le Moyen Age, la guerre arti-
sanale. Actuellement je fais partie de l'armée pacifique des chercheurs. Ce que je cherche, ce n'est pas
un remède contre le cancer, ni la pénicilline... Mais
si je trouvais *scientifiquement* la rose de forme moderne,
avec le parfum des roses anciennes, la génétique
aurait fait un tout petit pas minuscule. Et si mon père
n'était pas resté l'homme passif, inadapté au
xxe siècle, il ne m'aurait pas empêché de travailler...
Dire qu'on a ici la meilleure chance pour la réussite,
la collaboration du laboratoire et de la pratique...
Mon père sait sur les roses tout ce que la vie parmi
elles peut apprendre à un homme. Mais si, moi, je
crois à la pratique, lui ne croit pas à la science. Il est
vrai que je ne suis pas encore un savant, mais, tu sais,
je travaille, je me donne du mal, je t'assure...»
Martine avait dans l'oreille sa voix... Comme il avait
dit cela, le pauvre ! Si humblement... Ah ! ce n'était
pas quelqu'un qui se croyait... L'infâme Bernard !
Parce que le père Donelle... Martine ne discutait pas,
elle n'allait pas bêtement irriter Daniel, mais Martine
soupçonnait le père Donelle de carrément croire à la
science. Seulement, il devait être comme les paysans,
ce M. Donelle qui parlait l'anglais et fréquentait les
gros industriels et les stars de cinéma, ses clientes et
clients respectueux... ce M. Donelle était un paysan
têtu et méfiant. Sûr qu'il voulait aider Daniel, mais en
limitant les dégâts.

Un membre de la famille Donelle qui ne s'intéresserait pas aux roses, cela ne s'était encore jamais vu,
avait dit M. Donelle, lorsque Martine était arrivée à la

ferme. Pourtant, en arrivant, elle ne s'y intéressait nullement. La voilà prise au jeu. Par le mauvais côté peut-être, le côté intrigues et luttes, comme à une cour... Elle voulait que Daniel gagnât, elle était son supporter ardent, et elle ne protestait pas quand il disparaissait dès l'aurore, pour aller aider les autres dans les plantations, elle se disait qu'en même temps il surveillerait Bernard. Martine se levait paresseusement, allait prendre sa douche, dans la cour, derrière un vieux paravent que Daniel avait descendu pour elle du grenier... remontait, s'habillait, se maquillait aussi soigneusement qu'à Paris. Rêvait comment elle transformerait, aménagerait la ferme le jour où elle reviendrait ici, maîtresse des lieux. Mais plus souvent, elle rêvait à Paris, à cet appartement qui serait le leur une fois la maison en construction terminée. Elle avait vu une chambre à coucher... Elle la voulait. Elle savait déjà dans tous les détails comment seraient les papiers, les rideaux, les bibelots... jusqu'aux cintres dans l'armoire, qu'elle voulait recouverts d'étoffe pour elle, en bois verni pour Daniel. Elle voyait les fleurs dans les vases, les lampes...

Il lui arrivait aussi de rôder dans la partie inhabitée de la ferme, parce que, dans l'autre, elle n'avait jamais été invitée à y entrer : chez les paysans, les étrangers ne montent pas dans les chambres. Elle ne savait pas comment étaient logés M. Donelle, Dominique, les petits, les cousins, cela ne la regardait pas, et elle épousait leur discrétion. Mais de ce côté, la maison était vide, personne n'y allait jamais. Un jour Martine y avait pourtant fait une découverte... Comme elle errait de chambre en chambre, s'imaginant les étoffes claires, les glaces, les meubles en tube métallique, elle finit par s'asseoir dans un fauteuil de velours au dossier ondulé. Leur chambre à eux, à Paris... Gagnée par le silence de ces pièces muettes, à l'odeur un peu sucrée de bois chaud et d'étoffes poussiéreuses, elle s'abandonnait à la torpeur, quand quelque chose lui fit dresser l'oreille. Un frôlement... Comme une voix sourde... Martine se leva, s'approcha doucement de la porte menant dans la chambre voisine... Là, il y avait quelqu'un. Elle avait la main sur la poignée. Mais ne la tourna pas. Parce que son cœur avait fait une chute verticale comme un monte-charge rompant tous les cordages et poulies, s'écrasant quelque part, en bas, dans une douleur qui envoyait des éclairs par tous les os brisés, les nerfs déchiquetés... c'est pour cela que Martine s'était arrêtée devant cette porte fermée, derrière laquelle on chuchotait :

— Demain, tu reviendras demain...

— Demain, demain, demain...

Mais Martine n'écouta pas plus loin : ce n'était pas Daniel !... Elle s'en allait, descendant à pas feutrés l'escalier de pierre. En bas, elle entrouvrit la porte du bureau, remarqua que le siège de Dominique était vide, s'excusa. On lui sourit, mais puisqu'elle n'avait besoin de rien, la machine à écrire reprit son cliquetis, et le doigt du comptable glissait à nouveau le long de la colonne des chiffres. M. Donelle était au téléphone, occupé à pester : « Mademoiselle, ne coupez pas, mais ne coupez pas, bon Dieu !... » Martine referma la porte du bureau.

Elle traversa la salle à manger, humide et fraîche. Dans la cuisine, la mère-aux-chiens mettait la table : les hommes allaient rentrer pour déjeuner. Martine se demanda si elle garderait cette table, une table de ferme, en chêne, inusable comme la pierre, et sur laquelle tout repas prenait une saveur médiévale. Après tout, on pourrait peut-être la garder, cette table, elle avait un petit genre... Martine remonta dans la chambre, par l'escalier en colimaçon, se recoucha et se rendormit. Cette seconde devant la porte close l'avait brisée, on aurait dit un accident d'auto...

Dans l'après-midi, au lieu de prendre son bain de soleil, elle revint à la cuisine où Dominique faisait goûter les enfants. Elle regardait sa belle-sœur, mais c'était une porte close, à laquelle il aurait été vain de frapper. Jouant le désœuvrement, elle avait suivi Dominique au bureau, lui demanda à voir comment étaient faits les livres de comptes... c'est compliqué, mon Dieu ce que c'est compliqué... Elle lui avait même proposé de lui faire les ongles. Dominique rougit violemment et cacha ses mains.

Le soir, comme ils montaient tous les deux dans leur chambre Martine dit à Daniel :

— Ça vaut dix ! sais-tu comment Dominique appelle votre cuisine ? « La salle de séjour », mon cher ! Tu te demandais si sous ses airs de mystère elle n'était pas simplement sotte : tu as gagné !

Daniel se déshabillait, ils aimaient être nus tous les deux. Le pantalon tombé, il le laissa à terre, et même lui donna un petit coup de pied pour s'approcher de la fenêtre : il n'était pas ordonné, Daniel. Le soleil se couchait de ce côté, et ce soir le ciel était plus excentrique que jamais, avec des rouges violents parmi des nuages noirs bordé de jaune, toutes les couleurs encore lumineuses, phosphorescentes.

— Phosphorescentes... répéta Martine. Comme ma petite Sainte-Vierge que M'man Donzert m'avait apportée de Lourdes... Ce n'était pas un miracle. Des couleurs phosphorescentes...

— Tu aurais préféré le miracle ?... — Daniel se
tut... Puis reprit : — Moi, je préfère penser que
Dominique s'est fichue de toi, et qu'elle est assez fine
pour te parler ton langage. Jamais je ne lui ai entendu
dire « salle de séjour »... non pas que cela soit un gros
mot... Mais ici, tu as raison : ça vaut dix !

Daniel se mit à rire aux éclats, et comme toujours
on aurait dit que ce rire n'avait pas demandé mieux
que de sortir :

— Martine, dit-il, je crains bien que, la sotte, ce soit
toi !

Martine couchait nue, elle n'allait pas user ses dentelles à la ferme. Elle s'approcha de Daniel et, sans
rien dire, regarda avec lui mourir les extravagances
du ciel... Quand il n'y resta plus que du gris-bleu,
Martine soupira...

— Ce que les hommes sont bêtes, dit-elle... Sais-tu
seulement que ta sœur a un amant ?

— Tiens !... Je suis bien content pour elle. Viens
vite, on va se coucher. C'est épuisant, la greffe. Je
tombe de sommeil.

C'est au milieu de la nuit, devant un ciel qu'ils
voyaient du lit, débarrassé des nuages, avec une étoile
plus lumineuse que les autres, que Martine entreprit
Daniel au sujet de la chambre à coucher : elle voulait
en acheter une pour le nouvel appartement en
construction que M'man Donzert et M. Georges et
Cécile avaient acheté pour eux, à crédit. Daniel écoutait mal, sur le point de se rendormir, mais à force de
parler, de poser des questions, de se tourner et de se
retourner, Martine avait fini par le réveiller. Quelle
chambre à coucher ? Pourquoi fallait-il acheter une
chambre à coucher ? Puisqu'ils n'avaient pas d'argent ! C'est très joli à dire, à crédit ! Les facilités de
paiement... parlons-en, des facilités... ce sont plutôt

des difficultés de paiement. Mais où veux-tu qu'on prenne l'argent! Mais M. Georges leur a déjà acheté l'appartement, voyons, Martine, et père vient de nous donner la quatre-chevaux achetée à crédit, voyons… On va devenir les esclaves de tout le monde! Il me faut terminer mes études, j'en ai encore pour un an à me faire entretenir, ce n'est pas drôle, je t'assure, et encore l'autre année, pendant les vacances, j'avais travaillé tout le temps aux plantations, j'ai aidé, tandis que, cette année, j'y vais à mes moments perdus, je fais l'amour… C'est pas que je m'en plaigne… Mais maintenant que tu connais les rapports familiaux… Tu me vois demandant de l'argent à mon père pour une chambre à coucher?…

— Bon, dit Martine, n'en parlons plus. On couchera par terre.

— Tu ne coucheras pas par terre, on apportera un lit d'ici, et tout ce qu'il faut…

Daniel était assis dans les draps et parlait fort, face à l'étoile.

— Ne crie pas! On dirait l'époux de ma mère… J'aime mieux coucher par terre que dans les lits d'ici. Des cercueils. Ils sentent la sueur et le cadavre.

— Ah, mon Dieu… Qu'est-ce que c'est que cette calamité! — Daniel retomba dans les oreillers.

— Daniel, j'ai eu tort de t'en parler… J'ai choisi une chambre qui me plaît follement, et je l'aurai… Tu verras. Peut-être seras-tu encore fier de moi. Bien que je parle comme tu n'aimes pas, et que je ne sois qu'une sotte. J'ai eu tort de t'embêter avec ça. C'est fini. Embrasse-moi.

Il ne fut plus question de la chambre à coucher. On n'en avait guère le temps d'ailleurs, les jours ensoleillés filaient de plus en plus vite, ils s'emballaient, coupés par les apparitions de lune… Il fallait que Daniel menât à bien les travaux d'hybridation commencés, et il restait avec les autres dans les plantations, travaillait comme eux : d'une part, il voulait par le travail au moins rendre à son père le prix des rosiers qu'il lui volait, et, d'autre part, il lui était bien plus facile de procéder, sans se faire remarquer, à la fécondation artificielle avec le pollen choisi par lui, sur les roses préparées, que s'il n'y faisait que des apparitions… Il y avait encore autre chose, et, là, Martine pouvait l'aider : le cousin Pierrot, à qui on aurait donné le bon Dieu sans confession, avait au printemps planté des rosiers dans un terrain appartenant à M. Donelle, mais bien trop petit pour qu'on se dérange pour lui. Il s'agissait maintenant d'y aller, et pour l'hybridation, et pour y piquer des églantiers sur lesquels Pierrot grefferait au mois d'août le nouvel hybride : la rose rouge au parfum de rose, leur espoir, celle qui porterait le nom de *Martine Donelle*… Daniel et Martine partiraient avec la quatre-chevaux, comme pour une promenade, rien de plus naturel, Pierrot les rejoindrait en vélo.

L'expédition n'était pas un jeu, si quelqu'un découvrait le petit terrain… Daniel, à cette idée, mourait d'humiliation, imaginant son père, les ouvriers riant de l'enfantillage, sans parler de Bernard… Et Paulot ? Que penserait le petit Paulot, qui avait pour Daniel une vénération sans bornes… Affreux, c'était affreux. Avec cette peur d'être découverts, ce matin-là, tout leur paraissait bizarre. Pendant qu'ils prenaient leur petit déjeuner, la mère-aux-chiens n'avait cessé de grommeler des choses incompréhensibles… Comme Daniel sortait la voiture, Dominique, la discrète, avait soudain demandé :

— Où allez-vous? Vous avez l'air de contreban-
diers...

Mais elle avait rencontré le regard de Martine et s'en
fut au bureau sans attendre la réponse. Et comme la
voiture passait le portail, l'ouvrier moustachu leur cria :
«Alors, on se promène?...» avec un grand rire idiot...

Ils roulaient en silence...

— Je ne te conseille pas de tuer Bernard, dit enfin
Martine, tu ne tiendrais pas le coup !

Mais Daniel ne rit pas, il était triste, très triste :

— C'est vrai, dit-il. Je ne tiendrais pas le coup. Je
me rends compte qu'un criminel doit être aussi soup-
çonneux qu'un policier... Tout lui devient suspect...
Il suspecte chacun de « savoir »...

— Moi, je trouve ça passionnant...

— Tu n'es pas dégoûtée... Je t'assure que moi...
Faut-il que cela nous tienne, Pierrot et moi, pour que
nous nous livrions à de pareilles manigances... Si la
vie d'un rosiériste n'était pas si courte, si dramati-
quement courte... Pour savoir si la rose *Martine Donelle*
vaut quelque chose, il nous faut attendre encore trois
ans. Ah, si j'avais tous les rosiers de mon père, les
terres, les serres que les Donelle ont un peu partout...
Je te mettrais, toi et nos enfants, sur la paille, mais
quelle vie, ma chérie, quelle vie ! Il y en a qui s'en vont
chercher l'aventure, ou qui s'emmerdent à en mourir... quand il y a de l'aventure dans chaque brin
d'herbe, dans chaque pierre...

Martine se sentait fébrile : cette passion de Daniel
commençait à lui faire peur... Celui qui s'aviserait de
la contrecarrer... Elle songea que cela ne serait pas
facile dans ces conditions de ne pas vivre à la ferme.
Pourtant, elle était résolue à ne pas revenir ici : après
tout, la passion des roses ne l'avait pas gagnée. Le
premier cas dans la famille des Donelle.

XV

LE MERVEILLEUX
D'UN MATELAS À RESSORTS

C'était ridicule que d'être mariés et de vivre séparément. Un sujet de plaisanterie pour amis et amies. Mais, somme toute, cette exaspération continuelle maintenait à chaud et au frais le désir que Daniel et Martine avaient l'un de l'autre, d'être ensemble, ne plus se séparer. Exaspérant de se donner des rendez-vous stupides et de se séparer encore et toujours. Ils étaient réduits à des rencontres rapides, allaient à l'hôtel, s'écrivaient des petits mots… Martine rêvait à leur appartement. Daniel aimait mieux ne pas y penser, ne pas en parler. Puisqu'ils devaient habiter la ferme… Il faudra que j'abandonne mon travail ? disait Martine. Tu t'occuperas des roses… Alors Martine se taisait.. Souvent, cela tournait à la dispute. En attendant, M. Georges, M'man Donzert et Cécile payaient les échéances de leur cadeau de mariage : l'appartement. L'appartement se profilait dans l'avenir. Les roses n'y poussaient pas. Daniel et Martine s'aimaient, se cherchaient…

D'ailleurs, juste maintenant, avec ou sans appartement, Daniel était obligé de rester à Versailles, au foyer de l'École d'Horticulture : avec la pré-spécialisation de la troisième année, il travaillait comme un

damné et n'avait pas le temps pour le va-et-vient entre
Paris et Versailles ; et Martine ne pouvait pas laisser
tomber son Institut de beauté, il fallait bien travailler,
le mariage n'avait pas augmenté les mensualités que
M. Donelle envoyait à son fils.

Il y avait une autre raison pour laquelle Martine
aimait autant ne pas abandonner juste maintenant
M'man Donzert. En rentrant de la ferme-roseraie, elle
était tombée en plein dans le drame : Cécile avait
rompu avec Jacques. Personne n'arrivait à en démê-
ler les raisons. Peut-être n'était-ce qu'une brouille
d'amoureux ? Peut-être que cela allait s'arranger ?
« Oh, il ne m'aime pas... » disait Cécile d'une voix
lasse, et Martine elle-même, pour qui Cécile n'avait
pas de secrets, n'arrivait pas à lui tirer autre chose.
    Elles étaient dans leur chambre, comme si Martine
n'était pas mariée, enveloppées l'une de bleu ciel, et
l'autre de rose, Cécile allongée et Martine assise sur
le bord de son lit. Jamais ces deux filles ne s'étaient
disputées, jalousées, enviées... Martine avait depuis
toujours un seul homme en tête, tous les autres restaient, en ce qui la concernait, à la disposition de
Cécile. Cécile plaisait facilement, avec sa joliesse
blonde, fine, mince, et déjà plusieurs fois elle s'était
fiancée... et toujours, à la dernière minute, cela ne se
faisait pas. Elle n'en expliquait jamais les raisons, il
semblait ne pas y en avoir, cela se défaisait, c'est tout,
et Cécile ne les pleurait pas, ses fiancés.
    Mais cette fois, elle était triste, tellement triste. Peut-
être, le mariage de Martine, le temps qui passait...
Martine essayait de comprendre, cherchait... Avec sa
nouvelle expérience. Elle songea à cette seconde, à la
ferme, près de la porte derrière laquelle on chucho-

tait, lorsqu'un doute-éclair l'avait traversée… Peut-
être était-ce cela qui avait fait rompre Cécile ?

— Tu as peut-être appris que Jacques te trompait ?

Cécile secoua la tête : non, ce n'était pas ça. Et, soudain, elle se mit à parler, à vider son cœur. C'était
compliqué, elle avait toujours tout compliqué elle-
même. En réalité, elle ne voulait pas quitter M'man
Donzert, et Martine, la maison, quoi… Elle y était si
bien. Elle traînait les choses en longueur, refusait et
de se marier tout de suite et de coucher, parce que si
elle avait couché avec l'un ou l'autre de ses fiancés,
elle aurait été obligée de se marier avec et de quitter
la maison, et elle n'en avait aucune envie… Qu'est-ce
qu'elle aurait eu en se mariant avec Jacques ? Jacques
vit chez ses parents, des ouvriers, il n'a même pas de
chambre à lui. Il aurait fallu coucher dans la salle à
manger, dans un logement sans salle de bains, avec
les cabinets dans l'escalier… Jacques avait beau
gagner sa vie, ils n'auraient pas eu de quoi aller se
loger ailleurs, et comme Cécile le lui disait pour la
mille et unième fois, et qu'il fallait attendre, et qu'elle
ne coucherait pas avec lui avant d'être sûre qu'ils
auraient un appartement, il s'est subitement fâché, et
a dit qu'il ne voulait plus la revoir…

Martine était devenue toute pâle :

— Alors, c'est moi qui ai détruit ton mariage,
Cécile ? L'appartement que vous m'avez donné, il
aurait pu être à toi… C'est trop affreux !

Martine appuya ses deux mains aux doigts écartés
contre sa poitrine…

— Non ! non, non !… cria Cécile, je n'en veux pas,
de ton appartement. C'est moi qui ai tout manigancé
pour qu'on te le donne. Si je l'avais, je serais obligée
de me marier avec Jacques. Je ne veux pas me marier
avec Jacques. S'il m'avait aimée, il ne m'aurait pas

quittée parce que j'ai refusé de coucher avec lui! Il
ne m'aime pas! Sainte Vierge, je ne l'aime pas! Il
allait encore à peu près comme fiancé, mais comme
mari — jamais! Martine, surtout ne me donne pas ton
appartement, tu m'obligerais à me marier. Je ne veux
pas me marier!

Cécile éclata en sanglots et tomba au cou de
Martine. Elles pleuraient toutes les deux, se baisant
les joues, les yeux mouillés...

— Qu'est-ce que tu veux, qu'est-ce que tu veux vraiment, ma chérie? chuchotait Martine.

— Ah! mais tu sais bien comment je suis! Qu'est-
ce que tu as à me poser des questions! C'est plus facile
de ne pas me marier, de rester ici avec Maman, avec
toi et M. Georges, que de me marier...

— Alors? — M'man Donzert était à la cuisine. —
Martine, tu as pleuré! Qu'est-ce qu'elle t'a dit?

— Oh, rien... Que Jacques ne l'aimait pas. Ça fait
triste. Vous nous ferez bien une petite tasse de chocolat, M'man Donzert? Cécile se repose, je vais la lui
porter.

M'man Donzert sortait le chocolat du placard.

— Je ne tenais pas à ce que Cécile épouse un
ouvrier, disait-elle en s'affairant, et je suis comme toi,
je n'aime pas Jacques. Mais j'aime encore mieux en
passer par Jacques que de la voir recommencer des
fiançailles... On dirait un enfant qu'elle n'arrive pas
à porter à terme... Elle va bientôt avoir vingt-trois ans,
ça ne paraît pas, mais le temps passe... Fais quelque
chose, Martine... C'est la fille la plus sage, la plus
douce du monde, mais elle me rendra folle!...

M'man Donzert rattrapa ses lunettes qui s'em-
buaient et glissaient sur le petit nez, entre les bonnes

joues. Martine avait pris des ciseaux qui traînaient sur la table et coupait une petite peau, au pouce… Elle dit sans lever les yeux :

— Cécile est trop bien ici… Il faudra lui trouver un homme paternel qui l'emporte dans ses bras et un endroit prêt pour la recevoir… Alors peut-être se décidera-t-elle.

C'était un lundi, jour libre pour la famille. Ils s'en furent ensemble au cinéma, à l'heure creuse avant le dîner, comme jadis, avant la rencontre avec Daniel, avant la rupture avec Jacques, quand tout semblait encore tranquille.

— Dépêchez-vous, Mesdames…

M. Georges, la calvitie astiquée, le linge comme s'il se faisait blanchir à Londres, vérifia si l'on avait éteint partout l'électricité et s'il avait bien pris ses clefs.

Le cinéma était désert, le film quelconque… Ça ne fait rien, la vie en couleurs tendres vous changeait les idées. « J'ai bien ri… » dit Cécile sur le chemin du retour, et tout le monde fut content que Cécile eût ri. A la maison, le couvert était mis : M'man Donzert mettait le couvert avant de partir, cela faisait accueillant au retour. Il y avait du vol-au-vent ce soir, Cécile aimait le vol-au-vent, l'appétit revenait. Elle s'assombrit seulement lorsque Daniel demanda Martine au téléphone : elle, personne ne l'appelait plus au téléphone.

Vint l'heure de se mettre au lit… Cécile, couchée sur le dos, le visage plein de crème, les cheveux tirés, essayait de ne pas salir la taie d'oreiller. Martine revenue de la salle de bains, puisque son tour était le soir, passait sa chemise de nuit :

— J'ai pensé dans mon bain… — dit-elle, se glissant dans les draps et baissant la radio, — au fond, le jour où je m'en irai, ton mari pourrait coucher à ma place… Comme ça, il n'y aurait rien de changé.

— Et les enfants ?

— Quels enfants ? Tu en es déjà aux enfants ! Tu es marrante ! Tu sais très bien que tu peux rattraper Jacques comme tu veux…

— Oh, non ! Jacques, c'est fini. Je ne lui pardonnerai jamais. Et puis, Maman n'aime pas Jacques, il ne va pas du tout avec le genre de la maison. Pour les heures, il est régulier à cause de l'usine, mais pour le reste… Il va rentrer avec ses godasses sales sur le tapis, il se promène à demi nu, et il parle fort, mais fort !… A la radio, il n'écoute que les informations, à tous les postes et à toutes les heures.

— Alors… pas de Jacques.

Martine tourna le bouton de la radio qui éleva la voix. Puis au bout d'un moment elle la lui baissa :

— Cécile… Tu ne dors pas ? Qu'est-ce que tu penses de M. Genesc, tu sais celui que Mme Denise a amené avec elle, au bar, rue de la Paix… Quand nous sommes rentrés de la ferme… Un homme pas grand… il est quelque chose dans une usine de matières plastiques… qui racontait que tout ça venait d'Allemagne…

Cécile ne répondait pas, et Martine croyait déjà qu'elle dormait, quand elle entendit sa voix rêveuse :

— Cela ne serait pas pour me déplaire… les matières plastiques…

— Ah ! je t'assure, tu vaux dix !

Martine n'arrivait pas à s'endormir. Les aveux de Cécile, lorsqu'elle avait compris le rôle que pouvait jouer un appartement… tout l'échafaudage de ses rêves avait failli s'écrouler autour d'elle ! Si Cécile avait tenu à Jacques… Heureusement, non, elle n'y tenait pas, Martine pouvait garder son appartement et ses rêves, sans remords. Mais maintenant elle aurait aimé que Cécile se mariât. M'man Donzert avait raison, Cécile finirait par rester vieille fille. Cécile, gourmande de baisers comme de sucreries, aimait grignoter et non pas manger, et n'avait jamais faim d'un homme, comme Martine avait faim de Daniel.

Martine passa à ses songes familiers : elle ne pouvait se décider pour le lit... un matelas à ressorts, c'est entendu, mais de quelle marque ? Un matelas à ressorts est garanti quinze ans. Ce n'est pas beaucoup. Un lit, c'est fait pour la vie, quand on achète un lit, c'est pour y dormir jusqu'à la mort, pour y mourir. Et Martine n'avait pas l'intention de mourir dans quinze ans, il faudrait faire des réparations ? Il y avait aussi la question de la toile : à ramages, c'est entendu... mais blanc sur gris, ou bleu ciel et gris ? Martine se tourmentait. Ah, il fallait que Daniel se dépêchât de gagner sa vie. On achèterait tout à crédit. On payerait insensiblement, mais quand même il fallait aussi avoir de quoi vivre. Martine était tout à fait décidée à ne pas aller s'enterrer à la ferme du père Donelle. Et d'abord, ils n'en avaient pas les moyens : avant que Daniel ne gagne même son petit salaire de manucure... Pour autant qu'elle avait pu s'en rendre compte, M. Donelle logeait et nourrissait les membres de la famille qui travaillaient chez lui, mais c'était bien tout... C'est très joli, la rose à parfum, mais Martine se trouvait finalement de l'avis du père de Daniel : cela pouvait devenir plus coûteux que la Bourse ou les cartes. Elle espérait bien que la passion de Daniel se tasserait, il ne fallait pas le brusquer, mais la décision de Martine était prise : Daniel se ferait « paysagiste », puisque, à son école, il y avait maintenant un cours spécial pour la création de parcs et jardins... Il aurait un bureau à Paris, « paysagerait » les propriétés de gens riches et gagnerait beaucoup d'argent. En attendant, toutes les fois que la question de l'appartement revenait sur le tapis, il se renfrognait et disait qu'il ne comprenait pas pourquoi cet appartement à Paris, puisque de toute façon ils allaient vivre à la ferme. Elle le laissait dire... Bêta! Martine se sentait attendrie par la naïveté de Daniel : il croyait vraiment qu'il pourrait se faire rosiériste! Martine pensait à Daniel : elle allait dormir toutes les nuits dans ses bras, sur un merveilleux matelas à ressorts.

Daniel l'attendait dans la quatre-chevaux, devant la porte de l'immeuble :

— Tu vas bien?

— Et toi?

Ils ne s'embrassaient pas, ils se regardaient, Martine assise à côté de Daniel, Daniel ne démarrant pas. C'est à peine s'ils se parlaient avant d'arriver à cet hôtel où ils avaient pris l'habitude d'aller.

Huit jours qu'ils ne s'étaient pas vus! Ils ne pouvaient s'arracher l'un à l'autre, bégayants, inarticulés, sourds et aveugles au reste du monde.

Daniel se réveilla avec Martine dans ses bras, il retrouvait les papiers peints à ramages, les craquelures du plafond, les barres du lit en cuivre... Il avait une faim de loup, et une soif extraordinaire. Martine disait quelque chose. Qu'est-ce qu'elle racontait? Elle s'était décidée pour un matelas... Quel matelas? A ressorts? Et alors? Écoute, Martine, je ne comprends rien à ton histoire... Hop! on va manger!

Un mois de septembre, on dirait un mois d'août... Au café, boulevard Saint-Michel, des lumières, un bruit abracadabrant. On était les uns sur les autres. Des jeunes barbes en collier, des blue-jeans collant

aux fesses et aux mollets... le hâle rapporté des
vacances se montrait encore tenace dans l'entre-
bâillement des chemises... Martine, de toutes les
filles, était la plus belle, un oiseau au plumage lisse et
brillant, parmi les autres avec leurs pantalons collants,
leurs queues de cheval, les pieds nus en sandales...
«Elles sont mal tenues... J'aime mieux ne pas m'imaginer... » Martine détournait les yeux, dégoûtée. Elle-
même était en blanc, immaculée, avec des rangs de
perles au cou, les cheveux noirs coupés très court, parfaitement coiffée, le visage lui-même ordonné et
lisse... chaque poil des sourcils bien horizontaux
brillait, les cils noirs, courts et drus, encadraient nettement la matité des yeux... le rouge dessinait, sans
bavure, les contours de sa bouche assez grande, les
lèvres renflées... Un pied sur la barre du tabouret
devant le bar, elle avançait une jambe, la taille légèrement pliée. Cette chute de reins qu'elle avait ! Une
déesse ! Daniel en était à son troisième Pernod : de sa
vie, il n'avait eu pareille soif !

— A ressorts, disait-il, à ressorts... Je ne songe pas
à faire l'amour avec toi autrement que sur un matelas à ressorts !...

Martine se fâchait presque : cette façon qu'il avait
de prendre à la légère quelque chose qui la préoccu-
pait tant ! Mais Daniel faisait si drôle quand il essayait
de la calmer en prenant un air grave pour dire :

— Mais c'est très sérieux, j'ai étudié la question...

Avec ses cheveux en brosse, ses épaules de débar-
deur et ce regard d'une innocence végétale, c'était un
homme, c'était un enfant, c'était Daniel qu'elle avait
attendu toute sa vie et qu'elle *avait*.

Il était peut-être un peu soûl. Parce que pendant le
dîner, soudain, il s'assombrit. Martine lui racontait
toute l'histoire de Cécile : l'abominable peur qu'elle

avait eue à cause de l'appartement... elle avait vraiment un moment cru qu'elle serait obligée de lui céder le leur... et l'histoire de l'ami de Mme Denise qui était quelque chose dans les matières plastiques.

— Elle vaut dix !... disait Martine. « Les matières plastiques ne seraient pas pour me déplaire... » Comme idée sur un homme ! C'est un bébé...

Et Daniel, soudain, s'était assombri.

— Qu'est-ce que tu as, Daniel ?

Et le rituel :

— Rien...

— Tu n'es pas content d'être avec moi ?...

— Hein ?... Si, si...

Sa bouche crispée devint très grande. Les joues se creusèrent. Il fumait sa pipe par petites bouffées rapides... Son œil vague se posa sur Martine :

— Tu sais ce qu'elle est, ta Cécile ? Une huître...

Martine se ramassa : alors, il se taisait pour penser à Cécile ? Elle ne dit rien, sur l'expectative.

— Toutes pareilles... On sait que c'est en vie quand on met du citron dessus... C'est muet, c'est nacré, et c'est rare quand on y trouve une perle... Pourquoi ne lui donnes-tu pas ton appartement ?

Martine joignit les mains :

— Lui donner l'appartement ?...

— C'est semi-végétal... Elle y sera bien. Tandis que toi... — Daniel regardait Martine de ses yeux vagues — tu es du monde animal, sauvage... Malheureusement, un animal dans les matières plastiques ! Si je te suivais, ce n'est pas dans la jungle que je me retrouverais, mais dans les grands magasins, rayon ménage et hygiène, avec les éponges en matière plastique de couleurs ravissantes !

— Tant pis... — Martine sortit sa boîte à poudre. — Je ne te suis pas du tout pour le moment. Je crois que ce n'est pas très flatteur. Un animal dans les matières plastiques… C'est pire que du Picasso… Secoue-toi, Daniel. Demande l'addition et on s'en va.

Daniel devait être à Versailles le lendemain à la première heure. Ils auraient pourtant pu retourner à l'hôtel, cela leur arrivait, Daniel se levait alors à six heures… Mais il ne le lui proposa pas. Il demanda l'addition et reconduisit Martine. « A bientôt ! » dit-il, et la quatre-chevaux disparut à toute vitesse.

XVI

OUVERTURE DE CRÉDIT

Si je n'étais pas celle qui raconte l'histoire, j'aurais dit à Martine — méfie-toi ! Une maille a craqué, elle va filer... Mais je ne peux pas me mesurer avec Martine. Je me rappelle, j'habitais seule alors... Je rencontrais parfois à Montparnasse une femme charmante. Elle vivait avec un homme qu'elle adorait, il était beau, il était toujours soûl, il se droguait. Un soir, il apparut chez moi, ivre, et se mit à me parler d'amour. Il ne voulait pas partir... Par chance, quelqu'un arriva qui réussit à le jeter dehors. Il se mit à me poursuivre. Je n'osais plus regarder sa femme et ce fut elle qui me dit : « Vous manquez de grandeur, vous êtes incapable d'aimer un homme qui dégueule. Vous ne pouvez pas aller jusqu'au bout... Il vous faut que tout soit joli et propre. Je vous méprise. » Je l'ai laissée m'injurier, elle souffrait de ce que l'homme qui était son Dieu pouvait provoquer un tel dégoût. Mais ce qu'elle m'avait dit alors est resté en moi comme une écharde qui, parfois, me fait mal encore.

Je ne peux pas me mesurer avec Martine. Elle a la force d'aller jusqu'au bout.

L'appartement était tel que l'avait rêvé Martine. Vous l'avez vu sur les pages satinées des magazines :

aéré, clair, coloré, lisse. Vide encore, juste le lit à ressorts, trois tabourets en tube métallique et le dessus
d'un jaune étincelant, en matière plastique, que l'on
trimbalait d'une pièce dans l'autre, une table de cuisine en bois blanc, pliante, prêtée par M'man
Donzert. On ne pouvait encore inviter personne.
Daniel était plongé dans l'étonnement... Il était supposé vivre ici, bien sûr, mais tout cela appartenait à
Martine, et il n'y avait que Martine elle-même là-
dedans, qui fût à lui. Martine avait mis dans le lit
toutes ses économies, et elle obtint de Daniel qu'il
demandât à son père l'argent pour acheter les
chaises : il fallait bien s'asseoir sur quelque chose...
Daniel grinça des dents, mais écrivit à son père et
reçut l'argent, sans commentaires. Cet appartement
allait être une source d'embêtements, pourquoi
Martine s'était-elle lancée là-dedans ! Après cette
lettre, Daniel ne revint pas à l'appartement de deux
semaines, aussi Martine ne lui demandait-elle plus
rien. Elle se débrouillerait bien toute seule.

Mais Daniel restait à Versailles pas seulement parce
qu'il boudait, il y avait les examens qui approchaient,
et Martine pensait qu'après tout il valait mieux ne pas
laisser envahir son royaume par les examens de
Daniel, les livres, les cahiers, les cendres de sa pipe
secouées n'importe où, la cafetière toujours sur la
table et des verres, des bouteilles... Bref, l'univers de
Daniel dans lequel elle ne pouvait mettre de l'ordre.
Elle préférait n'avoir de Daniel que sa personne, nette
de tous ces bagages qu'il n'avait qu'à laisser en
consigne, où il le voulait. Pendant ce temps, Martine
s'habituait à sa nouvelle vie indépendante, sans
M'man Donzert, sans Cécile et M. Georges. Les premières nuits, seule là-dedans, avec les murs qui sen-
taient le neuf, le lit inconnu, et des bruits étrangers,

venant de la rue, de l'intérieur de la maison... elle
regretta presque de s'être lancée dans ce qui lui
paraissait maintenant une aventure folle. Affaire de
quelques jours. L'angoisse disparue, il ne resta plus
que le délicieux sentiment de nouveauté. Et puis, il y
avait Daniel, le bonheur d'être ensemble autrement
que dans un sale hôtel... Tous les deux, chez eux.
« Chez toi... » disait Daniel, et il repartait en courant.

La vie, secouée pendant quelques jours par le
déménagement, avait repris son rythme. Martine,
régulière comme « au quatrième top, il sera exactement... », sortait, rentrait, préparait à manger, se couchait, se levait. Tous les samedis, elle allait dîner chez
M'man Donzert, avec ou sans Daniel, et tous les jours
en rentrant de son travail elle téléphonait à Cécile
d'un bistrot, à côté de sa maison, pour prendre des
nouvelles de tout le monde. Il n'y avait pas de téléphone dans son nouvel appartement ce qui rendait
les absences de Daniel plus profondes. Martine était
patiente. Elle avait déjà tant attendu Daniel, alors que
cela semblait vain... Elle attendrait encore et bientôt
ils seraient ensemble tout à fait, toujours et pour toujours. Pour les consoler des séparations, ils avaient des
heures de bonheur pleines comme un œuf. La nuit,
sur le balcon au sixième au-dessus de Paris, au-dessous
d'un ciel à eux deux... Daniel commençait à s'ha-
bituer à ces quelques mètres cubes d'air qui leur
étaient alloués, à ces deux pièces vides, avec de l'eau
bouillante distribuée par la maison, les trois tabourets
en tube métallique à siège jaune, l'ampoule sans abat-
jour, les couverts, les deux tasses, les deux assiettes
achetées à l'Uni-Prix... C'est bon de camper ainsi,
comme on a besoin de peu de choses en réalité...,
comme on s'encombre la vie d'objets inutiles... Ils
avaient une joie d'être ensemble, une joie haletante,

pressée, provisoire et prometteuse de ce que cela
serait plus tard...

Une fois, arrivant comme toujours à l'improviste, à
cause de cette absence de téléphone, Daniel trouva
Martine dans la cuisine avec un monsieur. Elle parut
gênée. Un homme correctement habillé, des rubans
à la boutonnière, assez grand, une petite moustache
en brosse. Il fallait le regarder de plus près pour
remarquer que ses poignets étaient élimés, que le veston foncé montrait sa trame, et le visage beaucoup de
rides. Martine un peu plus rose que d'habitude, avec
autour du cou de la soie turquoise qui lui allait très
bien au teint, dit :

— Monsieur est représentant d'une maison qui
vend à crédit.

— Établissements Portes et Cie... Monsieur
Donelle, je présume ? — Le monsieur se leva.

— Parfaitement... — Daniel se versa de l'apéritif
dans le verre de Martine et s'assit sur le radiateur.

— Madame a choisi cet ensemble-studio, — le
représentant ouvrait devant Daniel un catalogue, —
Madame a un goût très sûr, excellent... C'est jeune,
moderne... du chêne verni, naturel, de qualité irréprochable. L'armoire à glace offre d'incroyables pos-
sibilités de rangement. Table portefeuille. Le bahut
pour la vaisselle est tout à fait suffisant pour un service de table et la verrerie...

— Tu comprends, dit Martine, excitée, l'armoire,
on la mettrait dans la chambre...

— Madame est très pratique, approuva le représentant, le petit divan vaut plusieurs chaises, et si vous
avez quelqu'un à coucher... Au-dessus, il y a un rayon
pour les livres...

— Vous ne vendez pas de livres à crédit ? s'enquit
Daniel.

— Non, Monsieur… Je regrette.

— Vous en vendriez, je crois… Au mètre, juste ce qu'il faut pour remplir le rayon.

Le représentant le regarda furtivement :

— Vous êtes le chef de famille, Monsieur ? demanda-t-il poliment.

— Nous sommes mariés sous le régime de la séparation des biens, si c'est ça que vous voulez savoir… Ma femme a le droit de signer tout ce qu'elle veut. De toute façon, je ne réponds pas des dettes qu'elle pourrait contracter…

— Mais nous ne sommes pas du tout inquiets, Monsieur. Madame n'a pas besoin de caution… avec l'emploi stable et bien rémunéré… et les grandes facilités de paiement que nous accordons, elle peut très bien se permettre cet achat…

— Laissez-moi le catalogue, Monsieur, dit Martine, je vais réfléchir… Je ne sais pas si je ne préfère pas carrément une salle à manger, celle avec les pieds effilés et le dessus damier.

Le représentant parti, Martine disparut dans la salle de bains et Daniel resta seul à siroter l'apéritif. Elle revint d'ailleurs très vite, en peignoir de bain, une serviette entortillée autour des cheveux. Belle comme un beau jour. Daniel lisait son journal. Elle cassa des œufs, fit une omelette. Ils mangèrent en silence.

— J'aimerais autant, dit enfin Martine, que tu ne me couvres pas de ridicule devant les gens.

— Tu n'as pas besoin de moi pour cela… répondit Daniel.

Il se leva, posa son couteau, le morceau de pain qu'il allait porter à sa bouche… Martine entendit claquer la porte d'entrée.

Au bout d'une semaine, elle reçut de lui un petit

mot tendre : il était en plein boulot. Encore une dizaine de jours, et voilà Daniel revenu, les traits tirés, pâle, mais plein d'un rire prêt à déborder... « Mon Martinot !... » Et pas un mot sur ces malheureux meubles à crédit.

XVII

DANS UN
DE CES IMMEUBLES NEUFS

Les meubles n'arrivèrent qu'au mois de juin. Et avec les meubles, le service de table, la verrerie, les casseroles… D'un seul coup Daniel trouva l'appartement meublé. Comme dans un dessin animé. Tout cela, Martine l'avait fait dans son dos. Mais il venait de passer les examens brillamment : classé premier de sa promotion, le ministère le gratifiait d'une médaille de vermeil, il allait bénéficier d'une bourse de stage dans une exploitation publique ou privée. Daniel n'avait pas le cœur de détruire sa propre joie, ni le bonheur excessif de Martine, allant et venant parmi ses affaires neuves… Il surmonta ce quelque chose qui faillit le faire rugir, il enjamba ses sentiments et pensées, la querelle, la dispute, il avala les mots au lieu de les cracher…

Ce soir, en pendant la crémaillère, on fêtait le diplôme de Daniel dans le nouveau studio-salle à manger. Il y avait Cécile et ce Pierre Genesc qui était quelque chose dans les matières plastiques, Denise avec son ami, Ginette… Martine était une de ces cuisinières qui jamais ne ratent une mayonnaise, ni un soufflé : elle préparait les plats avec la même minutie qu'elle mettait à faire les ongles de ses clientes. Cécile avait apporté radio et pick-up. D'ailleurs, elle allait les laisser à Martine, on ne pouvait imaginer Martine sans musique, pauvre Martine qui n'avait que le petit poste, merveille sans fil, reçu comme cadeau de mariage de Mme Denise, il lui en fallait un vrai. Martine resplendissait, elle jetait de la lumière sur l'ensemble-studio, sur les casseroles, sur les dessous-de-plat et d'assiette en matière plastique de couleurs vives, sur les tableaux au mur...

— Je croyais, dit Daniel, que tu préférais la toile propre à la toile couverte de peinture ?

— Laisse donc, Daniel... tu ne comprends rien à l'ameublement. — Martine s'enfuit dans la cuisine.

Daniel regardait avec stupeur les tableaux : il s'était souvent demandé en passant avenue de l'Opéra qui pouvait bien acheter ces œuvres d'art exposées chez les grands papetiers, ces têtes de chiens, ces chasseurs, cette femme dont le manteau s'ouvre pendant sa déposition à la barre, devant la Cour..., un grand vent balaie la salle, les dossiers volent, et les vieux juges sont baba devant cette nudité ! Eh bien, c'était Martine qui achetait ces tableaux... la belle Phryné qui excitait la Cour était là, elle se trouvait au mur de son studio.

A part Pierre Genesc, tous les invités avaient été de la noce de Martine avec Daniel. Un an déjà ! Daniel, submergé par les examens, n'avait pas songé à amener quelques camarades de l'École... D'ailleurs où les aurait-on mis ? C'était petit, petit, là-dedans ! Oui, mais Ginette n'avait pas de cavalier... vous en avez de bonnes, je suis seule, moi... Pierre n'a d'yeux que pour Cécile, tous les hommes sont en main... On riait. « Curieux, se disait Daniel, voilà une femme qui travaille, qui élève son fils, en fille-mère méritante, et, pourtant, on l'imagine très bien à un coin des boulevards, attendant les clients... » Daniel exagérait, Ginette était une petite femme gentille, moelleuse, avec de la poitrine, des hanches, la taille fine, les mains et les pieds potelés, la peau d'un fin, d'un tendre, les cheveux blond cendré, les cils et sourcils noirs, les yeux bleu-gris... si bien qu'il était difficile de dire si c'était une brune décolorée, ou une blonde teinte, le tout si bien arrangé qu'on s'y perdait. Sauf pour les yeux authentiquement bleu-gris. Elle était habillée de clair, et devait avoir du linge en nylon-dentelles. Denise, c'était autre chose... Elle possédait tous les signes extérieurs de l'aristocratie de théâtre, surtout ces cheveux blancs présentement bouclés.

— Formidable, — dit Daniel, pensif, quand on avait déjà bu aux jeunes mariés, à la fin de ses études, à l'ensemble-studio, à la pêcheresse du tableau, aux talents de cuisinière de Martine, — formidable, dit-il, de voir d'un coup quatre femmes comme vous autres...

Ce cri du cœur fit rire tout le monde, comme un mot d'auteur. Les femmes en étaient heureuses, c'est agréable, les compliments aussi sincères...

— Les hommes ne sont pas mal non plus... — L'ami de Denise se dandinait sur sa chaise, il était d'un drôle !

— Il en manque un... c'est vrai, personne ne veut me prêter le sien ?

Cette insistance de Ginette ! Irrésistible ! N'ayant pas d'homme, elle jouait à préférer Daniel, Daniel jouait l'insensible, elle l'éprise... On s'amusait beaucoup. Ginette, Denise et Martine s'étaient mises à raconter des histoires de l'Institut de beauté, elles y voyaient toutes les femmes en vogue, celles qui étaient belles, et celles qui avaient la réputation de l'être... Leurs lubies et ridicules... Rien qu'avec les femmes

qui se cramponnaient à leur jeunesse, il y avait de quoi
mourir de rire !

Martine installait une table de bridge, Mme Denise
lui avait appris à jouer, et Martine avait des dons : si
elle jouait plus souvent, elle deviendrait une bridgeuse de premier ordre... Mais ce soir, on ne jouait
pas sérieusement, on se levait pour danser, Pierre
Genesc allait à la cuisine aider Cécile à préparer les
orangeades et à déboucher encore une bouteille de
champagne, Ginette jouait mal et voulait faire un
tango avec n'importe qui, l'ami de Denise avait soif...
Daniel, c'était un poids mort, ni il ne dansait, ni il ne
jouait !

Finalement, Ginette parvint à l'entraîner sur le
balcon... En haut, il y avait beaucoup d'étoiles, c'était
le bon vieux ciel de la création du monde, le paysage
d'en bas appartenait au fantastique des choses inha-
bituelles, on n'avait encore jamais peint la nuit éter-
nelle sur l'échiquier des constructions nouvelles, les
immeubles uniformément plats, blancs, classeurs
rationnels pour êtres humains, que les arbres ont du
mal à rattraper, capricieux et lents à pousser sous le
goudron des chaussées... Un paysage qui sort des
limbes, fantastiquement beau, provisoire, pris dans un
réseau de fils électriques avec leur « danger de mort »
annoncé sur le ciment des pylônes, un pied géant de
la ville faisant le pas suivant, écrasant sous sa semelle
champs et forêts...

— Si vous saviez ce que c'est pour une femme seule
que d'élever un gosse... Il est né en 1944. Je ne devais
pas revoir le père... disait Ginette.

Tiens ! Le père serait-il parti avec nos gracieux vainqueurs ? Daniel regarda Ginette, curieusement éclairée par la lumière de l'intérieur, creusant les orbites
des yeux, sculptant les joues, mettant le front en

vedette. Elle ressemblait à une Allemande. Du salon venaient des rires, des exclamations de joueurs de bridge, la musique se mêlait à la voix du speaker…

— Maintenant, il est demi-pensionnaire, il déjeune à l'école et rentre coucher… Une femme qui travaille ne peut pas faire autrement… Ah, je n'ai pas de chance avec les hommes !

— Ce n'est peut-être pas une question de chance, mais de choix ?

Qu'est-ce qu'il avait à parler méchamment à cette fille ? Mais aussi pourquoi faisait-elle l'intéressante avec les difficultés de sa vie. Elle n'avait qu'à ne pas coucher avec un ou des Allemands. Le scandale renaissait pour Daniel de ce que cette fille avait en elle de veule. Les prostituées ont souvent des histoires de mômes, faut pas s'attendrir pour si peu… D'ailleurs, Ginette n'était point fâchée contre lui :

— Vous croyez qu'on peut choisir ? Quand on n'a pas eu de chance la première fois, cela vous suit toute la vie. Avec un enfant… Le temps passe, et ensuite tous les hommes sont pris. Comme vous.

Elle exagérait, elle n'avait pas besoin de jouer à l'éprise en tête à tête, cela cessait d'être un jeu.

— Venez, dit Daniel, on va prendre un verre.

Martine était une excellente maîtresse de maison : il y avait à boire sur le bahut à vaisselle, et comme il était déjà assez tard pour songer à souper, un peu de viande froide… des petites saucisses délicieuses… Évidemment, la glace manquait, celle que Martine avait fait apporter avant dîner avait eu le temps de fondre. Un frigidaire est nécessaire si on veut bien recevoir.

Ginette essaya de faire danser Daniel. Rien à faire ! Les maris ne savent pas danser, c'est la règle. Toutes les femmes essayèrent après Ginette, sans succès ! Daniel avait beau se défendre, dire que le mariage

n'était pour rien dans son incapacité, que, tout mari
de Martine qu'il fût, il pouvait être autre chose pour
d'autres, cela restait un fait implacable : il était marié
et ne savait pas danser. L'ami de Denise dansait à la
perfection, il conduisait sa danseuse comme une voiture, aussi bien à 140 à l'heure que dans le *slow*. Pierre
Genesc, plutôt que danser, savait tenir sa danseuse fer-
mement et doucement : peut-être oublierait-il la
danse pour devenir un mari ?

Daniel se sentait épuisé. Après toutes les nuits
blanches avant les examens, cette gentille nouba était
la dernière goutte. Un peu soûl, heureux, il tombait
de sommeil.

— Savez-vous, Mesdames, à quoi vous me faites
penser ? — cria-t-il, pour se réveiller, — à de la matière
plastique, neuve, fraîche, de couleur tendre...

Personne ne se fâcha, on trouvait le mari de
Martine très, très amusant, boute-en-train, et tout...

Lorsque tout le monde fut parti, Martine se mit
à laver la vaisselle et à remettre tout en ordre.
Interminablement... Elle était infatigable ! Daniel
dormait ferme lorsqu'elle se coucha près de lui, non
sans avoir fait sa toilette du soir, bien que le jour per-
çât déjà derrière les fenêtres nues, sans volets ni
rideaux... Il en fallait encore, des choses, dans cet
appartement ! Martine essaya de penser aux rideaux,
mais s'endormit aussitôt. Les murs blancs des
immeubles neufs rosissaient sous les rayons du soleil,
les balcons-alcôves retrouvaient la violence de leurs
couleurs, bleus, rouges, jaunes..., les fils électriques
brillaient à faire oublier le danger de l'araignée mor-
telle qui les a tissés. La ville en construction n'était
que gaieté, promesse.

Daniel partait pour la ferme : il avait besoin de se
reposer et de travailler. Le stage dans une exploita-

tion, il allait le faire chez son père. Martine ne pouvait pas l'accompagner, elle passerait son congé payé à l'Institut de beauté, où cela lui ferait un salaire double... et il lui fallait de l'argent pour les échéances de l'ensemble-cosy. C'était affreusement triste de se séparer, mais il n'y avait pas le choix.

XVIII

LE DOMAINE DIVIN
DE LA NATURE

La ferme n'était après tout qu'à quatre-vingts kilomètres de Paris. Il y avait un boulot forcené à y faire, c'était l'époque des hybridations, des greffes, mais Daniel allait quand même à Paris passer la nuit avec Martine. Encore et toujours l'amour à la sauvette, Daniel pressé de rentrer, Martine obligée d'aller à l'Institut de beauté.

Elle avait deviné juste : le père de Daniel ne songeait pas à payer son fils. La famille, c'était de la main-d'œuvre gratuite… Daniel laissa passer un mois, deux. Puis il eut une conversation avec son père, et lui annonça que, le temps de trouver un emploi et il s'en irait. Il n'avait que l'embarras du choix : la recherche purement scientifique, la génétique le tentait, mais on lui avait proposé du travail dans la recherche appliquée, la parasitologie… Il pouvait aussi tout de suite entrer comme conseiller agricole dans une commune, bref…

— Je suis fatigué de jouer le maquereau, dit-il marchant à côté de son père, parmi les roses.

Les ouvriers étaient partis. La nuit s'annonçait par la matité de la lumière sans éclat, calme. Elle éclairait sans éblouir, et on voyait loin, loin, devinant à l'horizon le clocher du bourg.

— Il n'y a pas de raison, reprit Daniel, pour que Martine te paye tes jardiniers...

M. Donelle regarda Daniel curieusement :

— Et la bourse du stage qu'on t'a donnée ?

— Tu voudrais peut-être encore que je te paye pour le droit de travailler chez toi !

M. Donelle partit d'un grand éclat de rire :

— Allons, allons... Je dirai à Dominique d'envoyer à Martine tant par mois et on ne s'occupera plus d'elle, financièrement parlant.

Cela voulait dire, pas d'extras. Mais la somme allouée par mois était honnête.

— Tu vois que je tiens à te garder... conclut M. Donelle. Et même, je te préviens que ton cousin, Bernard, est encore en train de te jouer un tour... Je tiens à te garder, Daniel, mon fils. Qu'est-ce que tu penses... est-ce qu'un croisement de... avec... n'augmenterait pas la floribondité de... [1] ? Que dit la génétique ? La composition chromosomique ?

Il posa sur Daniel un regard innocent, que l'autre lui rendit, identique. Ils reprirent leur promenade. A cette heure crépusculaire, le parfum des roses leur arrivait comme une confidence.

Dans la chambre au-dessus de la cuisine, celle qui avait été leur chambre l'an passé, Daniel ouvrait ses livres. Il travaillait tard toutes les nuits et se couchait sans parvenir à arrêter ce qui grouillait dans sa tête. Il ne souffrait pas de ces insomnies... jamais ce qu'il avait eu en tête n'avait été plus clair, ne s'était mieux ordonné que la nuit, au lit, face à la fenêtre ouverte... La science le visitait d'habitude, ici, chez lui, où chaque petit bruit nocturne lui était familier, comme

---

1. L'auteur n'étant pas rosiériste ne veut pas se lancer dans les suggestions.

l'était ce ciel brodé d'étoiles qu'il regardait les yeux
ouverts dans le noir... Cette nuit-ci, à cause de la
conversation avec son père, il pensait à Martine...
Bientôt deux heures du matin, elle devait déjà dormir. Petite-perdue-dans-les-bois, petite courageuse,
toute seule dans Paris... Daniel alluma la lumière,
secoua sa pipe dans le cendrier, soigneusement, pour
faire plaisir à Martine, éteignit. Cela se passait mal en
lui, il n'était pas heureux. Il était, comme on dit,
ennuyé, mais ce mot est, en fait, impropre et je ne sais
comment définir cet état de malaise, résultat d'une
somme de raisons diverses que l'on pourrait peut-être
énumérer, mais qui restent quand même dans
l'ombre et, de là-bas, vous projettent leurs effluves
malfaisants, vous mettent dans cet état que je ne sais
pas nommer... parce que dire que Daniel était
emmerdé au lieu d'ennuyé n'est peut-être pas plus
descriptif. Enfin, vous voyez peut-être quand même ce
que je veux dire... Pas content, se sentant coupable,
sans bien savoir de quoi, mal à l'aise, inquiet, Daniel
résolut, soudain, de ne plus retourner à Paris pendant
un mois au moins. Si Martine tenait à le voir, elle pouvait très bien venir en week-end à la ferme. Mais elle
préférait le confort à ses bras. Dans le noir, Daniel se
fâchait, vexé et triste... L'absence d'une salle de bains
à la ferme décidait de leur vie commune. Elle était
tout de même un peu folle, Martine. Se tuer de travail pour acheter un ensemble-cosy. Daniel avait beau
être distrait, cet ensemble-là l'avait étonné plus que
s'il avait trouvé dans l'appartement de Martine un de
ces singes au derrière nu, comment les appelez-vous
déjà ? Il remarquait l'ensemble-cosy chaque fois qu'il
venait passer une nuit avec Martine. Martine avait
mauvais goût, bon, ce n'était pas grave..., mais qu'elle
y tînt si férocement, à ce cosy, c'était cela qui était

incompréhensible et compliquait tout. Elle voulait des choses, des affaires, des objets… on dirait une drogue! Il les lui fallait coûte que coûte. Daniel se fâchait à nouveau : c'était trop idiot! Le mystère, la grandeur de Martine s'évanouissaient parmi les tabourets en tube métallique, le bahut à possibilité de rangement inouïe, le tapis en caoutchouc de la salle de bains, les tasses du petit déjeuner, le matelas à ressorts… Daniel ralluma sa pipe.

Le soleil se levait du côté opposé à sa fenêtre, mais le ciel s'éclaircissait progressivement. Daniel entendit avec soulagement de petits bruits dans la cuisine… le trottinement de la mère-aux-chiens, la voilà qui fourrage dans la cuisinière… Du côté de la cour venaient des battements d'ailes, un jappement… Les chiens devaient être assis et couchés devant la porte de la cuisine, attendant que la mère-aux-chiens leur ouvre. Oui, les voilà qui se précipitent! Grincement du portail. C'est Pierrot qui l'ouvre, c'est toujours lui le premier descendu. Daniel s'endormit dans une bonne odeur de café qui montait de la cuisine…

— O-hé! Daniel! Qu'est-ce que tu fiches? criait Pierrot au bas de l'escalier. Daniel sauta du lit…

Le soir, il partit pour Paris. Cette sacrée quatre-chevaux n'avançait pas… il avait tellement hâte de retrouver Martine, sa petite chérie…

Daniel partait pour le Midi, faire un stage aux pépinière de Meilland, le grand créateur de roses nouvelles. C'était son père lui-même qui lui avait demandé d'y aller étudier certaines méthodes de forçage des roses. Et surtout voir sur place les serres à semis, et prendre des leçons pour l'obtention de roses nouvelles chez ce grand chercheur hybrideur…

Daniel était maintenant de l'avis de Martine : son père voulait l'aider, il partageait sa passion, il savait parfaitement que l'ère de l'empirisme allait en s'amenuisant, que la science avait fait son entrée dans le domaine divin de la nature et allait la façonner à son idée. Son fils était de son temps, appartenait au XXe siècle.

Daniel avait proposé à Martine de l'emmener. Elle n'avait qu'à envoyer promener son Institut de beauté… Mais il fallait payer les meubles et objets achetés à crédit ! Maintenant qu'elle avait les mensualités envoyées par M. Donelle, plus son salaire, elle était tranquille, mais si elle ne travaillait plus, elle retomberait dans les difficultés. Quand tout sera payé, je ne dis pas…

Le frigidaire avait apparu dans la cuisine en plein hiver. Il y trônait comme un Mont Blanc, beau, encombrant et utile.

Martine, avec Mme Denise, Pierre Genesc et Cécile, autour d'une table de bridge, faisaient une partie. Daniel, en arrivant, fit se lever tout le monde… il eut le sentiment de déranger. Il y avait des boissons glacées. Ce n'est que le lendemain matin qu'il demanda, incidemment, avec quoi Martine comptait payer ce confort ?

— Avec quoi payes-tu tes expériences coûteuses ? Ton père est pauvre, répondit Martine, insolente, mais quand on a bien envie de quelque chose, on s'arrange… — Et elle ajouta, gentiment : — On m'a augmentée, je le dois à Denise. Ton père ne peut vraiment pas faire mieux ?

Daniel s'assit lourdement sur le matelas à ressorts :

— Je ne sais pas. Peut-être est-il très riche… Peut-être a-t-il du mal à joindre les deux bouts… Mais je sais que je ne lui demanderai plus rien. Tout cela m'horripile. Je ne veux pas me mettre martel en tête pour boire frais.

Mais quand, peu de temps après, la télévision fit son entrée dans la salle à manger, Daniel se fâcha tout rouge. Malgré les facilités de paiement et l'augmentation de Martine, il fallait, tous les mois, courir pour trouver l'argent des échéances... Elles étaient trop lourdes. Daniel avait beau crier, il ne pouvait pas laisser tomber Martine dans ses difficultés. Il entreprit la traduction de l'anglais d'un ouvrage scientifique, il y passait ses nuits... il demanda à M. Donelle une « prime » pour son voyage dans le Midi... Pour la dernière échéance du frigidaire, Martine avait été obligée d'aller mendier chez M'man Donzert, et ça n'a pas été tout seul, hein ?

— Comment le sais-tu ? Martine était sombre.

— Par Cécile, idiote ! Elle m'a téléphoné et elle m'a dit que pour payer ton échéance, M'man Donzert a dû mettre au clou sa chaîne en or... en cachette de son mari. Elle m'a demandé si je ne pourrais pas rembourser, avant qu'il ne s'en soit aperçu... Quand je bois froid, maintenant, ça me glace !

— Et pourquoi n'est-elle pas venue me le dire, à moi ?

— Parce que ces femmes t'aiment, imagine-toi, qu'elles ne veulent pas te faire de la peine !

— Alors toi ? Toi, tu me le dis parce que tu ne m'aimes pas ?

Martine sur le petit divan du cosy s'était mise à sangloter... Daniel hésita, mais n'y tint pas et la prit dans ses bras... Martine n'était pas une petite femme bébête, incohérente, fantasque, une femme de vaudeville, il fallait qu'elle comprenne, il ne pouvait plus demander de l'argent à son père... la rose parfumée ne semblait pas vouloir tenir ce qu'elle promettait, il y avait cette déception, et son père, qui devenait plus compréhensif, allait sûrement à nouveau se durcir, lui reprocher ses extravagances… D'autres hybridations qu'il avait entreprises rattraperaient peut-être ce qu'il avait perdu auprès de lui… D'ailleurs, si cela continuait, il passerait à la recherche pure, aux travaux de génétique, comme cela on lui ficherait la paix ! Mais il y avait cet amour des roses, la passion du créateur…, cela lui faisait mal au cœur de quitter les plantations pour le microscope. Peut-être créerait-il quand même la rose *Martine Donelle*, qui leur donnerait tout ce que Martine souhaitait, parce que, lui, ne souhaitait qu'une chose : la voir heureuse. Et c'était incompréhensible qu'un bonheur qui dépend d'objets inanimés, que l'on peut simplement acheter, fût disputé à qui que ce soit… Daniel se sentait mesquin, pauvre de générosité. Et en même temps révolté de voir le bonheur à la merci d'un frigidaire. Qu'est-ce qu'il y pouvait, mais qu'est-ce qu'il y pouvait !

Que pouvait-il contre l'idéal électro-ménager de Martine ? C'était une sauvage devant les babioles brillantes, apportées par les blancs. Elle adorait le confort moderne comme une païenne, et on lui avait donné le crédit, anneau magique des contes de fées que l'on frotte pour faire apparaître le démon à votre service. Oui, mais le démon qui aurait dû servir Martine l'avait asservie. Crédit malin, enchantement des facilités qui comble les désirs, crédit tout-puissant, petite semaine magicienne, providence et esclavage.

Daniel se sentait battu, bêtement battu par des objets. Sa Martine-perdue-dans-les-bois convoitait follement un cosy-corner.

XIX

DIFFICULTÉS DES FACILITÉS

Daniel continuait à habiter la ferme, et il allait fréquemment dans le Midi où un Donelle était en train de construire de nouvelles serres, très modernes, pour le compte de M. Donelle père. Les jours et les nuits qu'ils passaient ensemble, Daniel et Martine pouvaient les compter sur les doigts, comme les jours de soleil par un été pluvieux. De temps en temps, Daniel demandait à Martine si elle ne voulait pas abandonner l'Institut de beauté. Elle ne voulait pas. Il y avait les échéances, n'est-ce pas... Aussitôt Daniel se taisait pour ne pas être repris par ce dilemme, si simple, que de ne pas pouvoir le résoudre le mettait dans un état de nervosité inutile.

Les Établissements Portes et Cie vendaient de tout, et ayant été régulièrement payés pour les premiers achats, ils accordèrent à Martine d'autres crédits, dépassant la couverture que constituait son salaire : on se doutait bien que Mme Donelle avait des moyens d'existence en dehors de son salaire, c'était tout de même la femme de Daniel Donelle, un fils Donelle, des fameux établissements horticoles.

Martine avait emprunté de l'argent à Denise. L'achat de certains objets demandait un premier paie-

ment assez massif et ce n'était qu'ensuite que venaient
les « facilités » mensuelles… Denise était compréhen-
sive. Simplement, elle retenait une certaine somme
sur le salaire de Martine, comme si elle était les Établissements Portes et Cie eux-mêmes. Et Martine
aurait pu tenir le coup, si elle n'avait eu le désir de
mettre des stores orange, extérieurs, aux fenêtres,
cinq en tout. Ça coûte cher, les stores, surtout quand
ils sont festonnés.

A son retour du Midi, Daniel n'avait pas remarqué
les stores, au grand soulagement de Martine. Mais
fallait-il que l'enquêteur des Établissements Portes et
Cie tombât sur lui… Il y avait peut-être de la prémé-
ditation de la part de ce jeune homme qui était bien
avec le concierge : une carte postale de Daniel avait
annoncé son arrivée pour ce mardi, il serait là vers
cinq heures, apporterait une tarte à l'ananas et attendrait Martine… A cinq heures, l'enquêteur se présentait.

Un jeune homme pimpant, que l'argent sorti par
Daniel mit de charmante humeur :

— Les dames, dit-il, veulent toujours se débrouiller
toutes seules. En fin de compte, elles s'aperçoivent
qu'un homme, un mari, cela a du bon…

— Peut-être encore autrement que vous ne le
pensez, Monsieur…

— Oh, alors ! s'écria le jeune homme, de mieux en
mieux !…

Il ne refusa pas le verre que Daniel lui offrait.

— Dites-moi, demanda Daniel, il vous arrive
souvent de sévir ?…

— Souvent, non… Quelquefois tout de même.

— Qu'est-ce que vous faites ? Vous reprenez la
marchandise ?

— Rarement… La plupart des choses s'usent,

n'est-ce pas, les meubles, le linge... En cas de non-
paiement, on passe par le juge de paix... En province,
la procédure est différente, mais de toute façon, avant
d'accorder le crédit, nous prenons nos renseigne-
ments, nous nous adressons à l'employeur, en premier lieu... à la concierge, aux commerçants du quar-
tier... Si une personne est honorablement connue, et
si par exemple elle gagne, disons, soixante mille
francs par mois, nous pouvons sans risque lui vendre
pour cent vingt mille de marchandise, avec un
acompte raisonnable et une mensualité de six à huit
mille francs... Ce n'est pas la mer à boire. La possibilité de tricher est minime. Si le client a déjà d'autres
paiements à effectuer pour une marchandise achetée
à crédit ailleurs que chez nous, et que cela lui fait des
échéances trop lourdes par rapport à son salaire, l'employeur est forcément au courant... il n'y a pas que
nous qui faisons notre petite enquête, et l'employeur
nous prévient s'il y a d'autres créditeurs...

— Quand même, vous devez avoir des déboires...
Si les acheteurs ne risquent pas grand-chose quand ils
ne payent pas... Il y a tant de gens malhonnêtes.

— C'est ce qui vous trompe, Monsieur, il n'y en a
pas tant que ça. Les gens, dans l'ensemble, sont
honnêtes, et nous ne pouvons exister que parce que
les gens sont honnêtes !

Il était sérieux et réjoui en même temps, le jeune
homme. Les enquêteurs des Établissements Portes et
Cie étaient plus avenants que leurs représentants...
En tout cas, celui qui était venu, voilà bientôt deux
ans, avait quelque chose de tragique.

— Les enquêteurs, chez vous, ne ressemblent pas
du tout aux représentants, remarqua Daniel... Le premier qui est venu prendre la commande...

— Oh, le pauvre vieux... Vous savez, chez nous, les

représentants, les enquêteurs, c'est la même chose, ce
sont les mêmes... Mais celui qui est venu chez vous,
c'est un ex-commerçant qui a fait de mauvaises
affaires... Il y en a pas mal dans le métier... Cela les
marque, ce sont des gens résignés et amers... Nous,
les jeunes, quand on a une bonne clientèle, on se
débrouille pas mal... Celui qui a une fois acheté à crédit y revient d'autres fois — c'est si agréable d'acqué-
rir sans difficultés, de se permettre des achats, que
sans le crédit...

— Mais, insista Daniel, il y a quand même des gens
qui sans être malhonnêtes croient pouvoir payer et
ensuite ne peuvent pas...

— Bien sûr, cela arrive... Tenez, l'autre jour, la
maison a reçu une lettre d'un client qui avait acheté
quelques tapis... Pendant plusieurs mois il avait réglé
ses échéances à date fixe... Eh bien, dans sa lettre, il
disait qu'il venait d'assassiner sa maîtresse et qu'étant
en prison il ne pouvait momentanément régler ses
échéances...

— Momentanément !...

— N'est-ce pas ?... Je vous remercie, Monsieur, de
votre aimable accueil. Au plaisir.

Le jeune homme s'en fut.

Alors les gens sont honnêtes ? Les Établissements
Portes et Cie pouvaient dormir tranquilles et gagner
de l'argent parce que les gens étaient honnêtes.
Daniel était ravi, il ne s'attendait guère à recevoir une
dose d'optimisme de l'enquêteur chargé de pressurer
Martine. Martine était honnête. Même si Daniel
n'avait pas été là, elle se serait arrangée pour payer
ses dettes, honnêtement. En attendant, Daniel n'avait
plus le sou, c'étaient vingt mille francs que l'enquê-
teur-encaisseur voulait, pour couvrir deux traites, les
vingt mille francs que Daniel avait dans son porte-

feuille, plus un peu de monnaie dans la poche de son pantalon…

Martine était en retard. La tarte à l'ananas que Daniel, à cause de cet enquêteur de malheur, n'avait pas eu le temps de poser sur une assiette, coulait sur la table… un sirop épais… sur le dessus à damiers, ciré, astiqué… Daniel entreprit de l'essuyer, fit d'autres dégâts, jeta la serviette poisseuse sur la table de la cuisine et s'allongea sur le petit divan-cosy. Il était tard. Pourquoi Martine ne rentre-t-elle pas ? Voilà plus d'un mois qu'ils ne se sont vus. Peut-être sa carte s'était-elle perdue ?… Oh, cela ne se produit jamais. Quelle vie idiote, songeait Daniel, se marier et ne pas être ensemble… Il n'avait pas su faire entrer Martine dans sa vie, et il ne pouvait tout de même pas partager la sienne. A moins de se faire coiffeur… Cela aurait été beau. Comme M. Georges et M'man Donzert. Daniel se sentit incapable de regretter de ne pas être coiffeur. On dit que deux ans et demi, c'est le moment crucial d'une vie conjugale, le cap dange-reux. Si on le franchit, on peut dire que tout danger est pour longtemps écarté. Il y avait deux ans et demi qu'ils étaient mariés. Allaient-ils franchir ce cap ? En vérité, ils n'avaient plus grand-chose à se dire… On lui avait changé sa petite-perdue-dans-les-bois. Pas même une conversation de salon… Martine n'allait plus ni au cinéma ni au théâtre, elle se disait trop fati-guée le soir, préférait la télévision, un bon dîner, une partie de bridge. Il n'y avait pas un seul livre dans son appartement… Pas un journal. Rien que la radio et la télévision. Martine était elle-même un meuble stan-dard, un jour viendrait où on achèterait des femmes comme elle aux grands magasins… Alors quoi, se quit-ter ?… Affreux ! Quitter Martinot ! Ne plus la voir apparaître… avec sa chère petite tête, le menton

relevé, sa taille douce, ses seins... sa manière de sourire pour l'accueillir, ce bonheur illuminé... Toute
son intimité à lui, le seul être pour qui il était le destin, un destin double, le leur... La troisième dimen-
sion de leur vie à tous deux... Pourquoi Martine s'in-
géniait-elle à aplatir leur existence ? Daniel était
épuisé autant par ces perpétuels achats que par leur
modestie. Si encore elle avait eu envie d'une rivière
de diamants ou d'un hôtel particulier et historique...
non, elle désirait ardemment une salle à manger-cosy
et ce tableau un peu scabreux où le vent dénude une
femme devant de vieux juges... Daniel sur le petit
divan-cosy fondait de pitié pour Martine, il ne fallait
pas oublier d'où elle sortait, la cabane, la Marie... Les
petits avantages mesquins la guettaient naturellement. Mais il était là, elle aurait pu le suivre, elle aurait
pu enjamber ce stade... Tout ce qu'elle avait su, c'est
devenir une petite bourgeoise. En attendant, elle ne
rentrait toujours pas... Daniel avait faim. Il était à la
cuisine en train de fouiller dans le frigidaire, quand
il entendit la clef de Martine.

— Oh, je vais te raconter, disait-elle de sa chère
voix qui lui pénétrait le cœur, j'ai pris du travail en
dehors de l'Institut... Attends, mon chéri... j'ai
apporté un vol-au-vent comme chez M'man Donzert,
et une bouteille... Qu'est-ce que c'est que ce torchon ?

Daniel la débarrassait. Elle semblait harassée, avec
son sac à provisions tellement lourd, un pauvre petit
visage pourtant rayonnant.

— J'ai fait des malheurs... avoua Daniel.

— Ça ne fait rien, aujourd'hui... On va manger
dans la salle à manger... Je vais t'expliquer.
Quelqu'un est venu ?

C'étaient les verres et la bouteille d'apéritif qui lui faisaient poser cette question.

— Oui, l'encaisseur-enquêteur de Portes et Cie. Il m'a pris vingt mille francs.

— Je vais te les rendre…

— Il ne s'agit pas de ça…

Martine mettait la table avec des gestes rapides, adroits, efficaces, juste un coup d'œil sur la vilaine tache faite par le sirop d'ananas… Et elle n'arrêtait pas de sourire.

— Alors, comment cela se fait-il que tu travailles si tard, maintenant?

— Je vais chez des clientes, à domicile… C'est très bien payé, tu sais…

— Viens que je t'embrasse…

— Attends, Daniel… je voudrais qu'on se mette vite à table.

Au lieu de s'embrasser… Ils allaient *d'abord* manger. Va pour la mangeaille. Martine sortait des dessous-de-plat et des verres de trois tailles, et des porte-couteaux. Deux couteaux, deux fourchettes, des petites cuillères, des tas d'assiettes, des grandes, des petites, des creuses…

— Tu en fais des pas…, dit Daniel désolé, en la regardant aller et venir.

— C'est pour ne plus me déranger après… Je vais tout mettre sur la table, d'un coup.

Mais il fallait réchauffer le vol-au-vent, mettre au frais la bouteille apportée… Ils ne s'étaient pas vus depuis un mois.

— Alors, tu travailles maintenant encore après les heures de l'Institut?

— Oui, figure-toi… C'était trop tentant de gagner tant de sous.

— Alors, laisse tomber l'Institut.

— Oh non, je m'y plais… Tu sais, l'ambiance…

Martine mangeait le vol-au-vent, excellent en effet. Daniel éclatait de tout ce qu'il avait envie de lui raconter… Mais elle ne lui posait même pas la simple question — comment vas-tu ? — préoccupée : n'avait-elle rien oublié sur la table ? Est-ce que tout était bon ?

Une méchante envie de se taire s'insinuait dans Daniel, puisque rien de ce qui faisait sa vie ne semblait intéresser sa femme. Martine se levait, s'asseyait, dégustait, ajoutait du sel, du sucre, versait à boire.

— Je crois, dit-elle, découpant le poulet, que Cécile va vraiment se marier avec Pierre Genesc. Cette fois-ci, ça a l'air sérieux… Il y a aussi Mlle Benoît qui se marie avec Adolphe…

Daniel n'avait aucune idée de qui étaient et Mlle Benoît et Adolphe, mais il ne posa aucune question, exprès. D'ailleurs, il s'en fichait pas mal.

— La petite de la Faisanderie à qui je fais les ongles depuis trois ans a épousé son Frédéric… ce qu'elle a pu nous raser tous avec son Frédéric. C'était un beau mariage, à Saint-Philippe-du-Roule, on y a été, tous… A l'Institut, le désert… Tout de même, quand on a fait les ongles de quelqu'un pendant trois ans, c'est compréhensible… Eh bien, ça a fait toute une histoire avec Mme Denise, à cause de l'embouteillage dans les rendez-vous… Tu as remarqué les porte-couteaux, Daniel, n'est-ce pas qu'ils sont mimi ?

Elle n'attendait pas de réponse, tout occupée à peler une poire pour Daniel. Elle ne savait pas qu'il était désespéré.

— Elle est bonne, la tarte, elle est bonné ! Je vais te faire du café… Tu en prends trop, j'en suis sûre, mais comme tu en prendras quand même, j'aime autant t'en faire du bon…

Elle se leva, mais avant de disparaître à nouveau

dans la cuisine, elle s'approcha de Daniel, s'assit par terre à ses pieds et appuya le front contre son genou :

— Je fais caniche..., dit-elle d'en dessous. Je t'aime...

Daniel caressait sa tête brune, son cou ployé, son dos, cette merveille... Il n'y avait rien à dire, rien à dire. C'était ainsi. Martine se releva, lui sourit et s'en fut à la cuisine.

— Je deviens très forte au bridge, dit-elle en revenant.

Daniel avait ressorti son journal du soir qu'il avait déjà lu, les commentaires sur la mort de Staline...

— Tu sais, cria-t-il, Martine ! Staline est mort...

Martine revenait portant sur un plateau cafetière et petites tasses :

— Oui, on en a parlé au salon... Qu'est-ce que ça va faire ? Je te disais que je deviens une bridgeuse de première... Mme Denise m'a emmenée chez des amis, et maintenant ils n'arrêtent pas de lui demander quand je reviendrai. Si tu avais vu l'appartement !... Aux Champs-Élysées... Un bruit ! Des tableaux modernes, il paraît que cela vaut des fortunes, à n'y rien comprendre...

Martine raconta en détail sa soirée aux Champs-Élysées. Puis elle se mit à débarrasser la table, à laver la vaisselle, à tout ranger. Daniel avait ouvert la porte du balcon, malgré le froid... Les maisons rangées comme les cubes de glace d'un immense frigidaire, blanches, froides... avec les lumières des fenêtres, factices, fausses bûches d'une fausse cheminée. Le ciel bas enveloppait les grands immeubles avec la gaze sale, les vieux pansements de ses nuages. Cela crachinait et les gouttelettes tissaient un tissu humide qui collait à tout ce qui se présentait sur son chemin. Puis, le paysage cria, un long cri montait de ses entrailles

de fer. Qu'est-ce que cela pouvait être ? Une locomo-
tive ? Un avertisseur ? De quoi donc ?... Daniel eut
froid et ferma la porte.

— Assez, Martine... dit-il si brusquement qu'elle
s'arrêta de frotter la table pour le regarder. Assez de
te démener, on va aller se coucher. J'ai passé la nuit
dans le train.

Elle abandonna son chiffon et lui sourit de ses
douces lèvres renflées...

— Viens, dit-elle... C'est fou de perdre tout ce
temps. On aurait dû se coucher tout de suite.

Daniel resta à Paris quelques jours. Il ne réussit pas
à sortir Martine où que cela fût. C'est vrai que le soir
elle était vannée, elle se levait tôt, Daniel encore au
lit... Et ils avaient si peu d'argent avec toutes ces
échéances et ce que Martine achetait en plus. Ensuite,
Daniel allait à ses affaires à lui. Des gens à voir, des
confrères, des fournisseurs... Les roses, comme des
épouses exigeantes, avaient constamment besoin de
quelque chose qu'il devait commander à Paris... De
l'engrais, du raphia, des insecticides. Il voyait des amis
qui n'étaient pas ceux de Martine, que cela ennuyait
d'entendre parler de questions professionnelles et
scientifiques en même temps. Il n'y avait que Jean,
l'ami de la Résistance, celui qui jadis leur prêtait sa
chambre, avec qui elle aurait pu s'entendre. Cette
amitié était une des bonnes choses réconfortantes que
Daniel et Jean avaient dans la vie. Jean aimait les
femmes et respectait l'amour : c'était l'axe de sa vie.
Martine était belle et Daniel l'aimait, il ne lui en fallait
pas plus pour l'entourer de romance. Avec lui, Daniel
pouvait parler de Martine.

C'était pendant ce séjour-là qu'avait eu lieu l'acci-

dent. D'autres trouvent des lettres d'amour qui leur
révèlent l'infidélité de celles qu'ils aiment, et ils s'en
désespèrent peut-être ; lui, Daniel, trouva dans le
linge de Martine une feuille à l'en-tête d'un fourreur,
avec dans le coin, à droite : *Attestation pour déclaration
d'achat à crédit...* Et puis : *La soussignée... Adresse...
Profession... Employeur... Montant du salaire net.* Puis en
petits caractères : *Comme garantie l'acheteur cède à la
Maison « Hermine » la quotité cessible de tous salaires,
appointements et toutes sommes pouvant lui revenir à
quelque titre que ce soit, que tout patron ou société pourra
retenir sur simple signification du présent engagement...*
Etc. La feuille était remplie dans toutes les cases, de
la main de Martine, avec les sommes à payer chaque
mois. *Acompte :* 100 000 francs. *Solde :* 250 000 francs.
Et, en bas, la signature de Martine.

Daniel oublia le mouchoir qu'il était venu si bêtement chercher dans le tiroir de sa femme, comme si
avec l'ordre qu'elle avait, un mouchoir de Daniel pouvait se trouver parmi son linge à elle. Il fouilla dans sa
poche, trouva la pipe, l'alluma machinalement, sortit
sur le balcon sans même sentir le froid. Daniel avait
très peur de tout ce qui touchait aux lois, règlements,
papiers timbrés, officiels, il craignait les percepteurs,
les douaniers, et même les chèques, les cartes d'iden-
tité et d'électeur... Il avait peur de toute machine
administrative, de tout ce qui touchait aux obligations
envers l'État, de la préfecture, la mairie, les banques.
Ce papier, cet engagement pris par Martine, l'épou-
vanta. Mais qu'est-ce que c'était que cette calamité,
mon Dieu, on dirait une drogue ! Martine trimait
comme une bête pour un manteau de fourrure ! Un
monde de soucis, de nuits blanches pour se payer des
choses, des objets... La rage tenait Daniel tout droit,
les dents serrées sur la pipe à la couper en deux. Il n'y

avait pas assez de l'humiliation vis-à-vis de son père, des rapports pénibles avec M'man Donzert, de l'impossibilité d'aller voir un film, de sortir la voiture du garage, voilà qu'elle se mettait une nouvelle dette sur le dos! Elle ne s'arrêterait donc jamais? On ne pourrait donc jamais être tranquilles? Quand on avait largement de quoi vivre...

Lorsque Martine rentra, comme toujours ivre de fatigue, elle découvrit pour la première fois que la bonne vigueur des bras de Daniel, que sa bonne tête, sa voix, pouvaient se transformer, comme, disons, l'innocent gaz domestique du réchaud, qui fait un beau jour sauter toute la maison. Elle aurait pourtant depuis longtemps dû s'apercevoir que ses rapports avec Daniel avaient un arrière-goût, elle aurait dû sentir l'odeur du gaz qui lentement remplissait le petit appartement, la fuite qui un beau jour fait explosion... Le papier trouvé était l'étincelle qui la provoqua. «Honte sur nous!» hurlait Daniel, mais lorsqu'il se mit à parler à voix basse, il parut à Martine encore plus effrayant.

— Tu veux nous faire rendre l'âme pour des commodités, pour le confort? Tu veux qu'on devienne les esclaves des choses, de la camelote?

Et il arracha du mur le tableau avec la pécheresse nue sous son manteau devant les vieux juges... Il l'emporta à la cuisine pour mieux le casser sur le carrelage:

— A tempérament! — disait-il calmement, en marchant sur les débris du verre, — avec facilités de paiement...

Il ne lui laissa pas le temps de réagir, et sortit.

Martine pouvait recommencer à l'attendre comme jadis. Il était capable de ne plus revenir, jamais. Elle ne pleurait pas. Elle regardait autour d'elle, ces murs,

ces choses qu'elle aimait tant, qui la rendaient si heureuse, malgré les difficultés, le travail... Daniel les
méprisait, il la méprisait. Il ne l'avait pas traînée par
les cheveux, mais dans ses yeux, il y avait eu du
meurtre, et à la façon dont il écrasait du talon le verre
du tableau, elle imaginait comment il aurait pu piéti-
ner autre chose. Leur amour peut-être.

XX

À LA DISCRÉTION DE VOS DÉSIRS

Ce fut le jour le plus terrible de sa vie. Jusqu'ici, elle était parfois désespérée de ne pas avoir ce qu'elle désirait ; ce jour-là, elle avait perdu ce qu'elle avait eu : le bonheur. Parce que, malgré tout, elle avait été heureuse. Elle travaillait comme une brute, c'est vrai, et à l'Institut et chez des clientes à domicile, pour couvrir les traites. Et elle vivait dans l'inquiétude : si jamais, à l'Institut de beauté, cela se savait, si on y apprenait qu'elle détournait des clientes pour se faire une clientèle particulière !... Mais elle ne pouvait pas non plus laisser mettre saisie-arrêt sur son salaire, laisser éclater le scandale du papier bleu... Tous ces soucis, elle s'en arrangeait. Elle était heureuse quand même, fatiguée, inquiète et heureuse. Elle supportait tout, courageusement, même de ne plus voir les siens, porte d'Orléans, tant elle se sentait fautive d'avoir obligé M'man Donzert à porter sa chaîne d'or au clou. M'man Donzert, qui ne savait pas que Martine le savait, ne s'expliquait pas ses absences, était malheureuse de ne pas la voir, s'inquiétait, et pleurait souvent, ce que M. Georges, parfaitement au courant, pardonnait mal à Martine. Bien que M'man Donzert

s'en fit encore plus pour Cécile que pour Martine :
oui ou non, allait-elle se marier avec M. Genesc ?

Mais fallait-il que M. Georges eût choisi pour faire
une visite à Martine juste ce soir-là où Daniel venait
de partir...

— Je passais... dit M. Georges, sans s'occuper de
l'invraisemblance. Tu n'as pas bonne mine, fillette !
Tu n'es pas malade ?

— Fatiguée... Je vais me mettre du rouge à lèvres,
et ça n'y paraîtra plus. Il n'y a rien de cassé à la maison ?

— Tout le monde est en bonne santé. Je ne vais pas
m'attarder, ni y aller par quatre chemins... C'est de
toi qu'il s'agit, Martine.

Martine se mettait du rouge à lèvres devant la glace
au-dessus du bahut à vaisselle. Sa coiffure était cor-
recte.

— Je vous écoute, monsieur Georges... Vous ne
voulez pas boire quelque chose ?... Un café ?

— Martine, je ne veux rien... Je suis venu te parler.

Ils étaient maintenant l'un devant l'autre, sur des
chaises droites et inconfortables.

— Je te disais dans le temps, fillette, que tu avais
de la chance dans la vie, que tu avais déjà gagné deux
manches... La première quand M'man Donzert t'a
recueillie, la deuxième quand M'man Donzert
t'a amenée à Paris... Tu es en train de rater la troisième : ton mariage, ton avenir...

— Comment ça ? dit Martine. La gêne que lui cau-
sait cette visite inhabituelle, et cela après le départ de
Daniel, le terrible bouleversement, l'amollissait, elle
était dans un étrange état de faiblesse, n'aurait pas pu
serrer le poing, avait du mal à ne pas laisser tomber
les paupières.

— Je vais te raconter une histoire… Il y avait une fois un pêcheur qui vivait avec sa femme au bord de la mer. Ils étaient très pauvres et misérables, un peu comme les tiens dans la cabane, au village. Un jour, le pêcheur a pris dans ses filets un petit poisson d'or qui lui dit d'une voix humaine : « Pêcheur, rends-moi la liberté et je te la revaudrai ! — Et comment me la revaudras-tu ? — Je te donnerai par trois fois tout ce que tu souhaiteras. » Le pêcheur sortit le petit poisson d'or du filet, et le vit disparaître dans les flots…

Martine, appuyée au dossier droit de la chaise, les mains dans les genoux, écoutait M. Georges. Il lui faudrait écouter jusqu'au bout et tirer la morale de l'histoire. M. Georges était le meilleur des hommes, mais il avait ses façons à lui… Ce soir, elle avait du mal à les supporter. M. Georges racontait son histoire de poisson d'or, alors qu'elle se sentait partir…

— Le pêcheur rentra à la maison et raconta l'histoire à sa femme qui était en train de bouillir son linge dans une vieille lessiveuse rouillée. « Conteur d'histoires ! cria-t-elle. Imbécile ! Tu as cru à des bobards et maintenant on n'a même pas de quoi manger ce soir ! — Essayons voir, répondit le pêcheur. Souhaite quelque chose à haute et intelligible voix. » La femme du pêcheur haussa les épaules, mais cria pour se moquer de son mari : « Je veux que ma vieille lessiveuse devienne neuve, et les loques que j'y fais bouillir, du beau linge !… » A peine avait-elle prononcé ces paroles qu'il se fit un grand bruit, et une machine à laver « Mer bleue », pleine d'un linge magnifique, apparut à la place de la vieille lessiveuse rouillée. La femme du pêcheur en fut très heureuse pendant vingt-quatre heures. Puis elle se mit à gronder son mari : « Pourquoi m'as-tu laissé souhaiter si peu de choses ? — Eh bien, dit le pêcheur, fais un deuxième souhait, puisque tu y as droit. Mais j'imagine que ces souhaits sont comme un pari à discrétion : lorsqu'on a gagné, il faut savoir être discret ! — Oh toi ! dit la femme du pêcheur… Cette fois j'ai bien réfléchi, et je souhaite avoir une belle maison, à la place de cette vieille cabane, toute meublée, avec tout le confort, et des voitures, et des bijoux ! » Et cette fois, comme la précédente, il se fit un grand bruit, les planches de la cabane craquaient et finalement disparurent. Le pêcheur et sa femme, magnifiquement habillés, se trouvaient dans un palais, orné de dorures, de tapis, avec tout le confort moderne, vide-ordures et ascenseurs dans tous les coins, et devant la porte la plus grosse des voitures américaines. A chaque pas, des domestiques bien stylés les saluaient et leur servaient ce qu'ils voulaient, à boire et à manger. Le pêcheur et sa femme passèrent une très bonne nuit dans un lit de duvet. La deuxième nuit, la femme s'endormit tard, et la troisième elle s'agita si fort que le pêcheur finit par lui demander : « Femme, qu'est-ce que tu as ? — Vieil imbécile, répondit-elle, pourquoi m'as-tu laissé souhaiter si peu de choses ? »

« Nous en sommes à la troisième fois, pensait Martine, ça touche à la fin… Sainte Vierge, je n'en peux plus, je n'en peux plus… »

— « Tu trouves cela peu de choses ? répondit son mari. Qu'est-ce qui te manque donc ? Si tu as oublié une vétille qui te ferait plaisir, demande-la, je suis d'accord, mais songe qu'après cela sera fini. Tu n'auras plus de poire pour la soif, quoi qu'il t'arrive, une maladie, un malheur… En plus, tu risques de passer pour indiscrète et effrontée. — J'ai réfléchi à tout cela, dit la femme, c'est pourquoi je souhaite que le poisson d'or vienne nous servir en personne… » A peine avait-elle prononcé ces mots qu'un énorme bruit, avec éclairs et tonnerre, se fit autour d'eux, dans un ciel devenu noir ! Le monde se trouva plongé dans un état de catastrophe, les murs du palais s'écroulèrent, on aurait cru que le ciel allait tomber sur la tête des hommes... La bombe atomique n'aurait pas fait mieux... Quand le pêcheur et sa femme ont pu se relever, une fois les éléments calmés, le silence revenu, ils se sont retrouvés devant leur cabane en planches et la lessiveuse rouillée remplie de vieilles loques...

M. Georges passa une main soignée sur sa calvitie et se leva :

— Là-dessus, fillette, je te dis bonsoir... Un enquêteur est venu nous voir. Il paraît que tu as acheté une cuisinière électrique et que les traites reviennent non payées. C'est Mme Denise qui a eu l'idée de donner notre adresse... Daniel n'est pas à Paris, par hasard ?

— Non, il n'est pas là. Par hasard...

— Alors, je te dis bonsoir, répéta M. Georges, prenant ses gants et son chapeau dans la petite entrée. Martine ferma la porte derrière lui.

Des jours et des nuits... Des heures, des minutes, des secondes. Le printemps. Daniel n'avait écrit qu'une seule fois. Une lettre d'une méchanceté... Il la prévenait bien à l'avance qu'il comptait passer ses vacances à la ferme. Son père avait besoin de lui. Martine pouvait se payer des vacances à crédit. Cela se faisait maintenant. Il lui conseillait aussi une autre forme moderne de tranquillité, que déjà vous donnait le crédit par l'accomplissement des désirs : c'était l'Assurance. On pouvait s'assurer contre tout ce qu'on voulait : la pluie... les morsures de serpents... la perte de la beauté, de la jeunesse. Contre l'amour malheureux.

A la porte d'Orléans, tout le monde était passionnément occupé par les fiançailles de Cécile-la-Nacrée avec Pierre Genesc des matières plastiques. Cette fois-ci, ça y était, ils allaient sûrement se marier. Comme Cécile avait eu raison de rester sage et d'envoyer promener son Jacques et les fiancés précédents ! Des fiancés approximatifs, pas faits pour Cécile. Pierre Genesc, lui, était fait pour elle, sur mesure. Ils se ressemblaient même un peu, dès maintenant, quand d'habitude cela n'arrive qu'au bout de longues années, à des couples très unis. Pierre Genesc n'était pas grand — plus grand que Cécile tout de même ! — il avait le teint frais, les yeux bleus, un peu globuleux et très doux, des cheveux châtain clair qu'il portait assez long dans la nuque, et, sans être gras, il remplissait bien ses vêtements de bon faiseur. Trente-huit ans, une situation confortable dans une société de matières plastiques : il venait d'être promu directeur de la succursale parisienne et détenait également des actions. Un avenir assuré comme celui des matières plastiques.

Cécile était heureuse. Elle portait sa bague de fiançailles avec un plaisir qui ne faiblissait pas. Pierre envoyait à sa fiancée des fleurs, des chocolats, venait la prendre presque tous les soirs pour aller au théâtre ou pour dîner dans un bon restaurant. Il avait gardé les agréables habitudes du célibataire qui courtise une femme pour coucher avec elle. D'ailleurs, il serait certainement resté célibataire s'il n'avait pas rencontré Cécile, il avait déjà pris quelques manies. Avec elle tout devait changer ! Le vieil appartement de ses parents, rue de Richelieu, morts tous les deux depuis bien des années, allait retrouver une nouvelle jeunesse. Pierre Genesc était heureux de ne pas l'avoir refait plus tôt, sa jeune femme l'arrangerait à son goût. Il avait déjà toutes les attentions d'un mari pour une femme beaucoup plus jeune que lui, et c'est vrai que Cécile, avec sa fragilité, sa transparence, semblait à côté de Pierre une enfant, quand il n'y avait entre eux que quatorze ans de différence.

Parfois les fiancés restaient toute la soirée avec M. Georges et M'man Donzert, et on mangeait à la cuisine, sans cérémonies, entre soi. Pierre, on l'appelait déjà Pierre, était si heureux de se sentir en famille, lui si seul depuis si longtemps. On disait bien à Martine de venir, il n'y avait rien de changé, l'histoire de la chaîne d'or, on n'y pensait plus, M'man Donzert avait pu la sortir du mont-de-piété, et la portait comme avant, autour du cou… Mais Martine n'y allait pas souvent, elle continuait à travailler chez des clientes à domicile, parfois après dîner, rentrait tard, était fatiguée.

Il n'y avait rien de changé et pourtant les rares fois où elle montait à la porte d'Orléans, dans cet appartement où elle avait vécu, elle s'y sentait étrangère. Quand c'était à elle qu'on devait le bonheur actuel de Cécile, que c'était elle qui avait eu l'idée de présenter à Cécile Pierre Genesc des matières plastiques ! Pierre Genesc, un ami de Mme Denise, Mme Denise connaissait tout Paris, mais Pierre était pour elle mieux qu'une relation, ou du moins l'avait-il été. Une ancienne liaison, certainement, et puisque Mme Denise en disait du bien… Avec un tel certificat sur sa gentillesse, courtoisie, honnêteté, Martine l'avait présenté à Cécile en toute confiance.

Cela n'y changeait rien. Porte d'Orléans, Martine se sentait une étrangère… M'man Donzert s'occupait du trousseau de Cécile. Si on avait donné un appar-

tement à Martine, on donnait un trousseau à Cécile :
lingerie de princesse, et aussi des draps, des nappes,
le linge de cuisine. Et Cécile qui ne devait plus travailler à l'Agence de Voyages après son mariage —
elle allait aider son mari au bureau, faire du secrétariat — voulait partir en beauté et continuait à y aller
régulièrement, pour laisser le temps à l'Agence de
trouver une remplaçante : on y avait toujours été si
gentil pour elle. Alors, entre ses heures de bureau et
son fiancé, elle était occupée à en perdre la tête. Déjà
qu'elle ne l'avait pas bien à elle, grisée de bonheur et
d'amour, de cette fête perpétuelle, les affaires neuves,
sa mère et M. Georges en adoration devant elle, sans
compter son fiancé, chacun courant au-devant de ses
désirs. Martine pensait que cela n'avait pas été ainsi
pour elle. Elle oubliait son histoire, elle pensait simplement que, bien sûr, M'man Donzert avait beau l'aimer, elle n'était quand même pas sa fille… Et
M. Georges, toujours si affectueux avec elle, il y avait
entre eux une certaine visite, il était venu au moment
crucial de sa vie, il est vrai qu'il n'en savait rien, n'empêche qu'il était venu non pour l'aider, mais pour lui
faire de la morale… Enfin, Cécile occupait ici tous les
cœurs, elle avait la vedette.

    Une fois de plus Martine passait les vacances à Paris.
Elle pourrait se reposer quand même, sa clientèle privée quitterait Paris pour au moins trois mois, à
l'Institut de beauté venaient surtout des étrangères,
c'était calme… Cécile, M. Georges et M'man Donzert
s'en furent à Paris-Plage, pour que Pierre pût venir
passer le week-end avec eux. Dans ce Paris si vide, avec
moins de travail, pas de bridge, personne à voir, elle

se reposerait. Martine avait besoin de repos, elle se sentait toute drôle.

Le docteur dit : «Aucun doute... Vous êtes enceinte... Cinquième mois. Quelle santé vous avez, Madame ! C'est magnifique !... »

Ensuite, que s'était-il passé ? Pourquoi ? Elle avait été si heureuse... Incompréhensible. Martine sortit de la clinique le ventre vide, un sentiment de vide à ne jamais pouvoir le combler. Sa mère, la Marie, lui était supérieure, elle savait au moins faire des enfants... Martine se sentait stérile pour toujours. Une honte, un déshonneur. Si elle avait eu un enfant... L'enfant, Daniel revenu comme avant...

Elle n'en dit rien à Daniel. Il était venu la voir quand même, enfin, il était venu ! Par une chaude journée d'août, hâlé noir, maigri, le regard plus innocent, plus clair que jamais... Il n'avait fait que passer... Lui dit qu'elle avait certainement besoin de repos, lui proposa encore une fois de l'emmener à la ferme. Mais elle ne pouvait pas, mon Dieu ! elle ne pouvait pas ! Elle dit n'importe quoi... Pour rien au monde elle n'aurait avoué à Daniel qu'il lui fallait aller à la clinique, régulièrement, se soigner...

Elle se dégoûtait. Elle avait pour elle-même des gestes de répulsion. Tout cela était sale, ignoble... Si Daniel l'apprenait, cela serait la fin, il serait dégoûté d'elle pour la vie, elle deviendrait un objet de répulsion. Un rat crevé avec toutes les entrailles qui coulent, déjà pourries. Martine souffrait inexprimablement.

Daniel repartit, convaincu que Martine ne voulait plus de lui, que sa présence même lui était pénible. Qu'elle ne l'aimait plus.

XXI

TÉLÉPARADE

Un geste de désespoir. Elle avait risqué, gagné, et tout semblait vouloir s'arranger. Cela n'avait été qu'un tunnel noir, et non pas le chemin de l'enfer.

Elle avait télégraphié à Daniel : « Arrange-toi pour voir télévision ce jeudi vingt heures trente. » Daniel, avec son inquiétude ravivée, puisqu'une inquiétude latente pour Martine ne le quittait jamais, arriva à Paris. Qu'est-ce que cela voulait dire ?

Martine n'était pas là. Daniel alluma toutes les lampes, partout. L'appartement vide l'accueillait dans un ordre parfait. Le lierre sur le balcon avait poussé et couvrait les barres de la grille... Dans les vases des fleurs : des roses. Le tic-tac sonore d'une pendule fit lever les yeux à Daniel : c'était une pendule neuve dans un cadre en osier, à la place du tableau, de la pécheresse... Huit heures. Peut-être Martine rentrerait-elle bientôt ? Qu'est-ce que c'était que cette histoire de télévision ?

Comme il y avait longtemps qu'il n'était pas venu ici... Des mois. Il a cru que tout était fini, et au premier signe, il accourait, angoissé, fiévreux d'impatience. A quel jeu jouaient-ils donc tous les deux ? Daniel alla se laver les mains avec l'impression d'être indiscret, tant il se sentait «chez quelqu'un» et pas chez lui.

Si Martine ne rentrait pas à temps, il ne saurait même pas faire marcher le téléviseur, il n'y avait jamais touché, il n'avait pas de temps à perdre. La pendule tictaquait. Il y a des pendules qui semblent se dépêcher, d'autres ont le tic-tac d'une lenteur! Ce sont pourtant les mêmes secondes qui meurent. Celle-ci était surtout impertinente, têtue et implacable. La *télé* dormait sur son piédestal, l'œil largement ouvert, tendu d'une taie blanche...

Daniel éteignit les lumières et se mit à tripoter les boutons. Lequel était celui qui mettait en marche? Il les essaya tous, dérégla tout ce qui pouvait se dérégler. Quand même, la lumière y était, avec des éclairs et des étincelles. Le bruit d'une mer en délire envahit la pièce, et Daniel chercha fébrilement le bouton du son... Enfin, tout s'organisa à peu près et sur l'écran se précisa un monsieur rayé horizontalement, souriant, et qui disait :

— Donc, récapitulons: le candidat a vingt-trois ans, il est vendeur dans un grand magasin, et il a choisi les questions d'histoire...

Un jeune homme, tout en longueur, avançait la main pour tirer une carte parmi celles que le monsieur souriant lui tendait en éventail, quand l'image se mit à tourner comme un poulet sur une broche...

Daniel, pestant, recommença à tripoter nerveusement les boutons... Cela prit un bon moment avant que l'image ne se redressât, ne se stabilisât... Et alors Daniel vit, avec une sorte d'épouvante sacrée, Martine! Une toute petite Martine, debout, à côté du monsieur souriant :

— Alors, Mademoiselle la candidate n° 4, pardon, Madame... Vous vous appelez Martine Donelle, vous

êtes manucure, mariée et vous n'avez pas d'enfants...
Pas encore, avez-vous dit...

La *télé* fit entendre le rire énorme d'une salle invisible.

— Vous vous présentez pour la chanson... Voyons,
voyons, voyons... si vous êtes aussi calée que belle.
Bonne chance, Madame!

La petite Martine tira une carte parmi celles que lui
tendait le monsieur affable. Elle se tenait sur un pied,
assez gauche, et belle... élégante comme un mannequin... Une robe étroite, foncée...

— Donc, Mademoiselle... décidément, j'oublie
toujours que le père des enfants que vous n'avez « pas
encore », est déjà choisi... donc, Madame, vous serez
fort aimable de répondre aux questions qui se trouvent sur le carton que vous avez tiré :

« Premièrement : De qui sont les trois chansons suivantes : *Les Parigots. Que reste-t-il de nos amours ?
J'attendrai...*

« Deuxièmement : qui sont les interprètes qui les
ont rendues célèbres?

« Troisièmement : vous nous combleriez, si vous
vouliez bien gazouiller le refrain de chacune de ces
chansons. *Maestro, please...*

Le Maestro apparut sur un petit piédestal, de trois
quarts, tourné vers Martine, et dirigeant de son petit
bâton un roulement de tambour tout à fait impressionnant... Ensuite, on vit en même temps le meneur
de jeu, Martine, et derrière eux, l'orchestre. Martine
se taisait, et le cœur de Daniel battait avec les tambours... Elle se taisait.

— Allons, Madame, dit le meneur de jeu gentiment, un petit effort, il ne reste plus que vingt
secondes...

— Vandair... Trénet... Goehr...

— Parfait, cria le monsieur, magnifique, exact!...
La salle, invisible, applaudissait.

— Mais on peut dire que vous ouvrez votre para-
chute avec retardement, Mademoiselle... Bon, je
recommence!... Madame, voulais-je dire... Vous nous
avez donné chaud! Première manche gagnée...
Maestro, please, pour la deuxième question...

Le Maestro réapparut, de trois quarts, regardant
Martine, l'orchestre se mit à jouer une valse lente...

— Cette valse dure exactement deux minutes et
demie... Il faudra, Madame, que vous ayez trouvé d'ici
là...

Martine dit :

— Oui, Monsieur... — et se tut.

La valse lente allait son bonhomme de chemin.

— Cinquante secondes... trente... Vous n'allez pas
nous jouer le tour de ne pas répondre à cette question, bien plus facile que la première... Cinq
secondes...

— Maurice Chevalier... Trénet... Claveau...

— Bravo, cria le monsieur joyeusement, exact, parfait, magnifique!...

La salle croulait sous les applaudissements, si bien
qu'on jugea bon de la montrer, et en entier, et les
visages des premiers rangs, et les mains qui battaient...

— D'après le règlement, la première entièrement
bonne réponse, c'est-à-dire bonne trois fois, vous rap-
porte trois mille francs. La deuxième entièrement
bonne réponse, c'est-à-dire trois fois bonne, vous rap-
porte trois mille francs multipliés par trois... Vous en
êtes à neuf mille francs, Madame! Attention! Voici le
troisième devoir : vous allez, Madame, nous gazouiller
le refrain de chacune de ces chansons, sans une

faute… et vous aurez aussitôt à votre disposition vingt-sept mille francs… O.K. ?

Martine fit oui de la tête. L'orchestre se mit à jouer et elle, à chanter de cette petite voix juste, vulgaire, acide…

> *Les Parigots sont des gens de Paris,*
> *Leur bonne humeur est sans égale,*
> *Qu'ils soient bourgeois, ouvriers ou titis,*
> *Les Parigots sont les moineaux du grand Paris…*

— Bravo, bravo… criait le monsieur, qui avait l'air de vraiment s'amuser beaucoup… A la suivante !

> *Que reste-t-il de nos amours,*
> *Que reste-t-il de ces beaux jours ?…*

chantait Martine… Et elle ne fit pas plus de fautes dans celle-ci que dans la troisième.

— C'est ici, dit le meneur de jeu ravi, que l'histoire se corse… Je vous rappelle le règlement : si vous répondez séance tenante à la question difficile que vous trouverez dans le billet tiré par vous la deuxième fois, nous multiplierons vos vingt-sept mille francs par cinq. Vous m'entendez bien, par cinq ! Mais si vous vous trompez, vous perdez ce que vous avez, je veux dire ces vingt-sept mille francs gagnés à la sueur de votre front… Néanmoins, l'apéritif « Mondial » se fera un plaisir de vous consoler en vous offrant une bouteille de ce merveilleux élixir de joie et de santé ! On y va pour la quatrième question, ou on s'arrête ?

— On y va… dit Martine.

Bref, à la fin de l'émission qu'elle occupa à elle seule, Martine avait gagné cinq cent mille francs !

— Voulez-vous continuer, Madame? demanda le speaker.

— Non, Monsieur, j'avais besoin de cinq cent mille francs…

La salle éclata en applaudissements… Et le meneur de jeu dit :

— Bravo, Madame, vous avez beaucoup de cran et de connaissances. Si vous reveniez trop souvent, vous feriez sauter la banque! Permettez que je baise votre main… Et mille choses à votre époux, j'espère qu'il connaît son bonheur… et que vous aurez beaucoup d'enfants!

L'écran se couvrit de zigzags lumineux, jeta quelques étincelles. C'était la fin de l'émission. Parut l'annonce d'un film… Daniel éteignit le poste et resta dans le noir jusqu'à ce qu'il entendît la porte d'entrée s'ouvrir…

Martine, grandeur nature, était là.

— Tu as gagné! dit Daniel. Je te fais crédit, tu es une fille courageuse…

XXII

TOUTES CES ROSES
QUI N'ÉTAIENT PAS À CRÉDIT

Beaucoup de gens avaient vu Martine à la télévision. Des clientes, la concierge, des camarades de l'Institut de beauté. Comme il y a du monde qui regarde la télévision, c'est fou ! Elle n'avait pourtant prévenu que Daniel et la famille, porte d'Orléans : comme l'émission n'était pas faite en direct, et ne passait que deux jours après l'épreuve, Martine ne courait pas le risque de se montrer battue, elle connaissait son triomphe.

La concierge, toujours aimable avec Martine, si travailleuse, si jolie, si rangée, et que son mari laissait seule, un scandale !... la concierge était simplement en extase devant elle. Comme Mme Donelle était jolie à l'écran, et comme elle avait bien chanté ! Quand on en voit tant d'autres, ah ! là là, à se demander comment elles osent se présenter devant des millions de téléspectateurs !

A l'Institut de beauté, depuis cette émission, le prestige de Martine, la petite déesse, avait grandi démesurément. Elle n'était donc pas simplement belle et habile dans son travail, mais encore savante, intelligente, et musicienne !... Bien des clientes l'avaient vue aussi et lui en parlèrent, amusées et respectueuses, parfaitement, respectueuses ! C'était agréable d'être soudain traitée un peu comme une vedette. Les coiffeurs — il y en avait quinze à l'Institut de beauté — toujours galants avec Martine, redoublèrent de galanterie, et ils savaient y faire, à fréquenter les femmes à longueur de journée. Il y en avait plusieurs fort bien de leur personne, très soignés, jeunes, agréables. Mais Martine, un peu plus détendue que d'habitude, plus souriante, faisait quand même, comme toujours, sa déesse. Bon, on le savait assez qu'il n'y avait rien à faire, que Martine n'était pas seulement honnête, mais vertueuse. Pas qu'elle d'ailleurs, le personnel féminin de la maison, les manucures, masseuses, esthéticiennes, étaient presque toutes des femmes rangées, avec un mari, un ami, un fiancé. L'attention qu'elles portaient à l'aspect physique, le leur, celui de leurs clientes, n'était ni frivolité ni coquetterie de leur part, mais exigence du métier ; tout comme l'amabilité, les manières affables étaient chez elles une seconde nature. On pardonnait à Martine cet air distant qu'elle avait, pour son bon travail, son exactitude, et on plaisantait gentiment la petite déesse, comme on la surnommait, de rester sur son piédestal.

Martine dut tenir une véritable conférence de presse pendant le déjeuner, au réfectoire. Ginette l'embrassa à l'étouffer. Comment en avait-elle eu l'idée, lui demandait-on, comment s'était-elle décidée à prendre part à cette émission ? Eh bien, elle avait été tout d'abord à l'immeuble de la radio... Il y en avait d'autres comme elle, des hommes et des femmes, et un homme de la *télé*, ma foi, très gracieux, les avait reçus, vous savez quelqu'un qui vous met tout de suite à l'aise... Parce que c'est tout de même impressionnant le studio, le monde qui va et vient, des portes épaisses avec *Silence !* écrit dessus, et des drôles de murs comme pour étouffer les cris, quand c'est le contraire ! et puis, soudain, une de ces portes s'ouvre et on voit une grande pièce, et là-dedans, tout un orchestre et pas d'auditeurs !... Et le jour où elle s'y était rendue, une veine ! il y avait André Claveau qui passait ! Je l'ai vu comme ça, comme je vous vois... Enfin, on les a tous emmenés dans un petit bureau et c'est là que se tenait le monsieur gracieux. Il leur a distribué des questionnaires avec des questions semblables à celles de l'émission, et ceux qui ont à peu près bien répondu, on les a invités à prendre part à l'émission publique... Voilà ! Eh bien, s'exclamaient toutes les femmes autour de Martine, c'est vite dit, voilà ! Mais qu'est-ce qu'il lui a fallu comme courage... Toutes ces femmes, avec leurs blouses bleu ciel, les bas d'une finesse extrême et les mules blanches à talons très hauts, étaient plaisantes, jolies, ravissantes, de teintes pastel, cheveux, joues, lèvres... Les cheveux noirs et brillants de Martine, sa peau bronzée tranchaient comme une rose d'un rouge très foncé sur un fond de roses roses, de roses thé. Les hommes portaient, eux aussi, des blouses bleu ciel boutonnées sur le côté, avec le col montant, comme les blouses russes. Tous, rasés de près, les cheveux lisses, brillantinés... M. Paul, un très jeune, qui avait ses initiales brodées sur la poche de poitrine de sa blouse, cria : « Martine ! une chanson ! » Et tout le monde scanda : « Une chanson ! Une chanson ! »

Martine, sans se faire prier, chanta *La goualante du pauvre Jean*, de sa petite voix acide et raide. Il lui fallut en chanter d'autres, chacun en commandait une : elle les connaissait toutes, avec toutes les paroles, d'un bout à l'autre ! Le garçon, si distingué avec ses cordes dorées sur les épaules, oubliait de servir, enthousiasmé... A deux heures, Mme Denise tapa dans les mains :

— A vos places, Mesdames, Messieurs, il y a du monde dans les salons ! Allez, Martine, ma petite vedette, au travail !...

Cela augmenta encore la ressemblance avec un pensionnat de « jeunes filles en uniforme », un pensionnat mixte, il est vrai. De quoi exciter des messieurs jeunes et vieux. Le personnel s'éparpilla dans les cabines et salons pour aider la beauté d'une cinquantaine de femmes à donner son maximum d'effet. Des mains habiles massaient, frictionnaient, manucuraient, pédicuraient, coiffaient, teignaient, maquillaient, parmi les sourires parfumés et roses, dans une atmosphère toute de douceur, calmante, les bruits étouffés par le *bull-gomme*, serviettes-éponges, ronron des machines électriques, vapeurs aromatiques... Martine se plaisait ici extraordinairement. Penchée sur une main, elle poursuivait intérieurement ses pensées, parlait à Daniel, discutait avec lui.

Maintenant, avec ces cinq cent mille francs, elle allait payer d'un coup toutes les échéances qui lui empoisonnaient l'existence. Ne resterait que le manteau de fourrure, mais s'il n'y avait qu'une traite par mois, avec ce qu'elle gagnait, c'était un jeu d'enfant... Un jour, ils auraient une petite maison à la campagne... Puisque Daniel était revenu, tous les rêves étaient à nouveau possibles. Daniel... Daniel était revenu ! Une petite maison, près de Montfort-l'Amaury, où Mme Denise l'avait amenée chez des amis, ceux-là mêmes qui habitaient aux Champs-Élysées et avaient des tableaux modernes. C'était beau chez eux ! Un jour peut-être aurait-elle un enfant quand même... Martine poussait sous la main de la dame le bol d'eau chaude. La dame étendue sur le

dos, avec des serviettes sur le visage, trempait docile-
ment ses doigts. « Doucement, Martine… » dit avec
reproche, l'esthéticienne, qui s'occupait du visage de
la dame…

Ceux de la porte d'Orléans étaient le soir de l'émission chez l'un des deux garçons coiffeurs qui travaillait chez M. Georges et avait un poste de télévision,
acheté à crédit, bien sûr… Lorsque Martine se présenta chez M'man Donzert, il y eut beaucoup de *oh!*
et de *ah!* mais Martine sentit bien que son succès était
aux yeux des siens quelque chose de scandaleux,
quelque chose qui ne se faisait pas… On ne sortait pas
du rang, on ne se faisait pas remarquer. « C'est toujours comme ça avec Martine, dit M'man Donzert,
tantôt elle est élue Miss Vacances, tantôt elle gagne
cinq cent mille francs à la télévision… » Enfin, il n'y
avait rien à dire contre, c'était une chose admise par
le gouvernement, ces émissions… La Loterie nationale aussi, et les Courses, et la Bourse. Et même
M. Georges achetait parfois quelques actions et il lui
arrivait de gagner un peu d'argent. Cette Martine !…

— Eh bien, quoi, cette Martine ? J'ai peut-être eu
tort de faire des dettes, mais puisque j'en avais, valait
mieux les payer — pas ?

Elle remboursa M'man Donzert, seulement cette
histoire avec la chaîne d'or qui avait eu une telle
importance, maintenant qu'elle rendait l'argent,
tombait dans l'indifférence générale… Et alors
M. Georges avec ses contes à dormir debout, sa lessiveuse rouillée et son poisson d'or ! La troisième
manche ! S'ils n'avaient pas été tous autour d'elle à
l'embêter, et Daniel le premier, elle se serait toujours
très bien débrouillée dans la vie.

Ils étaient tous les deux dans un état d'euphorie qui permettait tous les rêves, tous les espoirs... Ils habitaient ensemble à Paris, en hiver Daniel avait beaucoup de choses à faire en ville. Ah, si seulement il voulait l'écouter, s'il se faisait paysagiste comme elle le lui avait demandé dans le temps ! Daniel riait : il n'avait pas de dispositions artistiques, il ne pourrait pas plus se faire paysagiste que peintre ou architecte... Il était un scientifique et non un artiste. Cela ne l'empêchait pas d'aimer l'art. Il était comme tous ceux qui profitent des créations scientifiques sans être des savants, sans pouvoir en faire autant. Il n'y a que peu de créateurs, mais les bénéficiaires de leurs œuvres sont légion... Daniel poussa l'optimisme si loin qu'il crut pouvoir emmener Martine à la ferme. Dans sa 403 toute neuve... C'est que Daniel prenait de l'importance dans l'*Établissement horticole Donelle*.

Il n'y avait rien de changé à la ferme. Sauf que c'était l'hiver, le paysage d'un brun pelé comme la fourrure d'un rat malade, la boue dans la cour, dure et craquante. Dans la salle à manger, un poêle émaillé chauffait médiocrement. Dominique dit : « Soyez la bienvenue, Martine... » et la petite Sophie, une grande fille, avec de grosses nattes noires et le regard de son grand-père et de Daniel, offrit à Martine un bouquet de roses, venant de chez un Donelle qui avait des serres. Le déjeuner était succulent, la mère-aux-chiens, rapetissée, pliée en deux, trottinait, une meute de chiens muette et bien dressée entourait la table... Les cousins aussi étaient là, avec de gros chandails sous leurs vestons mal coupés. Ils ne disaient rien. Bernard, plus laid que jamais, cherchait les yeux de Martine. Manquait Paul, le frère de Sophie, interne dans un lycée, à Paris.

M. Donelle était affable et s'occupait du verre de

Martine, lui servait les meilleurs morceaux… Puis tout le monde s'éparpilla précipitamment, bien que cela fût samedi. Daniel mena Martine à l'une des tours, lui faisant traverser le chaos de la cour…

— Je voulais te montrer…, dit-il. On pourrait aménager cette tour comme habitation pour nous deux.

Martine sentit le cœur lui manquer. Elle suivit Daniel à l'intérieur de la tour. Un escalier en colimaçon prenait dans un amoncellement de paille, de caisses… De la fiente d'oiseaux, du duvet, des plumes…

— Regarde comme il est beau, cet escalier, dit Daniel. Passe devant, il est un peu raide…

De grands étages ronds, vides, avec des meurtrières pour fenêtres, et, tout en haut, une plate-forme d'où l'on voyait un immense paysage circulaire. Vivre ici… La peur s'emparait de Martine. La peur de ceux qui avaient été ici vivants, de leurs voix qui s'étaient tues, de leurs efforts, de leurs destins… Martine ne se trouvait bien que là où personne n'avait respiré avant elle. Ici, elle avait peur.

— Cela coûterait une fortune, dit-elle tranquillement, des millions pour aménager ça… Et toi qui détestes les fermes aménagées, qu'est-ce qui te prend?…

— Peut-être… C'était pour toi. J'ai rêvé, c'est tout.

Ils avaient descendu l'escalier en silence, traversé la cour, la cuisine… La chambre de Daniel, *leur* chambre, était encombrée de livres, à ne pas la reconnaître. Il y avait de nouveaux rayonnages, déjà pleins, des livres étaient entassés, empilés de tous les côtés. *Leur* chambre… *Leur* passé à tous deux. Une angoisse tenait Martine, une peur comme devant un fantôme qui secoue ses chaînes.

— Martinot! appela Daniel. Il lui ouvrait les bras.

C'était le Daniel d'alors. C'était le Daniel de maintenant. C'était le temps qui passe, le souvenir, l'irréver-
sible, c'était la vie qui s'écoulait comme le sable à travers les doigts, la mort soudain pressentie... Martine
jeta un cri. Non, jamais, jamais, elle ne pourrait vivre
ici !

Moins les gens ont de culture, moins ce sont des
intellectuels, et plus facilement ils perdent la tête. Les
fous, les folles hantent les villages, les campagnes,
c'est là-bas que l'on rencontre les possédés, les inno-
cents, les sorcières et sorciers. Des superstitions, ils se
font un cercle de feu pour se protéger des loups du
mystère. Daniel devait se tromper, oui, il se peut bien
qu'il se trompât et que Martine ne fût pas l'affreuse
petite bourgeoise qu'il croyait : c'était une femme cer-
née par les loups du mystère. Pour ne pas périr de
peur, il lui fallait une vie salement humaine. Elle
n'avait pas les plombs de sécurité que donne une certaine, une pas trop grande culture, quelques connaissances explicatives auxquelles l'on croit dur comme
fer, et qui sont les superstitions du XXe siècle... Pour
retrouver la grande peur, il faut en savoir plus long,
les grands savants doivent la connaître, ils en savent
assez pour savoir qu'ils ne savent rien.
    Martine était bien moins protégée que Daniel
contre l'inquiétude métaphysique. Elle aurait été
incapable d'expliquer que la vie qu'elle s'était faite
était une autodéfense, ou qu'il lui fallait mettre, entre
elle-même et l'intolérable soupçon, la couche isolante
d'un Institut de beauté, d'une salle à manger-cosy.
Elle ne voulait pas perdre la tête.
    Comme ils rentraient de la ferme, le dimanche,
silencieux dans la voiture qui roulait vite, Daniel avait

soudain freiné. C'était au débouché de la route nationale, déjà dans Paris, là où d'immenses édifices de
verre et de béton abritent quelques sorcelleries du
xxᵉ siècle, et à leurs pieds croulent, dans le désordre,
des maisons d'habitation, finissant une longue existence parmi des arbres qui ont des têtes de condamnés... Daniel avait fait grimper la voiture sur le bas-
côté de la route, dans l'herbe jaune, sale. Des voitures
leur venaient dessus, des camions, des cars les frôlaient, se suivant de près, rapides, dangereux, gros...
Martine se tordait les pieds dans l'herbe du petit fossé
que Daniel lui faisait traverser pour monter sur le sen-
tier-trottoir. Dans la rangée désordonnée des vieilles
maisons, il y avait un trou derrière une grille. Un portillon... En contrebas, de longues rangées de rosiers
dénudés s'en allaient loin, perçant la toile de fond.

— Imagine-toi cela en été... Ici, en cachette,
comme un miracle, une apparition, les roses... Vingt
mille rosiers, ce qui reste ici des plantations des
Donelle. Paris a tout mangé. Je voulais te dire au
revoir ici...

— Il fait froid, Daniel... Qu'est-ce qu'il y a ? Tu ne
prends pas le train !

— Les roses ne savent pas te faire rêver, ni
absentes, ni présentes. Elles étaient toutes à toi. Des
roses qui n'étaient pas à crédit... Ma chérie...

Il avait embrassé Martine légèrement, frôlant des
lèvres sa joue... Elle eut du mal à sortir ses talons pointus de la terre humide, ils s'enfonçaient à chaque pas,
la terre voulait la retenir avec le trésor parfumé enfoui
dans ses profondeurs, parmi les pierres branlantes
aux abords du grand Paris.

XXIII

LA PIE VOLEUSE

Martine voyait souvent Mme Denise. Mme Denise l'appelait « ma petite protégée » et aimait l'emmener avec elle, tout le monde est toujours content de voir arriver une jeune et jolie fille. Et excellente bridgeuse. L'ami de Mme Denise, le représentant d'autos — en fait déjà son mari, ils s'étaient mariés sans tambour ni trompette — aimait la compagnie des jolies femmes et devenait souriant à la vue de Martine. Cet ancien coureur n'était pas toujours facile à manier, souvent il s'ennuyait, devenait sombre ; l'excitation des courses, le risque, la foule, les acclamations, le gain facile, si on ne compte pas le danger de mort, lui manquaient. Mais, actuellement, il était en train de monter une boîte de nuit ultra-chic, son nom de coureur, assez connu dans un certain monde, l'aiderait à réussir, et avec toutes les relations de Denise, à eux deux, ils devaient forcément faire de cette affaire une bonne affaire. Ils sortaient beaucoup, voyaient des gens. Mme Denise s'étonnait de la réticence de Martine à les suivre, à s'amuser. Drôle de fille, une autre à sa place, avec ce mari à éclipses... Parce que Martine avait beau prétendre, ça ne tournait pas rond dans le ménage. Elle n'allait tout de même pas toute sa vie attendre Daniel! Bref, si Martine avait voulu, elle aurait passé toutes les soirées avec Mme Denise et son mari, elle aurait été de toutes les premières et galas. Mais la plupart du temps, elle refusait, et plus cela allait, plus elle devenait réservée et secrète. Parfois Mme Denise se disait qu'elle avait peut-être un amant? Il lui arrivait d'inviter Martine à déjeuner, mais il n'y avait pas d'intimité entre elles, elles parlaient chiffons, parties de bridge. Tant qu'à faire, Martine préférait de beaucoup déjeuner avec Ginette, une manucure comme elle. A la place du déjeuner, elles se bourraient de gâteaux, et Ginette, potinière comme pas une, la faisait rire... Elles se tutoyaient avec Ginette, Mme Denise, il fallait la vouvoyer. Elle était trop aristocratique, ses cheveux blancs impressionnaient Martine. Mme Denise s'en rendait compte, et cela lui plaisait. Sans se faire de confidences, elles étaient tout de même bien ensemble.

Alors, le jour où Mme Denise avait envoyé chercher Martine dans la cabine, Martine ne s'en était pas étonnée, termina tranquillement son travail sur les mains d'une cliente, et s'en fut retrouver Mme Denise au réfectoire, vide à cette heure.

Mme Denise n'y alla pas par quatre chemins :

— Savez-vous, Martine, qu'il y a des choses qui ne se font pas, même si elles ne sont pas punies par la loi? C'est une question de correction élémentaire, et jamais chose pareille n'est arrivée ici...

— De quoi parlez-vous, Madame?

— Faites pas la bête, Martine... Vous êtes pâle jusqu'aux lèvres, vous savez fort bien de quoi je parle...

Martine, pâle jusqu'aux lèvres, ne dit rien.

— Vous avez profité de nos clientes pour vous faire une clientèle particulière... et ce trafic dure depuis plus d'un an. Avec quelqu'un d'autre, on s'en serait aperçu plus tôt, mais avec vous, notre confiance a été aveugle... Que penseriez-vous d'une première, travaillant dans une maison de couture, qui aurait un petit atelier à elle, et détournerait les clientes de la maison à son profit?

— Ce n'est pas la même chose, dit Martine de ses lèvres blanches, froides, mortes, il y aurait eu vol de modèles... Moi, j'avais besoin d'argent... et vous payez mal...

— Des revendications, maintenant!... En tout cas, vous avouez... Le besoin d'argent n'a jamais excusé le vol. Vous pouvez passer à la caisse. Nous n'employons que des gens corrects.

Une pie. Une pie voleuse et noire. Méchante. Martine marchait dans la rue et ne voyait pas les belles devantures du faubourg Saint-Honoré, les belles choses brillantes. Elle avait dans sa poche les billes rondes et lisses, chipées à ses frères, et sa mère glapissait : « Une pie! Une pie voleuse et noire, voilà ce que tu es! » Elle revoyait la pie sur la table couverte d'une nappe blanche, dans le jardin de l'hostellerie où elle avait passé sa première nuit de femme mariée. La rage de l'oiseau parce qu'on le chassait de la table. Comme il attrapait la nappe dans son bec et tirait dessus. Parce qu'on le chassait. Il faudra qu'elle avoue à Daniel qu'on l'avait chassée. Quand il reviendra. Parce que depuis la visite à la ferme, il ne revenait plus, n'écrivait jamais. Il n'y avait pas eu de dispute entre eux. C'était pire. Et voilà que maintenant elle avait peur qu'il ne revînt trop vite. Que lui dirait-elle? Il n'avait jamais su qu'elle faisait quelque chose qui ne se faisait pas, quelque chose d'incorrect, de louche, en cachette de Mme Denise, de Ginette, de

l'Institut de beauté, aucune idée de tout cela… Il faudrait lui raconter une histoire. Quelle histoire? Elle
ne trouvait rien… Pourquoi se serait-elle soudain disputée avec quelqu'un dans une maison où tout le
monde était si content d'elle? Elle pourrait dire que
cela venait d'elle, un coup de tête, qu'elle en avait
marre, tous les jours la même chose… Ce n'était pas
facile… Daniel ne savait que trop qu'elle aimait ça,
tous les jours la même chose, et surtout pas de changements.

Elle alla s'asseoir dans un café des Champs-Élysées.
On était au début du mois. Elle espérait bien qu'on
ne lui payerait pas ces quelques jours, et les petites
choses personnelles qu'elle pouvait avoir dans son
armoire, au salon, elle les abandonnerait pour ne pas
retourner là-bas, surtout ne pas y retourner, ne voir
personne, ne pas affronter les jugements, la pitié, la
réprobation. Car tout le monde savait déjà,
Mme Denise aura certainement voulu faire un
exemple, elle aura réuni le personnel… Des visages se
succédaient dans la tête de Martine, et cela lui était
insupportable de penser que ces gens parleraient
d'elle, porteraient sur elle des jugements… La
déesse! Si elle avait assassiné quelqu'un, tenez,
Mme Denise par exemple, cela ne leur aurait pas
donné plus entièrement prise sur elle, que cette incorrection, une indélicatesse… La déesse gisait brisée en
mille morceaux aux pieds de son propre piédestal. Le
garçon attendait… Ah oui, c'est vrai… «Un grog…»
commanda-t-elle au garçon qui souriait de la voir ainsi
perdue dans ses pensées.

Elle regarda autour d'elle… Un café moderne, tel
que Daniel les détestait. De longues bandes ondulées,
beiges, avec des trous ronds dedans pour laisser passer les lumières, étaient suspendues sous le plafond.

Au fond de la salle, ces bandes étaient bleues. Sur le mur, de la peinture décorative, des triangles, des couleurs qui se chevauchaient, pénétraient dans des niches, où les lampes donnaient une lumière orange. Les sièges étaient recouverts de vinyle de toutes les couleurs, le carrelage par terre était d'un bleu ciel, lisse, propre. Tout cela était pimpant, neuf. C'est comme cela que Martine comprenait la vie : elle devait être pimpante, propre. Qu'est-ce que c'était pour l'Institut de beauté que ce petit peu de travail qu'elle avait détourné ? Elle, cela lui permettait de rêver, d'être heureuse... du moins l'aurait-elle été un jour ou l'autre, parce que jusqu'ici, avec la fatigue et le peu de temps à elle, elle n'avait même pas eu le temps de sentir quelque chose d'autre... « Ce sont les travailleurs endettés qui font les révolutions... » avait dit Daniel dernièrement. Autrefois, il lui parlait beaucoup... La génétique, et tout le bazar, et où il en était. Daniel n'était qu'un paysan, il n'avait que des exemples paysans. Il paraît que dans les temps jadis, les dettes leur liaient bras et jambes. « Mais ces dettes, ils ne se les mettaient pas sur le dos eux-mêmes..., disait Daniel. Le crédit est une bonne chose, mais les gens sont possédés de désirs ! Les ouvriers se sont battus pour une journée de huit heures, et maintenant qu'ils l'ont, ils font des heures supplémentaires, ils se crèvent pour avoir une moto ou une machine à laver. » On voyait bien que c'était un fils à papa, qu'il n'avait jamais vécu dans une cabane en planches, couché sans draps et mangé avec les rats... Il avait toujours pu se laver... Il connaissait son père, et ses parents ne se soûlaient pas, ne se battaient pas, ça lui était facile de parler. « Les Allemands avaient des salles de bains, disait Daniel, et de l'hygiène, et les Américains ont des voitures et des frigidaires... Et alors ? Il s'emmerdent à cent sous de l'heure. Plus ils en ont, plus ils en veulent. Puis, boum, c'est la guerre, le progrès en matière plastique flambe, et on reste juste avec la terre, avec le pain et les roses... Pas de roses à crédit, des vraies roses à tout le monde... » « Je suis pour le progrès, disait encore Daniel, mais pas pour un progrès en matière plastique... Pas pour le miroir aux alouettes. On se crevait et on se crève pour avoir de quoi manger, on n'a pas le choix... Mais se crever pour une salle à manger-cosy, tu crois que c'est le progrès ?... » Ah, ce qu'il avait pu l'enquiquiner avec sa morale ! Ils se disputaient... Il ne voulait pas admettre que sa passion pour le confort moderne valait la sienne. Comme il devenait méchant, ses lèvres serrées s'écrasaient l'une contre l'autre : « Si tu oses comparer mon petit travail scientifique à ton cosy, je n'ai plus rien à faire avec toi ! » Daniel partait, Daniel claquait la porte... Toujours il claquait la porte. Elle l'avait rattrapé avec son histoire de l'émission, mais cela n'avait pas duré... Après le voyage à la ferme, elle ne l'avait plus revu. Si seulement il voulait encore l'embêter !

Le grog la réchauffait doucement. Cela faisait long-temps qu'elle n'avait pas été dehors à cette heure... Le café, ou plutôt le *snack*, s'était soudain rempli jus-qu'aux bords : l'heure de l'apéritif du soir, l'heure des rendez-vous, l'heure où la femme, l'homme seuls, mesurent leur solitude... Quand Daniel était encore dans l'émerveillement devant elle, quand il l'aimait encore, Martine lui parlait de son enfance. Cette enfance était un des atouts de Martine, une des rai-sons de l'admiration et de la pitié respectueuse que Daniel avait pour elle. Maintenant qu'il ne l'aimait plus, cette enfance se retournait contre elle, elle le savait, bien que Daniel ne lui eût encore jamais dit :

« Tu as de qui tenir. » Mais elle l'en sentait tout près. Bientôt, ce fils de bourgeois...

Martine se trouvait maintenant coincée entre un couple qui prenait un apéritif avant d'aller dîner et ensuite au cinéma... et, de l'autre côté, toute une bande d'hommes bien habillés, des employés peut-être, sortant de ces buildings à bureaux des Champs-Élysées. Ils riaient fort, se disputaient pour payer le garçon... Martine éprouva soudain le besoin de prétendre... sous les yeux de ces hommes souvent tournés vers elle, sa solitude était humiliante. Elle paya, l'air pressé, comme si elle n'était pas restée une heure sur ce siège, à ruminer, traversa la chaussée pour prendre un taxi, imaginant que les autres la regardaient faire. « Au Bois... » dit-elle. A l'Étoile, déjà, elle arrêta le taxi : elle n'allait pas dépenser de l'argent comme ça, pour aller où ? Où, où aller ? Le chauffeur maugréait. Il y a des gens qui ne savent pas ce qu'ils veulent. Martine s'éloigna rapidement, descendit l'escalier du métro.

Dans la foule dense, fatiguée et absorbée, Martine se sentit coupée de tous, puisqu'elle n'avait plus de travail, qu'elle était renvoyée. Coupée du monde, ni travail, ni mari. Correspondance... Martine marcha par les couloirs, remonta dans le train, reprit ses pensées. Seule, ni travail, ni mari.

Porte d'Orléans, les wagons se vidèrent. Martine descendit lentement, comme tombe une dernière goutte. Elle n'était pas pressée : qu'allait-elle dire à M'man Donzert, à M. Georges... Ils seraient contre elle. Et Cécile ? Bien sûr que Cécile ne serait pas contre Martine, mais elle irait immédiatement raconter l'histoire à son Pierre et son Pierre était un patron, alors... Tout le monde au monde serait contre Martine.

Elle monta quand même chez eux. En comparaison avec l'ascenseur de sa maison, celui-ci était déjà démodé, chez elle c'était une boîte métallique, laquée gris, dans laquelle on se trouvait hermétiquement enfermé : les portes s'ouvraient d'elles-mêmes, après l'arrêt. Daniel en avait toujours eu peur, la mécanique trop indépendante, les forces avec lesquelles on ne peut pas discuter, l'effrayaient. « Et si cela s'arrête ? disait-il. Que peut-on faire dans ce coffre-fort ? Ni sortir, ni essayer de réparer, ni appeler... » Il préférait monter les six étages à pied.

On lui fit fête. Mais Cécile devait sortir avec Pierre et courut vite s'habiller. Il l'attendrait à 19 heures 50 devant la maison. Comme Daniel, autrefois... Le lit de Martine était toujours là, et aussi sa coiffeuse, sans rien dessus. Les petits sièges. Les rêves.

— Je quitte mon Institut... dit-elle, négligemment, suivant du regard Cécile qui allait et venait en petite culotte et soutien-gorge, les bouts roses de ses petits seins effleurant le bord des deux demi-coupes. Cécile s'immobilisa au milieu de sa robe, par terre, qu'elle allait remonter autour d'elle :

— Qu'est-ce qu'il t'arrive ? Mon Dieu !

— Oh, j'ai trouvé mieux... fit Martine. Elle avait menti comme malgré elle. Elle ne pouvait donc pas avouer, tant cela lui faisait honte ? Eh bien non, elle voulait simplement aller au plus court : c'était plus vite fait de dire « j'ai trouvé mieux ».

Mais Cécile toujours au milieu de sa robe posait des questions :

— Où ? Tu étais si bien là ! Une maison si chic ! Et Denise ? Et toutes tes clientes ?

— Habille-toi ! Tu vas te mettre en retard... On m'a proposé quelque chose de très intéressant. Je te le raconterai demain.

— Quelle histoire !

Cécile remontait sa robe, décolletée, avec une large jupe, blonde.

— Tu l'as dit à Maman ? J'ai rendez-vous à l'Institut demain, avec M. Marcel pour un coup de peigne…

— N'y va pas… dit Martine. Tu sais, on n'est pas très content que je parte, alors vaut mieux…

— Mais où vas-tu travailler ? — Cécile mettait un manteau du soir.

— Je n'ai pas encore vu ce manteau… Tu es belle !

— Pierre m'a menée chez un client à lui… Une maison de couture qui vient d'ouvrir… d'un chic ! Mon Dieu, j'oubliais mes perles ! Je suis toute retournée par ce que tu m'as dit…

Martine est restée dîner avec M'man Donzert et M. Georges. Ils ne parlaient que du mariage de Cécile, M'man Donzert ne pouvait penser à rien d'autre. Martine les laissait parler, la soirée s'écoulait doucement. Martine ne dit rien de ses ennuis.

Elle ne dirait rien à Daniel non plus. D'abord se débrouiller, trouver une autre place… Ou, peut-être, ne plus faire que de la clientèle privée, pensait Martine sur le chemin du retour et chez elle, pendant ses ablutions habituelles, et au lit dans ses draps de fil pas encore finis de payer… Elle était suffisamment calmée pour regarder un magazine, lire « les conseils de votre amie Colette » qui donnait de bonnes adresses pour l'achat d'un grille-toasts, d'un cendrier en céramique, d'un paravent en osier, d'un papier peint avec du lierre, des chandeliers avec abat-jour en verre pour manger dans le jardin, à la campagne… Que faisait Daniel à cette heure de la nuit ? Dormait-il dans leur chambre, à la ferme ? Il pouvait aussi bien être à Paris, coucher à l'hôtel ou chez son ami Jean… Il ne voulait plus la voir. Mais si, il reviendrait, ce

n'était pas la première fois… Et chaque fois, en rentrant chez elle, Martine avait un petit espoir déraisonnable — peut-être serait-il là-haut, à l'attendre ?
Juste maintenant c'était aussi bien qu'il ne vienne pas,
elle n'aurait pas à lui raconter des histoires, tout de
suite, comme ça… Cela valait bien mieux. Martine
s'endormit.

XXIV

LE BEAU GÂCHIS

L'espoir que peut-être Daniel l'attendait là-haut n'était pas aussi déraisonnable que Martine le croyait, puisqu'il l'avait attendue… Daniel ne pouvait pas ne pas revenir, il y avait toujours en lui une étrange inquiétude pour Martine. Et pendant que Martine était dans un café des Champs-Élysées, Daniel était là à l'attendre chez elle. Il avait fini par s'endormir sur le petit divan de la salle à manger, il manquait tellement de sommeil. La sonnette de la porte d'entrée le réveilla en sursaut. Il alla ouvrir : c'était Ginette, la petite aux yeux gris-bleu qui travaillait à l'Institut de beauté, comme Martine.

— Martine n'est pas là ? dit-elle, en le suivant dans la salle à manger.

— Non, je l'attends…

Ginette, avec un manteau qui l'enveloppait chaudement, un feutre foncé faisant paraître ses cheveux encore plus blonds, les joues tendrement roses, les yeux battus, mauves, posa une fesse hésitante sur le divan.

— Vous ne l'avez donc pas encore vue à la fin de la journée ? C'est drôle, elle a quitté le salon vers les cinq heures.

— Ah oui... — Daniel ne trouvait pas cela le moins du monde drôle, Martine avait pu aller n'importe où... — Mais pourquoi était-elle partie si tôt?...

— Pourquoi?... Elle a eu une conversation avec Mme Denise. Mme Denise a découvert quelque chose que personne d'entre nous ne savait...

— Et quoi donc? — Daniel dressait l'oreille.

— Martine avait une clientèle particulière.

— Et alors?

— Mais, c'est que ces clientes étaient celles de la maison!

— Et alors?

— Mais voyons, monsieur Donelle, elle soulevait des clientes à la maison! Cela ne se fait pas! Mme Denise l'a renvoyée... Remarquez que si je suis là, c'est pour dire à Martine que moi, leurs idées sur la correction, je m'en balance... On est amies ou on ne l'est pas. Denise est une vache, toujours du côté du patron...

Daniel bourrait sa pipe. Encore une histoire! A tout bout de champ, une histoire...

— Mais les autres sont un peu de l'avis de Denise, continuait Ginette, ils prétendent que cela ne se fait pas, que c'est une indélicatesse... Vous êtes ennuyé, monsieur Donelle, je vois bien... Il ne faut pas, je venais justement dire à Martine que j'avais une copine qui travaillait dans une maison très bien et qu'elle pourrait y entrer facilement. Ne soyez pas ennuyé comme ça, monsieur Donelle...

Elle avait posé une main dégantée, très douce, molle, aux ongles nacrés, roses, sur la main de Daniel. Elle était elle-même comme cette main, molle et douce, et dans ce manteau douillet, comme une rose qui sent plus fort au chaud... Daniel prit sa main et

se pencha sur Ginette pour baiser ses lèvres d'un si
joli rouge, molles, douces. Elle se laissa faire.

— On s'en va? dit Daniel.

Elle se leva sans un mot. Ils descendirent l'escalier
sans un mot, conscients tous les deux qu'ici ils étaient
encore chez Martine. Dans la rue, Daniel dit :

— On va chez vous? Où habitez-vous?

Daniel la fit monter dans sa voiture. Il avait soupé
de Martine. Il en avait marre de Martine. Elle était
tout ce qu'il détestait au monde, vulgaire, commune
dans sa manière de vivre et de penser, une petite bourgeoise aux petites escroqueries à la petite semaine...
Tout chez elle était mesquin et de mauvais goût. Il
conduisait, freinait et débrayait, malmenait la voiture
comme s'il avait sous la main Martine. Ginette habitait aux Ternes, un immeuble comme tous les
immeubles, avec une odeur de soupe aux poireaux
dans l'escalier. Sur les paliers, de derrière les portes,
venaient des voix, des cris d'enfants, le bruit de la
radio... Ginette ouvrit une de ces portes.

— N'allume pas... demanda Daniel. Elle le guida
doucement, et c'est dans le noir qu'ils s'affalèrent sur
un lit.

Martine eut tout le temps de se remettre du coup
qu'avait été pour elle le renvoi de l'Institut de beauté :
la disparition de Daniel durait, jamais il n'avait disparu si longtemps. Et pas un mot, pas un signe.
Martine s'était décidée à téléphoner à la ferme, et
même plusieurs fois. On lui répondait que Daniel
était absent, et cela ressemblait à une consigne. Avec
l'aide de Ginette, elle avait très rapidement trouvé du
travail dans un salon de coiffure, bien mieux payé
qu'à l'Institut. Mais ce n'était pas la même chose, un

endroit cossu et cher, d'accord, pour femmes riches, mais pas pour le Tout-Paris qui donne le ton, et Martine, qui avait appris à être snob, se sentait diminuée. Tout comme elle se sentait diminuée par l'amitié accrue, active de Ginette, qui ne pouvait remplacer celle de Mme Denise. Mme Denise avait été la belle relation de Martine, et Ginette qu'une petite bonne femme gentille, mais en dehors de ses doléances sur les difficultés d'une femme seule pour élever un enfant, et le récit de ses couchages occasionnels, qui se terminait toujours par des discours sur l'inconstance des hommes, il n'y avait rien à en tirer. Martine se sentait peu disposée à papoter avec Ginette à l'heure du déjeuner en se bourrant de gâteaux, ou faire le tour d'un grand magasin, histoire de se distraire, comme cela leur arrivait quand Martine travaillait encore à l'Institut. Mme Denise avait de l'allure, elle ne couchait pas par accident, elle choisissait, et jamais que des hommes très bien, des industriels, des producteurs de cinéma... des liaisons parfois courtes, mais des liaisons, non des rencontres d'une nuit. D'ailleurs, elle était discrète là-dessus, parfois un sourire, un mot laissaient supposer... Et maintenant, la quarantaine passée, elle avait su raisonnablement épouser son ex-coureur. Elle n'avait pas besoin d'acheter à crédit ! Déjà avec son salaire à l'Institut... Martine s'abîmait dans les regrets... Denise l'avait chassée comme une malpropre ! Elle, qui avait été témoin à son mariage ! Une femme d'affaires, une sans-cœur... d'un seul coup, sa Martine qu'elle aimait tant, sa petite protégée si belle, si belle, disait-elle, on pouvait la coiffer comme on voulait, lui mettre sur le dos n'importe quoi, tout lui allait, à cette Martine ! Elle ne tarissait pas d'éloges sur ses qualités professionnelles, sur sa tenue... Elle était très pointilleuse

sur la tenue du personnel, Mme Denise. Et rien de
tout cela n'avait compté, elle l'avait chassée, implacable... Martine, la tête baissée au-dessus des doigts
boudinés d'une dame qui ne pourrait plus aujour-
d'hui enlever ses bagues, elle qui, jeune femme, les y
avait si facilement passées, Martine tournait dans sa
tête des pensées amères, tranchantes. Après la ferme-
ture du salon de coiffure, elle allait chez les clientes
à domicile. Dans cette triste affaire, elle avait au moins
acquis le droit d'avoir une clientèle particulière sans
se cacher : elle ne la devait pas, cette clientèle, à ses
patrons actuels. Martine se tuait au travail pour tuer
le temps. Elle allait rarement voir les siens, porte
d'Orléans, où les préparatifs au mariage de Cécile battaient leur plein.

Il fut célébré avec pompe à l'église Sainte-
Marguerite, avenue d'Alésia. Une foule de badauds
attendait l'apparition de la mariée... jamais on n'en
avait vu une plus virginale, plus adorable ! Un monde
fou. Des voitures, des voitures... des toilettes... Il faisait un temps divin, le *lunch* attendait les invités au
Bois, à Armenonville. Cécile, en tailleur rose ciel, était
incomparable. Le tailleur venait de la même maison
que sa robe de mariée, et le jeune couturier, pour qui
ce grand mariage était un test, s'était donné tout
entier, s'était surpassé dans ses créations. Pour un succès, ce fut un succès ! A Armenonville, la terrasse
décorée de lilas blancs, uniquement... Cécile avait
téléphoné à la ferme pour demander un conseil à
Daniel concernant la décoration florale, les prix...
Pour Cécile, Daniel avait été là, à elle il avait répondu.
Il était venu au mariage. Il était là...

Daniel, apparu chez Martine pendant qu'elle s'habillait pour le mariage, la trouva dans un état étrange,

les mains tremblantes, des tics autour de la bouche…
Il dit d'une voix dure :

— Qu'est-ce qu'il y a qui ne va pas ?

Sur quoi, les larmes coulèrent sur les joues de
Martine, et elle dut recommencer son maquillage.

— Allons, allons… dit Daniel et c'était assez pour
que le sang rafflue et colore les lèvres blêmes de
Martine. Elle avait eu si peur d'avoir à paraître seule
à ce mariage, seule dans cette foule où elle ne connaissait presque personne… Et Denise qui serait là verrait
immédiatement combien elle était seule, abandonnée. Que de jours, de nuits elle avait ruminé là-dessus… Martine en était même arrivée à penser qu'elle
avait tort de rester fidèle à Daniel. Des mois, des mois
sans le revoir… Stupide avec sa vertu, si inattaquable
qu'on avait cessé de l'attaquer. Cette vertu devait se
sentir de loin, même les passants dans la rue la devi-
naient. Cela faisait longtemps que personne ne cour-
tisait plus Martine. Elle était devenue ennuyeuse, elle
avait perdu son aimant… Et maintenant, sans Daniel,
pas un homme pour simplement ne pas être toute
seule à ce mariage. Martine, obsédée, ne pouvait plus
dormir, elle n'était pas seulement malheureuse, mais
encore humiliée… Et maintenant, l'apparition de
Daniel, quand elle avait déjà organisé sa défense intérieure, la battait en brèche, l'émotion lui enlevait tous
ses moyens.

Daniel la regardait refaire son maquillage, et dit
encore une fois :

— Allons, Martine…

Ils n'étaient d'accord sur rien, mais comme il la
connaissait, sa pauvre Martine, comme il comprenait
bien le pourquoi de ces larmes, de cette nervosité…

— Allons, Martine-perdue-dans-les-bois…

Elle leva sur lui ses yeux éteints, tourmentés, et sourit.

Martine portait le même tailleur que Cécile, mais en bleu ciel, Cécile avait tenu à ce qu'elles fussent habillées pareil, comme dans le temps... Et c'est vrai que de les voir côte à côte, cela rehaussait la beauté de l'une et de l'autre.

Mme Denise l'embrassa, très naturellement, souriante :

— Vous avez l'air fatiguée, Martine, dit-elle, mais même la fatigue vous va bien... Vous exagérez, probablement, comme toujours !

Martine se laissa embrasser, mais ne répondit rien... Elle se tenait avec sa coupe de champagne près de son mari et faisait des efforts désespérés pour regarder les hommes avec intérêt. Aucun ne lui plaisait, il n'y avait que Daniel qui comptait. Daniel qui disait :

— Je me demandais parfois qui sont les gens qui remplissent les hostelleries à poutres apparentes... Qui roulent dans de bonnes voitures, avec des femmes les cheveux au vent, les bras nus et hâlés... un chien qui regarde par la portière... Qui ont une ferme aménagée quelque part près de Montfort-l'Amaury... Mais les voilà ! en masse ! C'est eux...

Il n'y eut qu'un lunch. Les jeunes mariés partaient pour l'Italie le jour même. Les invités montaient dans leurs voitures, mis en gaieté par le champagne, le beau temps. Personne ne voulait rentrer. Un tour au Bois ? On pouvait pousser un peu plus loin, avec l'autoroute à portée de la main...

Daniel ramena Martine chez elle et lui dit au revoir dans la rue. Elle ne lui demanda rien, ni s'il voulait monter, ni s'il allait revenir, et quand ?... Elle poussa la porte, et, le temps de se retourner, la voiture de

Daniel avait disparu. L'ascenseur, prompt et décidé, la monta au sixième en un clin d'œil. Martine était chez elle, pimpante dans son attirail bleu ciel, belle, seule, ne sachant que faire de cet après-midi, de la soirée, libres, libres... Pourquoi avait-elle décommandé ses rendez-vous de manucure, bêtement... Il n'y avait personne pour l'emmener, pour passer la soirée avec elle. Martine, lentement, se décidait à enlever ses beaux atours. Bon, elle allait profiter de cette journée vide pour se reposer. Daniel était reparti et jamais cela n'avait été aussi intolérable. Que lui restait-il à faire de sa journée, de sa vie ?

Les rideaux tirés, couchée sur son matelas à ressorts, Martine songeait à sa vie... Comment tout s'était-il désagrégé ? Pourquoi ?... Les beaux jours. Les beaux jours... Elle n'en voyait rien. Elle était physiquement épuisée. Peut-être fallait-il qu'elle se reposât ? Si elle partait pour les vacances, comme tout le monde ? Eh bien, c'est ça, elle prendrait des vacances... Il y avait des années qu'elle n'avait quitté Paris, qu'elle n'avait cessé de travailler...

XXV

CHIENLIT

Les yeux de la tête ! Il n'y avait de place nulle part. Tout le monde avait pris ses précautions longtemps à l'avance. Enfin, à Antibes, elle trouva une chambre à un prix exorbitant. Et ici, comme à Paris, elle avait l'impression que la vie passait à côté d'elle, la laissant en dehors.

A la plage, tous les gens semblaient se connaître, se baignaient, jouaient, se disputaient ensemble, étaient liés entre eux, allaient par deux ou en bandes... Elle restait sur le sable, belle et seule. Des jeunes garçons avaient essayé de plaisanter avec elle, mais elle, comme une sotte, s'était tue, et ils l'avaient laissée, gênés de leur propre audace. Un jour, comme elle prenait un jus de fruit à la terrasse du café, sur place, dans le brouhaha des cars, des voitures, dans l'encombrement habituel sur la chaussée et les trottoirs, quelqu'un lui avait adressé la parole, de la table voisine... Un colon, venant d'Algérie pour affaires. Il faisait une randonnée d'agrément sur la Côte avant de s'embarquer à Marseille, racontait-il. Elle accepta l'invitation à dîner.

Il était encore tôt, et ils traînèrent un peu dans les rues, sur les remparts au-dessus de la mer. Le colon n'était pas désagréable à voir, avec sa peau tannée et les petites rides de soleil autour des yeux. Il parla de la guerre, incidemment, pour dire qu'en son absence les assassins avaient déjà peut-être fait sauter sa maison :

— L'Algérie restera française, au bout du compte, dit-il les yeux sur l'horizon, mais à ce train-là, il n'y restera peut-être plus de Français. Ces bêtes nous auront exterminés un à un, avec femmes et enfants ! Et le gouvernement laisse faire. Mais cela ne va pas durer, vous allez voir...

Martine écoutait distraitement... C'était loin, l'Algérie, derrière toute cette eau, derrière l'horizon. Elle avait entendu Daniel dire que les jeunes qui se laissaient embarquer étaient des veaux, et que finalement cela donnerait de la casse pas du tout où l'on croyait. C'étaient des choses qu'il disait comme ça, au-dessus de son journal, pour lui-même. Le colon, lui aussi, passa à d'autres choses, plus accessibles aux femmes, se disait-il peut-être... La mer, toute proche ici, aux pieds des remparts, à leurs pieds, les retenait de vague en vague... Le colon devenait pressant et banal. Une si jolie femme ! Seule ! Si lui avait été son mari... Martine regardait la mer, fascinante comme les yeux d'un serpent. Elle sentit une hésitation dans la voix du colon lorsqu'il répéta son invitation à dîner... Et l'accepta quand même.

Le colon avait une voiture et l'emmena dans un petit bistrot manger une bouillabaisse. On y était les uns sur les autres. Des femmes et des hommes, brûlés noirs, en short et pull-over de laine, chahutaient et se conduisaient mal. On ne s'entendait pas dans ce bruit.

— Vous ne vous sentez pas un peu seule dans votre lit, Madame ? criait le colon, ses genoux appuyés

contre les genoux de Martine, et le teint couleur de
bouillabaisse perçant à travers le hâle.

— Non! dit Martine, cassante, et se reprenant elle
fit un effort pour ajouter, enjouée, que si elle se sentait seule de jour, de nuit le lit n'était pas assez large
pour elle toute seule.

— Vous êtes donc une femme frigide?

— Oh! fit Martine coquettement pudique, il fait si
chaud, simplement.

— Vous n'avez peut-être pas trouvé votre bonheur,
en ce qui concerne l'amour physique... Ce n'est pas
si facile, il y a des femmes qui ne le trouvent jamais si
elles s'entêtent à rester fidèles...

— Vous êtes contre la fidélité? Martine posait la
question avec un intérêt visible.

— Quand il s'agit de ma femme, je suis pour;
quand il s'agit des femmes des autres, je suis contre!

Martine s'efforça de rire. En attendant, les genoux
du colon s'enhardissaient.

— Hé! — cria un des hommes débraillés, bronzé
noir, — la belle pépée et son amoureux, venez avec
nous à «La Grande Bleue», plus on est de fous, plus
on s'amuse!

— Vous voulez? demanda le colon qui commençait à trouver qu'avec Martine cela ne rendait pas
assez vite... il n'avait pas de temps à perdre, le lendemain, il s'embarquait, et ce dîner était de l'argent jeté
à l'eau. Il y avait des filles pas mal, à côté.

— Pourquoi pas?

La soirée à «La Grande Bleue» fut tout ce qu'il y a
de chienlit, la bande était pour le moins mélangée.
Parmi les filles, des indigènes de la Côte, des bon-
niches, se disait Martine méprisante, et une ou deux
d'entre elles étaient peut-être bien des professionnelles, ramassées au coin d'une rue. Elles se laissaient

faire devant tout le monde, soûles, suantes, les hommes collés dessus, comme englués. Martine avait des nausées, la bouillabaisse et un champagne exécrable lui barbouillaient le cœur. Le colon, entièrement occupé par l'une des filles, semblait l'avoir oubliée, et Martine se demandait comment elle allait rentrer à l'hôtel... Elle se leva, la baraque tournait autour d'elle. De l'air !

Un escalier extérieur menait directement à la plage. Martine le descendit, buta contre un type en train de vomir, s'écarta d'un bond et faillit tomber sur un couple qui s'agitait sur le sable. Elle eut un moment de désespoir... Dieu sait ce que c'était que tous ces dégueulasses, et à cette heure de la nuit, comment rentrer, se sortir de là... Martine enleva ses chaussures et marcha pieds nus sur le sable dur. Cela lui fit du bien. Elle n'avait plus devant elle que la mer, bougeant à peine. Une immense cuvette d'eau propre... Du côté de Nice, ses bords étaient marqués d'un pointillé lumineux. Martine respirait profondément pour surmonter le mal de mer.

— Vous êtes comme moi, Madame...

Martine sursauta... qu'est-ce que c'était que celui-là encore ? Dans la nuit, une silhouette, en slip, avec une serviette-éponge sur les épaules.

— Vous venez vous baigner ? dit-elle d'une voix lasse.

— Mais... si vous voulez...

Martine ne s'était pas changée pour aller dîner, elle avait gardé sous la robe son maillot de bain. Elle déboutonna la robe, l'enleva.

— Ne me quittez pas, dit-elle à l'inconnu, j'ai trop bu et mangé, je ne sais pas ce que l'eau froide va me faire...

Elle lui fit du bien. Martine nageait bien et l'inconnu aussi. Ils revinrent sur la plage après avoir donné toute leur mesure. Essoufflés, mouillés, ils tombèrent sur le sable et s'embrassèrent à perdre haleine, le cœur battant à éclater.

— Non… dit Martine.

Il la laissa aussitôt.

— Comme vous voulez.

— Je n'ai pas de voiture pour rentrer à Antibes…

— Je vous ramène.

C'était un vieux tacot poussif. L'homme déposa Martine devant l'hôtel, mit la main à son front, et s'en fut dans un bruit de ferraille. Ils ne s'étaient pas dit un mot.

Martine subit le regard du portier de nuit : elle avait les cheveux qui pendaient en mèches mouillées, elle était nu-pieds, sans jupe, la veste sur les épaules…

Durant les deux semaines qu'elle avait encore à passer à Antibes, elle n'eut jamais à supporter la rencontre avec quelqu'un d'entre les gens de cette nuit, à croire que cette nuit, elle l'avait rêvée. Elle ne parlait plus qu'à une gentille dame dont elle avait fait connaissance à la plage : la gentille dame lui confiait ses deux gosses qui faisaient des pâtés à côté de Martine, pendant que la dame prenait des jus de fruits avec des messieurs, au bar sur pilotis, à deux pas.

XXVI

AVEUX SPONTANÉS DES MIROIRS

Quand Cécile revint en automne de son voyage de noces, elle était enceinte. M'man Donzert se mit aussitôt à tricoter la layette. Cécile aussi. Il n'était plus question de faire du secrétariat auprès de son mari. Cécile, entourée d'attentions et de prévenances, comblée d'amour et de cadeaux, installait mollement son nid, son mari roucoulant lui en apportait les brins un à un... La nursery, prévue dès le début par le décorateur dans le vieil appartement, la seule pièce qui eût du soleil, un petit balcon, s'installait peu à peu : papier peint avec des canards, des oursons et des fleurs, petits meubles laqués rose, rideaux d'organdi, et un berceau tout en osier et dentelles. Cécile se portait comme un charme.

C'est cet hiver-là, où Cécile attendait un enfant, que Martine acheta à crédit une machine à laver. Il y avait longtemps qu'elle n'achetait plus rien à crédit, depuis qu'elle avait gagné les cinq cent mille francs et payé les traites les plus ennuyeuses. Et, soudain, voilà qu'elle se remettait à acheter à tour de bras ! Pour la machine à laver, c'était du vice : avec ce qu'une femme seule peut dépenser en donnant son linge à laver, il lui aurait fallu de nombreuses années pour

récupérer ce que coûtait la machine. Et comme
Martine ne trouvait pas le temps de faire marcher la
machine à laver et de repasser elle-même, il lui fallut,
en plus, prendre une femme de ménage. La première
femme de ménage de toute sa vie, jusqu'ici tous les
travaux domestiques elle les avait faits elle-même. Et
bien mieux qu'une femme de ménage, elle s'en rendait compte maintenant qu'elle en avait une. Cette
manière d'essuyer avec le même torchon bidet et lavabos… l'idée de ces mains, peut-être pas lavées, qui
touchaient à son pain, à ses fruits, lui enlevait l'appétit… Martine en fit défiler plusieurs, acquit une réputation de teigne, bien méritée, et se résigna à ne plus
se servir de la machine à laver qu'exceptionnelle-
ment.

Ensuite, elle acheta une salle de séjour, en rotin.
D'un prix exorbitant, déraisonnable, ce n'était tout
de même pas de l'acajou! Mais ces meubles, elle ne
pouvait s'en passer : il n'était pas rare maintenant
que l'on vînt pour une partie de bridge chez
Mme Donelle, et des gens très bien, très chics. Cela
avait commencé par une invitation chez une de ses
clientes, une bridgeuse acharnée… Drôle d'idée, avait
grogné le mari de la dame, un haut fonctionnaire du
ministère des Finances, inviter sa manucure! Il changea d'avis en voyant Martine, si belle, et, pour le
bridge, sensationnelle. De fil en aiguille, Martine avait
fait connaissance avec les amis de sa cliente et les amis
des amis… On l'invitait à dîner avant le bridge, à souper après. En dehors du jeu, ces relations ne devenaient ni amicales, ni intimes, il y avait chez Martine
quelque chose de sec, de guindé, de pédant, qui
empêchait de se rapprocher d'elle, même ceux et
celles qui ne pensaient pas qu'on ne fréquente pas sa
manucure. Elle ne voyait que rarement les siens,

même pas Cécile qui attendait un enfant. Martine
n'avait pas d'enfant... Dans sa nouvelle place, elle ne
s'était point fait d'amis et, au bout du compte, le
bridge était encore son lien le plus sûr avec l'huma-
nité. Elle sortait, elle recevait... De là, l'idée de meu-
bler à neuf son petit appartement. Martine avait vu
maintenant des « intérieurs », des hôtels particuliers
avec des meubles anciens et modernes, le luxe, la qualité. Elle était sûre qu'on devait se moquer d'elle, de
sa salle à manger-cosy.

Il lui fallait des meubles qui la feraient passer d'un
panier dans l'autre, pensait-elle. Elle se donnait des
raisons, en vérité, si elle voulait des choses, c'était
pure nervosité, une sorte de boulimie : elle n'arrivait
pas à se rassasier. Si Daniel était revenu comme avant,
elle n'aurait eu besoin de rien... Mais il se contentait
de lui rendre une petite visite de temps en temps,
comme un médecin qui viendrait prendre le pouls
d'un malade. Martine avait adhéré à un club de
bridge et elle acheta une voiture. Bien qu'entre son
travail de manucure, le bridge et les mensualités de
Daniel, elle touchât par mois des sommes considé-
rables, il lui avait fallu, pour la voiture, emprunter de
l'argent à l'une de ses clientes.

Au salon de coiffure, la patronne lui avait déjà dit
avec un certain étonnement où perçait l'inquiétude :
« Vous en achetez des choses, Martine ! On vient à
chaque instant me demander le montant de votre
salaire, et si vous êtes une employée sérieuse... Écou-
tez, vous m'avez demandé de ne pas dire à ces messieurs les enquêteurs que vous avez contracté d'autres
engagements... Mais cela en fait trop ! Je ne veux pas
mentir, et tout ce que je peux faire pour vous, c'est
de dire qu'à ma connaissance vous finissez de payer
d'autres traites. Je ne comprends pas comment vous

vous en sortez ! Vous êtes sérieuse, c'est vrai, mais
point millionnaire, ou vous ne vous mettriez pas
manucure. »

Dans le nouveau salon de Martine, les invités, avant
le jeu, tant qu'ils avaient encore l'esprit disponible,
admiraient l'agencement du petit appartement, la
façon dont tout était prévu pour le moindre effort. Ils
s'émerveillaient de voir comment à Paris on pouvait
avec trois sous créer un intérieur ravissant ! En allant
se laver les mains, on remarquait avec discrétion le
pyjama du mari, de ce mari toujours invisible,
mythique. Les cocktails, les sandwiches, les petits fours
étaient parfaits, ainsi que le souper froid. Les bridgeurs que Mme Donelle invitait chez elle étaient des
joueurs de classe, triés sur le volet, et l'intérêt, la passion commune rendaient ces réunions toujours très
réussies. « Une maîtresse femme… » disaient les par-
tenaires de Martine, et ils ne lui faisaient pas la cour.
Elle n'était pas engageante. Oui, il est certain que si
un jour, elle avait eu l'idée saugrenue d'aller voir
quelqu'un d'entre ces gens, hommes ou femmes, si
elle était venue leur dire : « J'ai des ennuis… » ou « Je
suis malade… » ou « Mon mari me trompe, je suis malheureuse… », ils n'en seraient pas revenus d'étonnement. Martine, finalement, était devenue quelque
chose comme le jeu de cartes lui-même.

Il y avait Ginette. Martine n'oubliait pas que Ginette
ne l'avait pas laissée tomber lors de cette affreuse histoire, quand Mme Denise l'avait chassée. Mais les rapports avec Ginette n'étaient pas faciles, elle était devenue une femme positivement hystérique, tantôt elle
vous embrassait en pleurant, tantôt elle se montrait
hargneuse… Des ennuis avec son fils, qui s'est fait
mettre à la porte du lycée. La jeunesse d'aujourd'hui,
tu n'en as pas idée ! Peut-être, oui… Mais ce n'était

pas une raison pour passer du rire aux larmes, et des
larmes au rire, avec cette facilité. Il y avait certainement un homme là-dessous, et, comme toujours, cela
ne devait pas marcher. Elle en devenait parfois
odieuse, ne s'était-elle pas un jour permis de demander à Martine :

— Pourquoi ne divorces-tu pas ?

Martine sentit un éclair lui traverser le corps en zigzag. Elle n'avait jamais pensé au divorce, mais cette
idée pouvait bien venir à Daniel, si elle était venue à
une étrangère. Elle voyait si rarement Daniel, il vivait
à la ferme, il travaillait... Mais rien ne lui prouvait
qu'il ne venait pas à Paris sans passer chez elle, rien
ne prouvait que s'il restait à la ferme, il n'y avait pas
des attaches. Quand il venait, il ne restait presque
jamais coucher, ou faisait l'amour comme un rite
inévitable. Tout cela passait en zigzag de douleur à travers le corps de Martine.

— Qu'est-ce qui te fait poser cette drôle de question ? dit-elle à Ginette.

— Drôle ? Elle me semble normale. Vous ne vivez
pas ensemble. Vous devriez chacun refaire votre vie.
Tu sais, ce que j'en dis... Uniquement le bon sens.
Cela finira comme ça, forcément, alors vaut mieux tôt
que tard. Tu n'as plus vingt ans. Plus ce sera tard, plus
tu auras du mal à trouver un autre homme, tu tom-
beras toujours sur des hommes déjà pris... Comme
moi.

Ils ne vivaient pas ensemble, c'était vrai... Qu'est-ce
que cela changeait ? Rien, pour Martine. Un autre
homme... Refaire sa vie ! C'était risible, c'était à se
tuer !

— Tu ne comprends rien à rien, ma pauvre
Ginette ! dit-elle, supérieure.

— Tu crois ? — Ginette se mit à rire. — Tu sais, ce que j'en dis...

Ginette partie, Martine alla consulter son miroir. Comme des centaines de millions de femmes l'ont fait depuis toujours, se mirant dans l'eau, le métal, les glaces... Les yeux scrutateurs, sans merci, sur l'image qui là-dedans se flétrit. Dieu sait que Martine connaissait son reflet, ses cheveux, sa bouche, ses sourcils, l'ovale des joues, c'était son métier que d'étudier ce qui allait le mieux à son teint d'or, à sa stature... Elle connaissait son corps de face, de dos, et chacune de ses courbes, elle savait la valeur que prendrait un rouge sur ses lèvres, la majesté marmoréenne des plis tombant de la taille aux pieds, et comment le tricot déshabillerait ses seins, attirant les regards, comment ses longues jambes, de leur mouvement en avant, feraient valser les jupes... « La Victoire de Samothrace ! » disait Daniel... « Figure de proue ! » disait Daniel... « Femme-poisson ! » disait Daniel. Il y avait longtemps de cela. Martine se regardait dans la glace : la voilà, de la tête aux pieds. Tout était bien en place, la netteté irréprochable du front, l'ovale des joues, la soie des paupières... S'il y avait eu le moindre soupçon de ride, vous pensez bien que Martine l'aurait remarqué aussitôt, elle qui se regardait comme à travers une loupe tous les jours que le bon Dieu fait... Il n'y en avait pas. Ce n'était pas ça. Et ce n'est pas à cause d'une ride que Martine ressentit soudain comme une décharge électrique : elle n'avait plus vingt ans ! et cela se voyait ! elle n'avait plus vingt ans ! Martine se regardait... Quelque chose lui avait échappé, quelque chose s'était infiltrée sans qu'elle s'en aperçût, quelque chose qu'elle avait laissé s'introduire par manque de vigilance... Elle se rejeta en arrière, se détourna de la glace, y revint d'un seul coup, pour se surprendre là-dedans... Elle ne se reconnut pas ! Qui était cette femme au teint bilieux, à l'expression intense et dure ? Elle avait toujours si bien regardé les détails qu'elle avait négligé l'ensemble. Elle n'avait pas gagné de rides, mais elle avait perdu quelque chose... le velouté, l'aimable, le féminin... Martine essaya de sourire, découvrit ses dents intactes, blanches, solides... mais la lèvre supérieure paraissait plus maigre, la mâchoire plus accusée. Martine pensa soudain à ses demi-frères, à ces grenouilles de bonne humeur... quand elle souriait, elle avait avec eux un air de famille ! Le ver était dans le fruit, la vieillesse était dans elle, la suçait, la perçait, comme un fruit mûr à point, beau, sucré...

Martine se mit au lit à huit heures du soir, sans faire sa toilette, laissant ses vêtements sur le tapis... Elle était malade, sûrement. Des nausées comme par gros temps dans une embarcation. Il lui fallut courir à la salle de bains... Une angoisse ! Elle alla se recoucher. Le divorce. Si cette idée était venue à Ginette, d'autres devaient penser comme elle, les gens devaient se dire, parler entre eux : pourquoi ne divorcent-ils pas ? Daniel voulait peut-être divorcer ? La quitter tout à fait ! « Sainte Vierge... » Martine appuya ses mains aux doigts écartés contre sa poitrine, mais un violent coup de rasoir au foie vint la distraire de sa peine : une crise hépatique, voilà ce qu'elle avait ! Et pas de téléphone, personne pour aller chercher un docteur.

La douleur se calmait. Elle n'avait plus vingt ans, parce qu'elle était malade. Ce n'était que ça. « Tu n'as plus vingt ans... » Comme elle avait dit ça, Ginette. Il n'y avait pas que le sens, il y avait quelque chose d'autre encore dans ce bout de phrase qui accrochait Martine... l'intonation... Celle de Daniel ! C'était ça ! Exactement, Ginette et Daniel ! Martine ressentit une

émotion si aiguë que tout son corps y participa, elle
était comme un verre qu'on aurait laissé tomber et qui
se brise en mille éclats. En quoi était-elle donc faite
pour que les morceaux tiennent ensemble... du plexi-
glas... le progrès... « Sainte Vierge... »

Comme dans un livre de comptes, Martine suivait
les colonnes des heures et des jours : les arrivées et les
départs de Daniel, les visites de Ginette... les paroles,
les rendez-vous, les inflexions de voix... Comme
toutes les femmes trompées, elle n'y avait vu que du
feu ! Elle avait été confiante, sotte, elle avait eu de l'affection pour cette putain de Ginette. Une fille dont
on s'était toujours demandé à l'Institut de beauté
comment elle avait fait pour s'y introduire, parmi des
femmes si bien élevées, propres... Une fille du trottoir ! Mais tous les hommes aiment les putains, les
garces qui leur courent après, leur sautent dessus, qui
leur font n'importe quoi, des saletés... Comme sa
mère, la Marie, avec n'importe qui ! Daniel ne se
serait jamais abaissé de lui-même... Elle allait s'adres-
ser à la police, il devait y avoir des lois contre les
femmes qui détruisent un foyer... Ginette ! une fille à
soldats qui couchait avec les Boches ! Pourquoi ne lui
avait-on pas rasé la tête, cette indulgence des Français,
une honte... Daniel ! Que s'était-elle donc imaginé ?
qu'il se contentait de faire l'amour une fois par
hasard ? Toutes ces années... Que savait-elle de lui, de
ses relations... Que s'était-elle donc imaginé ? Rien,
elle ne s'était rien imaginé du tout, cette pensée était
loin d'elle... Pense-t-on à sa mort ? Si on y pensait,
comment ferait-on pour vivre ? Comment vivre maintenant avec cette idée ? Alors, quoi... se tuer ? Les laisser continuer et se supprimer ? Laisser la place à
Ginette ? Et à d'autres, à toutes les autres ?...

Martine se leva... Le foie se tenait tranquille, mais

elle avait le vertige, des points noirs devant les yeux... D'ailleurs, où aller? On l'attendait chez Mme Dupont, la nièce du ministre, pour bridger... ce n'était pas là qu'elle pourrait assommer Ginette, ni hurler des injures, ni accabler Daniel... Lui dire tout ce qu'elle avait sur le cœur depuis son enfance, depuis qu'elle le voyait passer, l'air conquérant, au village, sûr que le cœur et le corps de la gamine qu'elle était lui appartenaient. S'en foutant. Dur et étincelant comme sa moto, casqué, botté, puissant... Il croyait donc pouvoir la balayer du revers de la main? Il allait voir!

XXVII

LE CRI DU COQ

Daniel roulait vers la maison de Martine et pensait à elle... Y a-t-il des passions anachroniques?... Lorsque jadis, Daniel avait amené Martine pour la première fois dans une chambre d'hôtel, il avait senti s'ouvrir devant lui l'abîme d'une passion profonde comme une forêt la nuit. Martine se tenait à l'orée de cette sombre forêt, y attirant le voyageur. Daniel l'y avait suivie : c'était un homme. Au XXᵉ siècle, on ne croit pas aux fantômes, Daniel était un scientifique, mais un scientifique romanesque. Avec Martine il croyait s'aventurer dans un pays mystérieux, habité d'êtres fantastiques. Ce n'était pas là une passion préfabriquée, en matière plastique, elle avait quelque chose d'éternel, d'imputrescible, d'unique. Daniel n'était pas un homme moyen, c'était un paysan et un chevalier, il aimait le durable et l'héroïque. Il se maria avec Martine. Et aussitôt ce fut comme le cri du coq à l'aube, comme un signe de croix devant des diableries : tout se dissipa et prit des formes connues et quotidiennes. Martine, sa femme, n'était qu'une affreuse petite bourgeoise, sèche, égoïste. Avec des désirs en matière plastique et des rêves en nylon. Il retrouva Martine-perdue-dans-les-bois dans le confort moderne, avec un bon petit emploi, de bonnes grosses dettes, des soucis idiots et un horizon si limité que c'était à se demander comment elle pouvait exister sans se cogner à tout bout de champ aux murs de son univers étonnamment restreint. Elle, dont Daniel avait admiré l'intelligence, les facultés d'orientation parmi les activités humaines… aussi bien le commerce que l'art, puisqu'en peu de temps elle avait acquis un goût passe-partout, et son langage avait pris de la correction… Il voyait maintenant que ce n'étaient là que les résultats d'une mémoire exceptionnelle, comme celle qui, chez un cheval par exemple, remplace l'intelligence, mais chez un être humain… Que Martine eût été capable d'apprendre par cœur le petit et même le gros Larousse ne prouvait rien. Au bout du compte, ce n'était qu'une maniaque, et Daniel faisait partie de ses manies, comme l'ordre, la propreté ou le bridge. Ah ! ce qu'on peut se raconter d'histoires quand on est très jeune et qu'on désire une très belle fille. Ginette avait raison, Martine était sèche comme un coup de trique et n'avait de passion que pour son propre confort. Ginette disait encore que si Martine perdait sa beauté, c'était que son manque de cœur commençait à percer… sûr qu'elle n'avait pas de cœur, autrement elle aurait senti que Daniel la trompait. Ginette était une petite poule comme il y en a treize à la douzaine, pas désagréable, douce, moelleuse, et elle devait avoir du cœur, parce qu'elle, elle sentait fort bien que Daniel la trompait. Elle était jalouse et lui faisait des scènes. Que s'imaginait-elle, qu'il allait lui être fidèle ? Il avait été assez longtemps fidèle à Martine, d'abord parce qu'il l'aimait, ensuite parce qu'il avait du respect pour l'amour qu'elle avait pour lui… Mais Ginette n'était ni la première, ni la seule femme avec laquelle il couchait depuis que

Martine n'était plus celle que Daniel avait cru perdue
dans les bois, et qu'il retrouvait dans un cosy-corner.
Les femmes, en dehors de Martine, l'unique,
n'étaient pas un problème pour Daniel, il était
comme un bon chasseur qui trouve toujours du gibier
au bout de son fusil.

C'était cela ou à peu près ce que se disait Daniel
dans sa voiture... Dans huit jours, il s'embarquait
pour New York, et il comptait rester aux États-Unis un
an ou plus, pour confronter leurs méthodes de culture et de commercialisation des rosiers avec celles de
la France. M. Donelle père se faisait vieux, il fallait que
Daniel se dépêchât de faire ce voyage, indispensable
à son sens, tant qu'il pouvait encore s'absenter. Un
Donelle des *Établissements Donelle* ne pouvait qu'être
bien reçu par les rosiéristes du monde entier, mais
Daniel Donelle, petit-fils du grand Daniel Donelle,
s'était déjà fait lui-même connaître par des travaux
remarquables dans le domaine de la génétique, et
c'était une des plus grandes firmes productrices de
rosiers en Californie qui lui avait proposé d'entrer
chez elle comme chargé de recherches et hybrideur.
Cette firme produisait à elle seule dix-sept millions de
rosiers par an, quand la production de tous les rosiéristes français, ensemble, s'élève à quinze millions !
Là-bas, les expériences et recherches se faisaient sur
la plus grande échelle possible, et on disposait de
moyens illimités. Ensuite, au retour, Daniel prendrait
les choses en main aux *Établissements horticoles Donelle*;
c'était ainsi que son père lui-même voyait les choses.

Daniel imaginait mal comment Martine allait
prendre la nouvelle de son départ. Il ne lui annonce-
rait qu'un court voyage, qu'un aller et retour, c'était
plus prudent... Il aurait pu partir sans prendre congé
d'elle, mais cela ne ressemblerait-il pas à une fuite ?

Avec Martine, on ne pouvait jamais savoir… Elle pouvait aussi bien simplement dire : « Tiens, tu pars… » et passer à autre chose ; comme elle était capable de déclarer : « Je ne te laisserai pas partir… » ou « Je partirai avec toi… ». Cette dernière variante n'était pas à craindre, Martine n'avait ni passeport, ni visa… Mais Daniel ne tenait pas à une conversation de ce genre. Il l'avait déjà eue avec Ginette.

Il arrêta la voiture devant la maison de Martine. Après la séance avec Ginette, il était si fatigué qu'il se résigna, cette fois-ci, à prendre l'ascenseur-coffre-fort qui lui faisait toujours peur. Il pouvait être onze heures du soir, Martine n'était probablement pas encore rentrée de son bridge quotidien… A moins qu'il ne trouvât une foule de bridgeurs chez elle ! S'il n'y avait personne, il attendrait… Il resterait coucher et s'il avait la chance de s'endormir avant le retour de Martine, il pourrait remettre l'annonce de son départ au lendemain matin. Deux séances coup sur coup, c'était beaucoup, et de jour il y avait plus de chances que cela se passât bien. Martine, toujours exacte, serait pressée d'aller à son travail.

Daniel ouvrit avec sa clé. Il y avait de la lumière sous la porte de la chambre, à droite : à gauche, la porte de la cuisine, éclairée, était ouverte. Daniel appela : « Martine ! » et entra dans la chambre. Il y régnait un étrange désordre, des vêtements épars sur le tapis, les couvertures défaites… Martine sortait de la salle de bains, en chemise de nuit, décoiffée, hagarde…

— Qu'est-ce qui se passe ? — Daniel étonné regardait cette Martine inhabituelle.

— Je suis malade. — Martine s'affala sur le lit.

— Qu'est-ce que tu as ? Où as-tu mal ?

— Le foie, je crois…

— Mais couche-toi comme il faut, sous les couvertures !... Tu veux quelque chose ? Une bouillotte ?

Martine voulait n'importe quoi, pourvu que Daniel s'occupât d'elle. Cette bouillotte qu'il lui apporta était du baume sur ses plaies, cette façon qu'il avait d'arranger les couvertures défaites, de ramasser les vêtements, de mettre côte à côte ses chaussures, il en avait trouvé une sous une chaise, l'autre près de la porte... «Fallait-il que tu aies mal, disait-il, tu as pris ta température ? Tu ne veux vraiment pas de médecin ? » Peut-être l'aimait-il encore ? Peut-être ne la trompait-il pas, ni avec Ginette, ni avec d'autres ? Une inflexion de voix est une preuve bien mince, pas quelque chose que l'on puisse invoquer dans un acte d'accusation. Le rire de Daniel déborderait, il la traiterait de folle. La chaleur de la bouillotte remplissait le corps de Martine d'un bien-être qui lui remontait au cœur. Daniel s'émut lorsqu'il vit les larmes couler sur les joues de Martine :

— Tu as toujours mal, petite perdue ?

— Non, c'est parce que j'ai moins mal...

Daniel, compréhensif, hocha la tête :

— Une saleté, ces crises hépatiques... Je vais te faire une tisane.

— Non, viens te coucher...

Daniel, docile, se déshabilla, se coucha, prit Martine dans ses bras. Elle se remit à pleurer, c'étaient de bonnes larmes tièdes comme la bouillotte, un immense bonheur fondait dans son cœur comme du sucre que le sang chaud portait partout dans son corps. On ne tue pas un homme pour une inflexion de voix. Elle allait veiller, surveiller, épier.

Ce soir, Daniel, de crainte que la nouvelle de son départ ne mît en mouvement le foie de Martine, ne lui parla de rien. Mais le matin, elle se leva comme d'habitude à sept heures... Doucement, sans ouvrir les doubles rideaux, pour laisser Daniel dormir encore un moment, pendant qu'elle s'habillerait dans la salle de bains, qu'elle préparerait le petit déjeuner... Daniel ne dormait pas, il se disait que maintenant il lui faudrait parler de son voyage, l'embrasser avant de partir... Pauvre Martinot...

Martine disposait sur la table de la cuisine les tasses du petit déjeuner, la cafetière, le sucrier... un tête-à-tête longuement choisi, en céramique épaisse vert pistache, noir à l'intérieur des tasses, ces tasses qui avaient des anses si courtes que Daniel avait laissé échapper la sienne le jour même où le tête-à-tête avait été acheté, et cette anse de malheur s'était brisée net. Martine souffrait tous les jours de cette mutilation, et Daniel avait beau affirmer qu'il préférait les bols aux tasses, Martine ne pouvait supporter les objets abîmés et rêvait d'un autre tête-à-tête... Elle en avait vu un chez Primavera... Daniel tenait des deux mains sa tasse sans anse. Comme Martine l'aimait ainsi, le matin, dans son pyjama fripé, assis sur une jambe repliée sous lui, soufflant sur son café bouillant, pendant qu'elle lui faisait des tartines...

— Tu vas mieux, ma vieille ?

Elle allait bien, un peu de faiblesse dans les jambes. Les traits tirés, les yeux battus, les paupières foncées et des grands cernes... Autrement, vaillante, comme toujours.

— Tu as des yeux !... dit Daniel, les deux au beurre noir ! Ta nouvelle coiffure te va bien, ajouta-t-il, admiratif, mais tout te va... Je n'ai pas pensé te dire hier... tu étais si malade... Je pars pour les États-Unis, pour un voyage d'études.

— Pour longtemps ? — Martine posa une tartine dans l'assiette de Daniel.

— Je ne sais pas.

— Tu pars seul?

— Mais oui… — Daniel était un peu étonné par cette question. — Je ne pars pas avec une délégation, c'est une invitation personnelle qui m'a été faite. Une firme californienne…

Martine n'avait pas pensé à une délégation, mais à Ginette. Clairement, il n'en était rien, Daniel partait seul. Et, pour le moment, le savoir loin de cette fille était une bonne chose. S'il y avait quelque chose entre eux, cela n'empêchait pas Daniel de poursuivre son chemin comme si de rien n'était…

— Quand pars-tu? — Martine prenait son café, tranquillement.

— Après-demain… Le train pour Le Havre part assez tôt, j'irai directement à la gare, de la ferme. On s'embrassera aujourd'hui. As-tu ce qu'il faut pour la traite de ta voiture? Je t'ai amené un peu d'argent…

— Ça me rendra service…

Martine ne lui dit pas qu'elle n'avait le premier sou ni pour la voiture, ni pour le reste. Elle était si profondément endettée qu'elle ne voyait absolument aucune issue, à bout de souffle et de ressources. Le gros morceau était la voiture, et l'argent de Daniel arrivait à point. Il y avait longtemps qu'il n'intervenait plus dans ses achats. C'était un gouffre, ça coûte trop cher, le crédit. Avec le crédit, on croit toujours pouvoir y arriver, on se croit riche. Quand on ne l'est pas.

Daniel partait tranquillisé. Martine l'avait embrassé et lui avait dit :

— Va… Ne m'oublie pas. Si tu m'oubliais, gare à toi! Et que Dieu te garde…

Un peu solennelle. Cela lui arrivait parfois.

XXVIII

« ... ET LES CHAUVES-SOURIS QUE TOUT SABBAT RÉCLAME... »

En l'absence de Daniel, Martine de toutes ses forces essaya de s'en sortir. Mais rien ne voulait s'arranger, rien ne marchait. Par exemple l'émission publique à laquelle Martine s'était inscrite dans l'espoir de se faire une somme importante d'un coup fut un désastre. Elle n'avait pas réfléchi qu'avec ses occupations nombreuses elle n'écoutait plus la radio, qu'elle n'achetait plus de disques, et qu'entre-temps de nouvelles chansons se créaient, de nouvelles vedettes surgissaient. Or, comme par un fait exprès, toutes les questions qu'elle avait tirées concernaient des succès récents. Le meneur de jeu eut beau faire, l'aider comme il pouvait, elle rentra avec une boîte de savonnettes, c'était tout. Ceux qui l'avaient vue et entendue se moquèrent gentiment d'elle : qu'est-ce qui lui avait pris d'aller chercher le ridicule, quelle idée !

« Ce n'est plus de ton âge... » lui avait dit Ginette. Martine voyait souvent Ginette... Elle l'épiait, la surveillait... En travers de Ginette étaient écrits les mots : *Danger de mort ! Ne jouez pas avec la serrure !* Martine jouait avec la serrure, dans l'angoisse panique de la voir s'ouvrir, et alors...

Ce fut la machine à laver qu'on enleva en premier.

Mais, sérieusement, Martine n'en avait pas besoin. Dommage pour l'argent dépensé, encore trois mois, et elle la gardait, mais voilà, Martine ne possédait pas les quelques billets de mille… il fallait payer tout le reste. La place récupérée dans la petite cuisine facilitait les mouvements, avec la machine on ne pouvait plus s'y retourner. Et, pourtant, ce coin libéré de la machine à laver, vide, était comme le symbole d'une défaite, il rappelait à Martine comment elle se trouva sur la scène d'un théâtre, incapable de répondre à une seule question, muette…

Puis ce fut le tour de l'argenterie. On ne pouvait lui reprendre son salon en rotin, cela ne se faisait pas à cause de l'usure. Là, elle pourrait avoir des ennuis d'une autre sorte. Mais, peut-être si on lui laissait le temps de se retourner… En attendant, ce salon était si joli ! Avec le lierre sur le balcon qui couvrait maintenant tous les barreaux et encadrait la porte vitrée… Mme Dupont elle-même le lui enviait. Pour son anniversaire, Cécile avait donné à Martine des sièges métalliques pour le balcon, et, dès qu'on pourrait laisser la porte ouverte, cela ferait jardin. Cécile et Pierre Genesc ne venaient plus que rarement chez Martine, Cécile était sur le point d'accoucher. Autrement, ils n'étaient pas mauvais au bridge, tous les deux, et Cécile même meilleure que son mari, ce qui étonnait chez cette créature de nacre rose. Martine se débattait, empruntait à l'un pour rendre à l'autre, tenait une véritable comptabilité pour garder l'équilibre, faisait des économies de bouts de chandelle. Dans un an, cela serait fini, un an, oui… Si tout se passait bien, parce qu'elle marchait sur une corde raide et qu'il ne fallait pas qu'elle s'énervât et recommençât à faire des mouvements désordonnés… C'était comme ça qu'elle s'était fourrée dans le guêpier. Du calme, et elle mettrait de l'ordre dans sa vie.

Comme pour ne pas mentir à Martine, Daniel rentra des États-Unis au bout de trois mois. Mais c'était parce qu'il y avait rencontré une jeune fille dont il était tombé éperdument amoureux. La fille du patron, qui revenait de France après avoir fait un stage justement dans cette École de Versailles d'où sortait Daniel. Daniel retournait en France pour divorcer...

Rien ne peut se comparer à l'éclatement qui se produisit dans le petit appartement, lorsque Daniel vint très simplement demander le divorce à Martine. Il y avait surgi un grand oiseau noir. Il se débattait, se cognait contre les murs, renversait de ses ailes des meubles, des objets, se faisait mal... Non, pas un oiseau, une chauve-souris ! Le vol désordonné d'une chauve-souris aveuglée par la lumière, les ailes tranchantes, sinistre, infernale, épouvantable comme une araignée, comme les fils poussiéreux de ses pièges mous, comme la prise définitive des crampons crochus de ses griffes dans les cheveux des mortels ; ni oiseau, ni bête, vivant à l'orée d'un monde noir peuplé d'animaux fantastiques, rampant, volant, galopant, crachant du feu et des glaires, piquant, mordant, mâchant menu ou avalant d'une pièce leur proie, pointant leurs dards, claquant des mâchoires, les gueules ouvertes... Les chauves-souris tournent, cisaillent l'air à l'entrée des ténèbres, n'osant ni rester, ni quitter ce monde pour l'abîme, là-bas...

Daniel se retrouvait devant ces ténèbres qui l'avaient jadis attiré. Jadis, Martine se tenait à l'orée de ce monde de mystère, et elle avait alors l'aspect d'une belle, très belle fille... La voilà transformée en chauve-souris, et l'exploration de son monde ténébreux n'attirait plus Daniel. Il avait rencontré une femme avec laquelle il voulait vivre au grand jour, sans laquelle le monde plongeait dans un ennui immense, avec laquelle chaque chose devenait une raison de vivre, si bien que Daniel s'était soudain mis à penser à la mort, tant il avait peur de mourir, tant il était heureux de vivre. C'est dire que Martine ne pesait pas lourd dans la vie de Daniel, telle qu'il se représentait cette vie maintenant. Elle n'était qu'une des choses qui l'empêchaient de rester avec Marion sans attendre et qu'il fallait liquider au plus vite. Il avait écrit dans son agenda : *Acte de naissance, papiers militaires, Martine, École, chemises, cravates...* Et puis, souligné deux fois : ODE, EAU DE LAVANDE. Ça, c'étaient des parfums pour Marion.

Il ne s'attendait pas à cette explosion. Il ne soupçonnait pas que la charge était si forte. Il avait bien pensé que Martine, tout d'abord, s'insurgerait, pleurerait, crierait... Mais il y avait si longtemps qu'en réalité c'était fini entre eux, que sa peine, selon lui, devait vite s'apaiser. Martine était devenue si sèche, si égoïste. Et voilà que... non, ce qui se passait là était un mauvais rêve !

Daniel avait reculé vers l'extrême bord de l'appartement... Il n'osait sortir sur le balcon, de crainte que d'un coup d'aile elle ne le projetât dans le vide. Et même, il avait eu le temps de fermer portes et fenêtres avant que l'orage à l'intérieur n'atteignît son apogée. Ensuite, il ne put que rester collé à la porte du petit vestibule. Il aurait pu se glisser au-dehors, mais n'y songea même pas, comme on ne se sauverait pas voyant un rideau prendre feu. Il fallait intervenir, peut-être jeter sur Martine une couverture, un manteau, lui envoyer dans les jambes un tabouret. De là où il était, Daniel ne pouvait rien attraper... Si elle ne s'attaquait pas à lui directement, le plus sage était d'attendre sans bouger qu'elle s'épuise. Cela durait, dans un silence atroce, pas un mot, pas un son, rien que ces mouvements déments, et ce silence augmentait la ressemblance avec une chauve-souris...

Soudain, elle s'immobilisa, étendue par terre, et reprit forme humaine. Daniel fit un mouvement, un pas, s'approcha, resta debout au-dessus de ce corps de femme : « Martine ! » appela-t-il. Elle eut une moue de douleur, essaya de se mettre debout, n'y parvint pas, et rampa jusqu'au lit. Il l'aida à s'y hisser, s'en fut chercher un verre d'eau... Mais elle repoussa le verre avec assez de force pour que l'eau se répandît, et elle se mit à parler :

— Ignoble, abject, salingue, salope, ordure, merde... Tu m'as pris ma vie, tu m'as désexuée... je ne suis qu'un objet, qu'une chose inanimée... immondice, maquereau, fils à papa, exploiteur, buveur de sang... et moi, moi alors ? Je ne sais même plus si je suis une femme, à vivre avec un homme qui n'a pas envie de moi, qui couche dans mon lit sans amour... Je n'ai plus vingt ans, j'en ai vingt-sept, c'est la floraison, l'épanouissement, et moi je suis là comme une vieille fille, espèce d'impuissant, infect individu, j'irai à la police, j'ai des relations dans les ministères, je prouverai... tes obligations conjugales... c'est toi qui m'as rendue stérile et asexuée, si bien que pas un homme ne me désire, moi qui suis belle, une déesse... la Victoire de Samothrace... je suis déchue, démolie... Le crédit m'a eue... les difficultés du crédit. Tes roses, elles étaient à crédit, tu me les as reprises, salaud ! Comme la machine à laver... Pince-moi, que je me pince, pour savoir si je suis vivante, si ce cauchemar est la réalité... Je demande-

rai à Ginette comment tu faisais l'amour avec elle…
Tu donneras à ta fiancée un certificat de Ginette…
Fiancée ! Mon mari a une fiancée !

Elle sombra dans l'injure, un répertoire inépui-
sable, varié, immonde. Daniel, dans la salle de bains,
délaya une triple dose de somnifère… Martine dit :
« Merci… » et but le verre entier. « Allez, dors… Je suis
à côté. »

Elle s'endormit très vite. Daniel allait et venait dans
l'appartement. Cette absence de téléphone était infernale, il aurait aimé appeler un médecin. Même en
tenant compte d'une part de simulation, il fallait prévoir quelque chose pour le cas où cela reprendrait.
Prévoir ? que pouvait-on prévoir dans un délire…
Daniel était pris entre le dégoût et la pitié. Il avait
assez de griefs contre Martine, mais peut-être n'avait-
il pas su y faire ?… Peut-être. Il n'était plus temps d'y
penser, il était entièrement là-bas, près de Marion, de
sa gaieté, son énergie, son sens des affaires, ses
connaissances scientifiques, son corps tout en jambes,
ses muscles de sportive… Ah, le bleu profond de ses
yeux, dans son visage on ne voyait tout d'abord que
ces yeux inouïs… Mais il y avait l'éclat de la santé, le
rire. Elle n'était pas belle comme Martine, comme
une vedette de Hollywood, elle était belle comme une
femme avec laquelle on veut faire sa vie, avec laquelle
c'est si naturel, si normal de vivre tous les jours, toutes
les nuits, que c'est impossible que cela ne soit pas. Il
n'était plus temps de penser qui de lui ou de Martine
avait tort… Maintenant, il y avait Marion et lui qui se
cherchaient comme des prisonniers cherchent la
liberté. Rien ni personne ne pourrait les convaincre
qu'il était juste de rester derrière les barreaux du
moment qu'on les y avait condamnés. Rien ne pouvait tenir contre la volonté de ces deux êtres de s'unir,

ils marcheraient sur des cadavres. Daniel balaierait Martine, si elle devenait un obstacle à son union avec Marion. Mais, pour l'instant, Martine était une pauvre loque dont il lui fallait s'occuper, tant pis, une malade.

Il alla s'asseoir dans un fauteuil en rotin. Le petit divan du cosy était plus pratique, mais il n'y était plus. Après tout, avec le somnifère, Martine dormait si profondément qu'il pouvait se permettre de descendre, téléphoner à un docteur... Peut-être aussi était-ce inutile, à la voir si calme... Il était tard. Daniel descendit quand même au tabac et appela le docteur qui promit de venir dans la matinée. Qu'est-ce qu'il valait, ce docteur, Daniel n'en savait rien, il l'avait rencontré un jour, chez Jean, et comme il n'en connaissait aucun... Il remonta les escaliers : tout était calme dans le petit appartement, Martine dormait. Daniel se coucha à côté d'elle, tout habillé.

Il faisait jour... quelle heure ?... depuis combien de temps Martine le regardait-elle dormir, agenouillée près du lit ?

— Pourquoi dors-tu tout habillé ? — dit Martine, dès qu'il eut les yeux ouverts.

Daniel bougea faiblement, prudemment, comme devant une bête dangereuse, sortie de sa cage :

— Tu étais malade...

— Malade ? Menteur ! Je n'étais pas malade. Le malheur n'est pas une maladie. Non ! Reste couché... Je serai mieux pour te cracher au visage.

Martine cracha. Daniel sauta à bas du lit et une gifle renversa Martine. Debout, il s'essuyait avec une écharpe de Martine, soigneusement pliée sur le dossier d'une chaise, avant le drame, dans un autre siècle. Martine siffla comme un chat et, hérissée de rage, se ramassa pour sauter sur Daniel. Daniel n'avait plus

pitié, il ne voyait plus devant lui qu'une bête malfai-
sante à assommer.

Ce n'était pas si facile, Martine était forte. Il lui fallut l'attacher à une chaise avec cette écharpe et sa
ceinture.

Lorsque le docteur fit son apparition, il trouva un
appartement saccagé… tout était cassé, démoli… et
au milieu de ce chaos, une femme à peine couverte
d'une chemise de nuit en loques, bras et jambes liés
comme dans un vieux film américain. M. Donelle, qui
lui avait téléphoné la veille, était dans un triste état,
le visage égratigné, la chemise déchirée, nu-pieds,
le pantalon fripé… Le docteur avait rencontré
Mme Donelle chez Cécile où ils avaient dîné
ensemble et ensuite fait une partie de bridge ; une
joueuse de bridge remarquable, une femme si calme,
si pondérée… Il se rappelait également Daniel
Donelle, des *Établissements Donelle*, il l'avait vu chez
leur ami commun, Jean, qui ne tarissait pas d'éloges
sur lui. Le docteur, un jeune psychiatre, était impres-
sionné, presque ému : on a beau avoir l'expérience…

— Elle est complètement folle, dit Daniel à voix
basse. Je crois qu'il vaut mieux que je reste à côté…

Le docteur sortait sa trousse :

— Voulez-vous que je vous fasse une piqûre,
Madame ? Vous vous sentirez mieux après.

— Faites…, répondit Martine attachée à sa chaise,
d'une voix normale, triste…

— Voilà, — dit le docteur, le doigt appuyé sur le
bout de coton imbibé d'alcool contre le bras de
Martine, — vous verrez comme dans un instant vous
irez mieux.

— Oh, mais je vais très bien, Docteur… Il n'y a pas
de piqûres contre le malheur… Voulez-vous me déta-

cher, s'il vous plaît, cette brute m'a traitée d'une façon abjecte.

— Mais bien sûr ! Vous allez vous étendre, vous reposer un peu, n'est-ce pas ?

Il détacha Martine et l'aida à se coucher. Elle s'assoupit presque instantanément, et le docteur vint trouver Daniel qui attendait dans le salon.

— Alors ? dit Daniel, anxieux, comment l'avez-vous trouvée ?

— Vous n'avez pas le téléphone ? Il faudrait faire venir une ambulance... Je vais descendre téléphoner pendant qu'elle dort.

Le docteur dégringolait l'escalier. Il semblait prendre la chose à cœur... C'était donc grave ? Pourquoi ne lui avait-il pas répondu ? Daniel essayait de mettre un peu d'ordre dans le chaos, relevait les sièges, essuyait l'eau des vases renversés, balayait les débris, ramassait les roses éparses et piétinées...

Dans la chambre, Martine dormait, respirant bruyamment. Daniel ramassait ses affaires, sa petite culotte, ses bas, son jupon... Il n'était pas très bon pour mettre de l'ordre. La robe de Martine dans les bras, Daniel se mit à la regarder : couchée sur le dos, la tête de profil sur l'oreiller, penchée sur l'épaule, la joue humide, les cheveux noirs en désordre, elle était belle à ne pas y croire, des femmes comme ça on ne les voit que sur un piédestal dans les verdures des parcs... Ceci était une femme vivante, c'était Martine, la petite perdue-dans-les-bois, qui l'attendait dans les rues du village. Martine, née dégoûtée, couchant sur de la paille pourrie, avec les rats qui couraient sur les corps des dormeurs, des corps jamais lavés... Martine qui restait dehors, en attendant que sa mère en ait fini avec un homme ou un autre. Martine au fond d'un rêve phosphorescent, qui était venue avec lui sans rien

demander, qui travaillait comme une damnée pour
avoir des fauteuils en rotin, des choses propres et qui
brillent, un matelas à ressorts, et qui n'avait jamais
regardé un autre homme que lui... Daniel se retint
de gémir, posa la robe de Martine et se sauva à la cuisine pour se mettre la tête sous le robinet.

Il devait y avoir une chemise propre dans la commode de la chambre... Il y retourna, tira le tiroir
comme un voleur. Jamais il n'ouvrirait celui qu'il fallait, c'était encore un tiroir à Martine, avec ses petites
affaires, rangées, parfumées, des dentelles, de la soie,
un sachet en satin pour les bas, un autre pour les mou-
choirs... et, enfouie dans tout ce diaphane, couchée
dans du nylon, la Sainte-Vierge phosphorescente.
Daniel repoussa le tiroir, en tira un autre, prit sa chemise et retourna à la cuisine.

Il n'allait pas pleurer tout de même. De pitié, de
rage, d'énervement. Il se sentit mieux après s'être
rasé. Qu'est-ce qu'il fichait, le docteur ? Voilà la porte
de l'ascenseur... Daniel avait ouvert avant que le docteur eût le temps de sonner.

— Bon, fit l'autre, l'ambulance sera là dans une
demi-heure... Maintenant, dites-moi : que s'est-il
passé ?

Daniel emmena le docteur dans le salon en rotin,
avec la porte ouverte sur la chambre, de façon à voir
Martine dans son lit... Bien que le docteur ne fût
guère plus âgé que lui, la trentaine à peine dépassée,
Daniel, avec sa bonne tête ronde et les cheveux en
brosse, ressemblait à un potache appelé chez le directeur...

— Ah, docteur... Ce qui s'est passé ? Nous sommes
ensemble depuis une dizaine d'années, et nous nous
connaissons depuis toujours... Alors, quand je lui ai
annoncé que je voulais divorcer pour épouser une

autre femme, elle est devenue comme folle. Cela dure
depuis hier. Elle a dormi la nuit avec un somnifère.
Et ça a recommencé.

Martine dormait. Le docteur avait sorti son stylo et
s'était mis à poser les questions habituelles... âge,
maladies, enfants... Il s'excusa avant de devenir indiscret. Pour une conversation détaillée, plus tard. On
allait l'emmener et lui faire un électrochoc... Ensuite,
on verrait. La psychanalyse, peut-être...

— Vous croyez vraiment que l'amour, cela se
soigne ?

Le docteur ne répondit rien. Peut-être le croyait-il
présomptueux ? Mais il fallait habiller Martine pour la
transporter. Ils s'y mirent à deux.

— Je m'excuse... — dit le docteur, tout en croisant
un grand châle sur la poitrine de Martine, incons-
ciente, — mais c'est d'un point de vue purement
esthétique... j'ai rarement vu une femme aussi parfaitement bien faite... Vous me pardonnerez cette
remarque personnelle : c'est étrange qu'elle n'ait pas
su vous retenir...

— J'ai trouvé une femme moins parfaite, dit
Daniel, il faut croire que c'est ce qu'il me fallait. Ce
qu'il me faut coûte que coûte.

On sonnait à la porte : c'était l'ambulance.

XXIX

LA LESSIVEUSE ROUILLÉE

Daniel est parti pour la Californie pendant que
Martine était dans une « maison de repos ». Il y avait
eu des démarches à faire, l'avocat, l'avoué… Il lui fallait partir, mais Martine sortie de cet établissement,
on se mettrait en rapport avec elle, et le nécessaire
serait fait. Il y avait les soucis d'argent, dépôts et
garanties chez les hommes de loi, le prix de la « maison de repos »… Daniel ne voulait pas mêler la famille
à ses affaires, et la Sécurité sociale ne remboursait
qu'une faible partie des frais… Il n'allait tout de
même pas mettre Martine à l'hôpital ! Finalement, il
avait dû s'embarquer sur un cargo, voyager dans des
conditions d'émigrés, et cela avec l'aide de Jean, pas
particulièrement argenté lui non plus. Mais il serait
parti à pied à travers les vagues pour rejoindre
Marion, il ne pouvait plus supporter d'être séparé
d'elle.

La désapprobation autour de lui était générale. Il
avait communiqué à M. Donelle père et à Dominique
son intention de divorcer et de se remarier et, tout
d'abord, rencontré chez eux la discrétion habituelle.
A peine les avait-il vu ciller à l'annonce que sa future
femme était une étrangère. Martine ne comptait plus

pour eux depuis longtemps, elle n'était pas rentrée
dans la famille des roses, mais la nouvelle de sa maladie leur avait fait une impression pénible : « Je suppose que ta décision est prise, dit son père, pourtant
la force d'un sentiment comme celui-là lui donne des
droits... » Dominique avait les yeux pleins de larmes.

Quant à M'man Donzert, Cécile, M. Georges, ils le
considéraient évidemment comme un monstre et un
assassin... Jusqu'à Ginette qui se mêlait de le juger !
On lui avait dépêché Pierre Genesc pour lui parler
d'homme à homme... Ce n'était pas un bon choix,
car si M. Georges souffrait pour Martine et désap-
prouvait Daniel avec toute la violence dont il était
capable, Pierre Genesc en parlant à Daniel fut plutôt
mou, et, franchement, plutôt de son côté...

— Martine est une sœur pour Cécile, et elle m'est
déjà chère par là, — disait-il, assis avec Daniel au
« Café de la Paix » où il lui avait donné rendez-vous, —
je connais ses qualités, mais elle m'a toujours incommodé, imaginez-vous... C'est une femme rangée,
sérieuse, mais je suis extrêmement sensible à tout ce
qui chez une femme peut devenir emmerdant pour
un homme... Vous savez, les femmes excessives, trop
portées sur la chose, ou sur le porte-monnaie... des
idées trop prononcées... sur la morale... la poli-
tique..., des principes, des convictions quoi ! J'en ai
connu une... une institutrice... elle m'a longuement
empoisonné l'existence, elle avait des convictions
même au lit ! Moi, j'ai gagné le gros lot avec Cécile...
Entre nous, cher ami, je vous comprends fort bien.
Martine a toujours eu quelque chose d'inquiétant...
Ne le prenez pas mal, mais elle a un côté sorcière, malgré, je dirais même à cause de sa grande beauté... Je
me suis toujours méfié d'elle. Un sentiment qui n'est

basé sur rien d'autre que sur l'autodéfense naturelle chez l'homme…

Daniel ne disait rien. Devant ce Pierre Genesc et ses yeux bleus, globuleux, il était du côté de Martine, ce qui ne changeait rien, mais le rendait plus malheureux. Il avala son whisky sans dire un mot, appela le garçon : « Vous m'excuserez, Monsieur, j'ai des choses à régler avant mon départ. »

— Il n'y a rien à faire, — racontait Pierre Genesc à sa femme qui l'attendait impatiemment, — un mur ! Martine n'a rien à espérer, et je t'assure, ma cocotte, cela vaut mieux qu'ils se séparent… entre ces deux-là, ça ne pourrait que mal finir.

Cécile se mit à pleurer, elle était profondément malheureuse pour Martine. Et dire que personne ne pouvait la voir, et Dieu sait ce qu'on lui faisait là-bas, dans cette « maison ». On ne permettait même pas de lui porter une douceur, d'aller l'embrasser comme une malade ordinaire. Et qui sait, peut-être Daniel la faisait-il séquestrer pour aller rejoindre sa poule !

— Ne dis pas ça, ma chérie, tu sais bien ce que nous a dit le docteur Mortet, elle est folle à lier !

— Mais il n'a jamais dit ça, voyons, Pierre ! Il a dit qu'elle a eu un choc, et que cela allait se passer…

— On ne va pas se disputer ! un choc qui l'a rendue folle à lier, et cela va se passer, on est d'accord…

Ils allèrent embrasser bébé dans son berceau. Il, ou plutôt elle, était aussi nacrée que sa maman, impossible d'imaginer quelque chose de plus tendre, de plus touchant…

— Ma pauvre Martine ! Ah, elle n'a pas eu son dû dans ce monde…

Cécile pleurait au-dessus du berceau, sur l'épaule de son mari.

Martine avait repris son travail. Elle était si calme, si pondérée et exacte que les bruits qui avaient couru sur sa maladie s'éteignirent rapidement. On qualifiait même de risibles ces potins ! Son mari ? Eh bien quoi, son mari, il est en Amérique pour ses affaires, et après ? La mystérieuse maladie ? Mais une fausse couche, bien sûr ! Martine, penchée sur les mains féminines, faisait son travail, remplaçant la conversation par un rapide sourire, lorsque les yeux de la cliente rencontraient les siens.

Elle laissa partir la voiture dont les traites n'étaient pas payées depuis plusieurs mois, sans montrer ennui ou regrets. Il y avait au-dessus de toute chose un grand *tant pis*. Elle ne s'opposait plus au divorce, et n'avait demandé à l'avocat de Daniel qu'une seule chose : qu'on ne le rendît pas public immédiatement. Lorsque Daniel serait de retour en France avec sa nouvelle épouse, on verrait bien. Elle exposa tout cela très posément à son avocat à elle, et refusa toute pension alimentaire. Dans ces conditions, le divorce pouvait être obtenu avec un maximum de célérité.

Martine avait repris ses parties de bridge, mais ne jouait que rarement et jamais chez elle. Pour sortir, elle gardait son apparence habituelle, soignée, parfumée, et personne n'aurait pu se douter de la saleté qui régnait derrière la porte de son appartement, fermé à tout le monde. Elle ne vidait pas la boîte à ordures, ne lavait pas la vaisselle, ne changeait pas les draps… C'était sa vengeance. Sur qui s'exerçait-elle ? Personne ne pouvait la sentir. C'était, en premier lieu, pour sa propre délectation que Martine laissait les choses se dégrader, elle voulait croire que cela ferait mal aux gens s'ils le savaient, elle se cachait à elle-même que les gens s'en foutraient pas mal !

Lorsqu'elle restait chez elle des soirées entières, assise dans un coin à ne rien faire, elle se croyait rusée et secrète...

Une lettre lui était arrivée du village le jour même où elle avait eu des nouvelles de son procès : c'était fait, en moins d'un an Daniel avait obtenu le divorce et était libre d'épouser l'autre. La lettre l'attendait chez le concierge. Martine l'ouvrit dans l'ascenseur : le notaire, Me Valatte, lui annonçait la mort de sa mère, et lui demandait de se rendre à son étude pour régler les questions de la succession. La succession... Marrant ! La vieille caisse, on n'avait qu'à la brûler... Elle pensa d'abord à la baraque et ensuite à la morte. Il y avait bien dix ans qu'elle n'avait entendu parler de sa famille. Qu'était devenue la marmaille ? La grande sœur ? Aller là-bas, les rencontrer... Pourquoi pas ?

Elle devait ce soir dîner chez M'man Donzert. Martine s'assit sur le lit, sans allumer, et se mit à attendre l'heure de partir en mangeant du chocolat. Elle pouvait manger à n'importe quelle heure, n'importe quoi. Sa commode était bourrée de sucreries, de biscuits, et elle se levait la nuit pour aller chercher un bout de pain, un morceau de sucre, du fromage, une sardine... La pendule du salon dans son cadre d'osier, qui avait remplacé le tableau avec la pêcheresse nue sous son manteau, celui que Daniel avait piétiné sur les carreaux de la cuisine, sonna sept heures. Martine pouvait y aller.

Chez M'man Donzert, on l'attendait, il y avait des fleurs sur la table, ses plats préférés... On la voyait si rarement, c'était une fête que de l'avoir ! disait M. Georges. Dommage que Cécile et Pierre n'aient pas pu être des leurs, Pierre venait de signer un contrat important avec une firme étrangère, et avait

invité les représentants de cette dernière à dîner…
M'man Donzert embrassait Martine à tout bout de
champ et se forçait à la gaieté.

— M'man Donzert, aujourd'hui on pourrait
se payer une bonne pinte de larmes, si on y tenait…
— dit Martine, mangeant avec appétit du saucisson
chaud aux pommes de terre en salade. Elle sortit de
son sac la lettre du notaire et la tendit à M. Georges.

M. Georges posa sa fourchette et lut la lettre à haute
voix. Martine mangeait. M'man Donzert, dans son
dos, près de la cuisinière, s'essuyait les yeux sous ses
lunettes ; elle faisait des beignets aux pommes.

— Que Dieu ait son âme… — dit M. Georges, et il
sortit un mouchoir très blanc, pour le passer sur sa
calvitie. — Je ne l'ai pas connue, et c'était m'a-t-on dit
une grande pécheresse, mais devant l'Éternel…

— Savez-vous, monsieur Georges, interrompit
Martine, qu'on a emporté aujourd'hui mon salon en
rotin ?

M. Georges ne broncha pas :

— Comment ça ? dit-il seulement.

— Je n'ai pas pu payer les échéances… Trois
traites.

— Mais tu aurais dû nous le dire ! — s'écria M'man
Donzert, laissant là ses beignets, — on t'aurait donné
le nécessaire, voyons, Martine ! Avec tout ce que tu as
donné, mais c'est de la folie ! Une chose après
l'autre… Tu tiens à engraisser les commerçants !… A
peine as-tu laissé partir la voiture que tu recom-
mences ! J'en suis malade, malade !…

— Je n'ai pas voulu faire mentir M. Georges. Il
m'avait dans le temps prédit que je resterais avec ma
lessiveuse rouillée…

— Je n'étais pas pressé de voir ma prédiction s'ac-
complir… — M. Georges essayait de blaguer.

— Quelle lessiveuse ? grondait M'man Donzert, qu'est-ce que c'est que ces histoires ? Tu fais exprès de te rendre aussi malheureuse que possible ! Et Cécile et nous, on t'aurait donné ce qu'il te fallait… tu n'es qu'une sotte ! Passe-moi ton assiette, tu ne vois pas que les beignets sont à point ?

Martine avait menti : le salon en rotin n'avait pas bougé de son appartement, et ne l'aurait-elle pas payé qu'il serait resté là, bien trop endommagé le jour où elle avait eu sa crise… Le rotin, ça se casse facilement et ça devient très vite dégoûtant. D'ailleurs, Daniel avait payé les dernières échéances et le salon était bien à elle. Elle avait inventé cette phrase par pure méchanceté, elle savait bien que cela ferait de la peine à M. Georges et M'man Donzert…

— C'est vrai… Ils sont à point ! Je n'ai jamais su les réussir comme vous, M'man Donzert. Ce que j'ai pu bouffer ! On prend le café au salon ?

Elle se leva. M'man Donzert s'était arrêtée de remuer ses assiettes et ses casseroles et la regardait avec désapprobation :

— Tu engraisses trop…, dit-elle. Tu devrais faire un peu attention. J'ai fait une tarte, mais peut-être vaudrait-il mieux…

— Vous voulez rire ! Moi, me priver !…

Martine riait, et M'man Donzert ne dit plus rien : elle n'aimait pas cette nouvelle façon qu'elle avait de rire, Martine. Ce rire lui faisait aussitôt penser à la « maison de santé »… Pauvre Martine…

Ils passèrent au salon.

— C'est vrai que j'ai un peu engraissé, reprit Martine, ça plaît aux hommes ! Dans la rue, c'est une véritable meute derrière moi ! Jamais les hommes ne m'ont couru après comme maintenant…

M. Georges et M'man Donzert la laissaient parler…

Elles pouvaient être vraies, ces histoires, mais cela lui ressemblait si peu de les raconter et elles sonnaient si faux...

— Vous ne m'avez rien dit sur ma nouvelle coiffure, papotait Martine, n'est-ce pas qu'elle est ravissante ?

Les cheveux de Martine, coupés très court, en chien fou, faisaient des franges de tous les côtés.

— Ça te cache ton joli front, dit M. Georges, je n'aime pas cette nouvelle mode.

— Je crois que vous n'aimez que le démodé... Vous êtes un peu comme Daniel. Il cherchait le parfum des roses anciennes.

Il y eut un silence. M'man Donzert fit un effort :

— Où vas-tu pour les vacances ? Tu ne veux pas venir avec Cécile et avec nous, dans le Midi ? Pierre a loué une villa...

— Je crois qu'avec cette lettre du notaire, il me faudra tout d'abord aller au village... Et qui sait, peut-être que je m'y plairai tant que j'y retournerai pour les vacances... C'est ma petite patrie ! Il y a la baignade... Et la cabane, n'oublions pas la cabane ! Une villégiature impeccable. Non, cette histoire de succession... Il y a de quoi mourir de rire !

Martine suçait un sucre. Elle avait déjà mangé presque à elle seule la tarte et tous les sablés que M'man Donzert avait faits avec le restant de la pâte.

XXX

SPARGE, PRECOR, ROSAS
SUPRA MEA BUSTA, VIATOR

> *Passant, je t'en supplie, répands des roses sur ma tombe.*
>
> (Inscription romaine sur la tombe d'un pauvre des temps impériaux.)

Elle n'y était jamais retournée depuis qu'elle avait suivi M'man Donzert à Paris. Une dizaine d'années... Elle ne reconnaissait pas cette route, presque aussi large que l'autoroute de l'Ouest, elle qui l'avait faite pour venir à Paris, et plus tard pour aller à l'auberge *Au coin du bois*, pour aller à la ferme. Le paysage ici était un peu comme à la Porte où elle habitait, toutes les sorties de Paris se ressemblent... Des immeubles en construction ou à peine construits, neufs, blancs, très hauts et très plats, rien que l'épaisseur d'une ou deux pièces, sans cours intérieures, sans murs aveugles, ceinturés de balcons de couleurs vives, de vitres luisantes... Ils étaient posés sur tranche comme un jeu de dominos, selon la fantaisie des joueurs autour d'une table, tantôt en désordre, tantôt en rangs réguliers. On ne voyait pas encore où, comment passeraient les rues, s'ouvriraient des places, des squares... C'était un désordre tout neuf, inédit, apparent. Mais constructions et chantiers s'espaçaient et, finalement, les champs prirent le dessus, toute la place.

Le car traversa un joli patelin qui tenait de la petite ville et du village, sur un fond de collines boisées où se montraient, parmi les arbres, les tuiles orange des toits. Il y eut des virages, montées et descentes, et la plaine s'étala à nouveau sans obstacles... On roulait.

Voici l'auberge *Au coin du bois*, où avait eu lieu sa noce. Martine sortit de son sac un bonbon. L'auberge était toujours aussi pimpante avec ses baquets blancs cerclés de rouge, en rangs, au ras de la route. On ne voyait personne autour. Le car dépassa l'auberge... Ce pavillon, à côté, n'existait pas alors... pas plus que ces autres. Volets verts, toits orange... Le car roulait, grosse bête maladroite, ronflante. Les passagers, des habitués, restaient tranquilles à leurs places, ils savaient où ils en étaient, où ils allaient descendre, les noms des villages que l'on dépassait, le temps, les kilomètres... Martine ne savait rien de tout cela, et elle avait perdu l'habitude de voyager en car, toujours dans sa voiture, avec Daniel ou seule, ou avec des amis et amies... De nos jours, tout le monde a une voiture, Daniel l'avait mise dans la situation exceptionnelle de femme sans voiture. Martine sortit un autre bonbon de son sac.

La route avait depuis longtemps perdu ses airs d'autoroute et coulait modestement, une belle route sans excès, traversant des pays plongeant dans les bois, de plus en plus épais, de plus en plus hauts. C'est en bordure d'une grande forêt, où se tenait la petite ville de R..., que Martine se retrouva en pays de connaissance. L'autobus s'arrêta longuement près de la gare, se vida, et continua son chemin, à travers le centre de la ville. Voici la place avec le château historique...

J'aimerais me perdre dans les bois avec toi... D'ici, la baignade était à six kilomètres.

Chaque pierre, chaque arbre, chaque maison, changement, disparition, nouveauté, rien ne pouvait échapper ici à Martine, à sa mémoire infaillible... Elle reconnaissait et remarquait chaque détail, jusqu'aux bornes anciennes et nouvelles, à la couleur du sable d'un chemin par lequel on pouvait aller au village, à l'envergure nouvelle du plus grand tilleul du pays, aux réparations du vieux toit de la maison des Champoiselles avec des tuiles mécaniques, les aménagements de la petite ferme, sans doute achetée par des Parisiens. Le car entrait dans la profondeur humide des grands bois. Ici, on n'avait touché à rien, ici Martine était chez elle. Elle n'aurait pas pu se perdre parmi ces arbres, elle les connaissait presque un à un, les frênes, les chênes et les hêtres, et les sous-bois de fougères...

La « gendarmerie nationale » était la première maison du village. Martine croqua son bonbon, l'avala et en mit un autre dans sa bouche.

Elle reconnaissait les cahots de la rue mal pavée du village. Les maisons étaient retapées. Le *Familistère* avait une enseigne fraîchement repeinte... La *Coop*... A la place du magasin de chaussures, il y avait un quincaillier. Les fenêtres de la demoiselle des postes étaient ornées de fleurs. Une nouvelle, probablement, l'ancienne devait être à la retraite... Le village avait rajeuni, de vieilles façades disparues sous un crépi neuf... il y avait des maisons récemment bâties, une pompe à essence... La flèche grise de l'église, réparée ici et là, s'envolait au-dessus de l'échafaudage des toits bigarrés. Le car tourna péniblement à angle droit et s'arrêta sur la place. Martine descendit.

Elle fit quelques pas, tout engourdie... Fouilla ner-

veusement dans son sac pour chercher un bonbon.
Les panonceaux ovales, dorés, attributs du notaire,
étaient toujours là, au-dessus de la vieille porte
cochère. Martine traversa la place, entra sous la voûte,
poussa la porte sur laquelle on pouvait lire : ÉTUDE.

— Maître Valatte ? De la part de ?... Mais certainement ! Je vais prévenir Me Valatte..., asseyez-vous,
Madame...

Le clerc disparut derrière une porte matelassée,
pendant que les quatre dactylos jetaient à Martine des
regards en dessous... Martine portait un vaste manteau, très court, et lorsqu'elle s'était assise, croisant les
jambes, on lui voyait les genoux... ses cheveux coupés
à la dernière mode étaient tenus par un petit carré de
soie noué sous le menton... elle tapotait d'un gant
nerveux ses doigts dégantés, aux ongles parfaits,
longs, roses, nacrés. Son visage, savamment fardé,
était, bien qu'un peu bouffi, d'une grande beauté...

— Voulez-vous vous donner la peine d'entrer...

Me Valatte avait la tête toute blanche ! Lui, si brun.
Le visage encore jeune pourtant, et une recherche
vestimentaire... veston foncé, comme il se doit pour
un notaire, mais le gilet gris perle, très ajusté.

— Vous m'annoncez une « succession », maître
Valatte... De quoi s'agit-il ?

Me Valatte avançait un siège, s'installait lui-même
devant son bureau, ouvrait un dossier, le feuilletait :

— Eh bien, Madame, il s'agit d'un terrain qui a
quand même deux mille mètres carrés... Et qui vous
revient entièrement, puisque de tous les enfants
encore vivants de la défunte Marie Vénin, vous êtes la
seule légitime...

— Ah bien, fit Martine, je ne m'en doutais pas...

— C'est ainsi pourtant... Votre sœur aînée est
morte, comme vous devez le savoir.

— Non, Monsieur… je ne sais rien… Je n'avais plus aucun contact avec ma famille…

— Eh bien… votre père adoptif, Pierre Peigner, s'est tué en tombant d'un arbre… Ici, au village… On avait souvent recours à lui pour l'élagage… Malheureusement, il buvait…

— Et les petits ?

— Les petits sont depuis longtemps des grands, chère Madame. — M⁰ Valatte souriait, son œil de velours se faisait caressant. — Ceux qui sont vivants, car deux d'entre eux sont morts, de tuberculose, comme leur sœur… leur demi-sœur. L'un après l'autre… Les conditions de vie, je ne vous apprends rien… Il y en avait un qui s'est engagé dans la Légion, et les deux autres sont allés le retrouver en Algérie. Je ne saurais pas vous dire ce qu'ils y font… je suppose, la guerre. Votre mère vivait toute seule les derniers temps.

— Toujours dans la même baraque ?

— Oui, je regrette…

Martine rit d'une façon si déplacée que l'œil de M⁰ Valatte s'éteignit.

— Alors, dit Martine, qu'est-ce que je dois faire ?

— Eh bien, il y a quelques formalités à régler…

— Il y a à payer ? Parce que s'il y a à payer, je ne marche pas… Je ne veux rien débourser.

— Alors, il faudrait vendre, madame Donelle…

M⁰ Valatte n'était plus que notaire.

— Bien sûr… — Martine se leva. — Je laisse cela entre vos mains… Il n'y a pas quelque chose dans le genre d'une clef ?

— Non, Madame, j'avoue… Il ne viendrait à l'idée de personne… Je me demande d'ailleurs si une clef existe. — M⁰ Valatte ouvrait la porte :

— Vous avez votre voiture, Madame ?

— Non, je suis venue par le car.

— Si vous vouliez visiter les lieux, je suis à votre disposition pour vous y conduire…

— Vous êtes trop aimable… Ce n'est vraiment pas loin, je vais y aller à pied.

Il était tard. A l'étude, il n'y avait plus qu'une seule dactylo qui remettait la housse sur sa machine à écrire et attendait avec une impatience visible que le patron en eût fini, pour lui faire signer les lettres. Mᵉ Valatte s'inclina encore une fois :

— Je m'occupe de votre affaire, Madame… Mes hommages…

Martine suivit la rue… Le bureau de tabac où elle venait chercher des allumettes avait maintenant dans la rue des bacs en ciment garnis de fleurs. Est-ce que cette teigne de Marie-Rose y trônait toujours ? La devanture de la marchande de couleurs était aussi poussiéreuse que dans le temps. Encore une pompe à essence… Mais on a donc démoli la maisonnette du gazier ! Devant la pompe, du gazon, des fleurs, et un homme en combinaison d'un bleu vif, en train de donner de l'essence à une D.S. noire à toit blanc… Devant la maison du père Malloire, un vieillard était assis dans un fauteuil de rotin déverni… Serait-ce le père Malloire lui-même ? Son potager, au-delà de la maison, n'était pas cultivé, un rosier sauvage s'appuyait lourdement à la clôture de châtaignier qui ne tenait plus debout. Le vieux, le menton dans les mains croisées sur sa canne, suivait Martine du regard. La maison du père Malloire était la dernière du pays, après il n'y avait que les champs, et la route goudronnée remplaçait les pavés de la rue villageoise. Martine dépassa le tournant, le chemin qui menait

directement à la cabane : elle ne voulait pas l'affronter tout de suite, elle avait envie de se promener dans
sa forêt, retarder... Personne ne l'attendait, nulle
part, elle n'avait pas d'heure.

Martine s'enfonçait dans la forêt... Elle éprouvait
un soulagement comme si elle avait enlevé un corset
serré, elle respirait de toute sa peau, de la poitrine,
du ventre, elle était le poisson qui a retrouvé l'eau.
Pour la première fois depuis l'annonce faite par
Daniel, elle sentait quelque chose en dehors de l'intolérable. Elle essaya de faire des moulinets avec les
bras, remua les épaules, le cou... Tout fonctionnait.
Les parfums de la forêt venaient au-devant d'elle, les
mousses cédaient obligeamment sous ses pas et se
remettaient en place comme le caoutchouc-mousse
de l'Institut de beauté... Les yeux fureteurs de
Martine cherchaient machinalement, à droite et à
gauche, ce qui pouvait y pousser à cette époque de
l'année... violettes, muguets... Voici la clairière
qu'elle savait détrempée à toutes les époques de l'année, même en plein été. Assise sur une grosse pierre
posée là comme dans un opéra, au pied d'un
immense peuplier garni de gui, elle regardait la surface verte, d'un vert pas naturel, chimique, vénéneux,
les herbes gorgées d'eau recouvrant le marécage, traî-
tresses... S'enliser là-dedans... La pire des morts
lentes. On s'enfonce, on s'enfonce indéfiniment, et,
tout autour, rien de dur, de stable, à quoi s'accrocher,
s'appuyer... en dessous, cela vous tire, vous tire par
les pieds... la bouche s'enfonce, le nez s'enfonce, les
yeux... Un cadavre debout s'enfonce, s'enfonce.
Martine renversa la tête. Le ciel était bleu et les trou-
peaux de moutons blancs et frisés y paissaient en paix.
Martine se leva et tout de suite obliqua de côté, cherchant la terre ferme... Les grands sapins, les aiguilles

jonchant la terre, vernies et brillantes comme un parquet *vitrifié*, inusable. Oh! une coupe... Martine sentit un vide dans la tête et pressa le pas dans la direction de la nationale qu'on voyait très bien maintenant
que les arbres étaient abattus... Elle marchait entre
les souches toutes fraîches, saignantes. Devant elle,
sur la route, filaient des voitures. Un petit fossé, et la
voilà sur le bord de la nationale... Ah, mais elle a dou-
blé de largeur! Les voitures se suivaient dans les deux
sens... Bjik... bjik... faisaient-elles au passage.

Martine marchait sur le bas-côté, déplacée comme
le serait un promeneur le long des rails du métro. De
son temps, c'était une route ordinaire où les gars du
village allaient faire de la vitesse sur leur vélo. Elle
marcherait jusqu'à l'hostellerie et, de là, prendrait le
chemin direct pour la cabane. Si l'hostellerie était
toujours là.

Elle était toujours là. Trop tôt encore pour le « poulet à l'estragon », sans quoi Martine se le serait bien
payé. Elle s'approcha, côté forêt, de ce treillage à travers lequel, autrefois, elle avait regardé les gens s'em-
piffrer... Les rosiers grimpants sur le treillage
n'avaient encore que des feuilles tendres et des
grappes de boutons. Martine regardait les garçons en
veste blanche qui finissaient de mettre le couvert. Des
gens arrivaient, des pas crissaient... « Il fera bon, ce
soir, disait le garçon, mais si vous préférez la terrasse,
ou, à l'intérieur... » Elle sera toujours celle qui
regarde vivre les autres, sans qu'ils s'en doutent,
comme une voleuse. Une pie noire et voleuse.

Martine fit le tour et se présenta à l'entrée de l'hostellerie, côté route. Il y avait déjà plusieurs voitures
devant, et du monde sur la terrasse. Martine traversa
le restaurant et se hissa sur un tabouret du bar, au
fond. Ici, il n'y avait encore personne, la salle entière

attendait, parée, fleurie... Comme c'était joli... encore des meubles en rotin, et plus beaux que les siens... et les appliques ! ces mains noires tenant des flambeaux... Dans l'immense cheminée, des poulets tournaient sur des broches au-dessus d'un feu rougeoyant... Des branches de prunus, roses, délicates, dans des vases énormes... des tulipes, des jacinthes sur toutes les tables...

Le chasseur regarda Martine avec curiosité, lorsqu'elle lui dit qu'elle n'avait pas de voiture, et la suivit du regard jusqu'à ce que l'arrivée d'une voiture lui eût rappelé ses obligations. Martine s'éloignait sur le bas-côté de la grande route, les voitures la frôlaient presque et elle se tordait les pieds : ici, il n'y avait rien de prévu pour les piétons. Le jour baissait, Martine prit un raccourci pour gagner le chemin de la cabane, derrière le rideau d'arbres.

Le crépuscule s'épaississait, sur le point de devenir nuit. De loin, Martine distingua devant la cabane un camion penché de côté. Elle s'approcha, contourna le camion : derrière la haie de broussailles, la palissade renversée, c'était comme une poubelle sans couvercle, qui débordait... Un grand silence. Martine cherchait des yeux le conducteur du camion : personne. Elle sentait la nuit la cerner, le brouillard, comme une fumée épaisse laissée par un train depuis longtemps passé, lui brouillait la vue. Il n'y avait pas trace de passage vers la porte de la cabane, comme si c'était une tombe oubliée. Martine s'engagea sur ce terrain à décharge, trébucha sur une chaîne qui cogna contre quelque chose de métallique et de sonore... Il n'y avait pas de chien au bout, il n'y eut pas d'aboiements... mais dans la porte de la cabane avait apparu un homme : un peu courbé, comme une cariatide, il semblait tenir sur ses épaules cette niche

à chien, pourrie, et, immobile, regardait venir
Martine. Elle s'approcha, s'arrêta devant lui…
L'homme était très grand, il portait sur ses muscles un
pantalon bleu, un maillot de corps à larges mailles, et
des bottes en caoutchouc. On pouvait encore voir que
ses yeux étaient d'un bleu très clair, des yeux d'em-
pereur… il n'était pas rasé… La cariatide s'avança, se
redressa, déploya ses épaules… fit entendre sa voix :

— Qu'est-ce que vous voulez ?

— Je suis chez moi… dit Martine.

L'homme la regardait intensément :

— La fille à Marie ?

— Oui…

— Ah ! en ce cas… A vous la place. Je vais vous dire
une chose : vous êtes peut-être sa fille, mais vous ne
la pleurerez jamais autant que moi.

— Alors… venez m'aider à la pleurer.

Martine passa devant, entra dans la cabane. Il y faisait complètement noir, et il y avait un remue-ménage
à faire tomber ses murs pourris.

— Les rats… — dit l'homme derrière Martine, et
il alluma un briquet. — Bon, il y a encore du pétrole
dans la suspension. Des régiments de rats… Ce sont
les provisions de Marie qui les attirent, des pommes
de terre, la farine… les derniers temps, elle n'allait
plus au village, elle était trop malade… Sans moi, que
serait-elle devenue, Marie ! Personne ne se dérangeait
pour elle. Et moi, je n'étais pas toujours là… quand
on est routier, c'est comme si on était dans la
marine… C'est l'absence, la séparation. Mon chemin
ne passait pas toujours par ici. Ma pauvre Marie !
J'arrive, je ne trouve personne… C'est au pays qu'on
m'a appris… Morte et enterrée… Et me voilà seul !

L'homme baissa la tête, et des larmes, de grosses
gouttes tombèrent sur la table, sous la suspension, où

ils s'étaient assis tous les deux. Les rats ne semblaient pas être gênés par leur présence. L'énorme botte de l'homme s'abattit sur l'un d'entre eux... Il se leva, attrapa le rat par la queue, alla le jeter dehors et revint s'asseoir en face de Martine.

— Ma mère avait quarante-huit ans, dit-elle.

— Et alors? Ce n'est pas un âge. A quarante-huit ans on sait ce que c'est que l'amour. On s'aimait nous deux, quand moi je n'en ai que trente. Et je l'aurais aimée jusqu'à ma mort.

Un rat courait sur la table. L'homme l'abattit du poing et balaya le cadavre par terre.

— Quand ils sont nombreux comme ça, dit-il, il faut s'en méfier, des fois ils passent à l'attaque. Je vais aller chercher une bouteille dans le camion. Venez avec moi, les femmes n'aiment pas la compagnie des rats... Du moment que vous êtes la fille à Marie, on est comme qui dirait parents. Je suis content de vous avoir rencontrée, on partage le chagrin... Vous pouvez être tranquille, personne ne l'aura aimée comme moi.

L'homme aida Martine à grimper dans le camion, par-derrière. Il y faisait noir et cela sentait l'essence...

— Asseyez-vous, par là...

L'homme guida Martine, et elle tomba sur quelque chose de rembourré : un siège d'auto, à ressorts...

— Si quelqu'un m'avait dit, il y a encore un an, que moi, Bébert, j'aimerais une femme comme j'ai aimé Marie, je lui aurais ri au nez... Moi, les femmes, je les emmerdais toutes, sauf votre respect, ce n'est bon qu'à être employé une fois et jeté. C'est plutôt des putains qu'autre chose... Marie, elle, comprenait qu'un homme avait besoin d'être plaint.

Bébert parlait, fourrageant dans le noir... Martine voyait sa silhouette dans le rectangle arrière du camion, clair. Le voilà qui débouche une bouteille, qui verse un verre...

— Tenez... — Il tendait le verre à Martine.

— Dites donc, fit-elle, manquant d'étouffer, c'est de la gnole !

— Bien sûr ! — Bébert riait. — Eh bien, si quelqu'un m'avait dit que je pourrais rire aujourd'hui ! Je vais sortir mon casse-croûte...

— Je n'y vois pas...

— Attendez, on va illuminer... — Bébert alluma la bougie d'une lanterne et la suspendit sous le toit du camion. — Marie, elle aimait faire l'amour ici, avec cette lumière.

— Dites, c'était ma mère...

— Et alors ? L'amour, c'est sacré... Dire que jamais, jamais plus...

Et soudain, Bébert, laissant tomber le pain et le couteau, s'affala sur le ventre, et des sanglots secouèrent son corps géant.

— Allons, Bébert... — Martine passa une main légère sur les épaules nues de l'homme. — Est-ce que je pleure, moi ?

Bébert se ramassa, s'assit aux pieds de Martine et posa la tête sur ses genoux. Il pleurait encore un peu.

— J'ai pas chialé comme ça depuis que j'ai perdu le match de boxe contre Martinet... On n'était que des amateurs, mais on avait son orgueil, pas ?... Tu t'appelles Martine, hein, petite ? La Marie, elle aimait rêver de toi, elle disait, ma petite, elle pète dans de la soie à l'heure qu'il est, et sûr qu'elle pense à moi, à sa mère, elle doit se souvenir que je lui faisais une petite place dans mon lit... et comme je la grondais des fois... Si la Marie nous voit de là-haut, elle doit être heureuse avec ses cheveux comme des fils d'or sur l'arbre de Noël. Toi, t'es brune, t'es noire comme une hirondelle.

- Comme une pie...

— Non, une pie, c'est bavard, et toi, tu ne dis rien.

Il entoura les jambes de Martine de ses bras durs, durs...

— La petiote à ma Marie, disait-il, Martine sa pré-férée, la petite-perdue-dans-les-bois...

— Elle t'a dit?

— Oui... Comme on t'a cherchée, tout le monde, tout le village, et comme on t'a trouvée sous un arbre, dormant comme un petit ange, et comme t'as tendu les bras au garde forestier et tu as ri, pas effrayée, contente... La petite préférée à Marie... N'attrape pas froid, il commence à faire frais... — Il prit une cou-verture et la mit sur les épaules de Martine : — Et puis, viens, tu seras mieux là-bas... Dans le coin... Quand on voyage à deux, c'est ici qu'on dort pendant que l'autre conduit. Laisse-toi aller...

Martine se laissa aller sur un matelas. Bébert se mit à côté d'elle, l'entoura de ses bras... Il pleurait à nou-veau, murmurait des mots sans suite, l'embrassait, la caressait. Voilà, voilà son destin dément... Elle qui n'a été qu'à un seul homme ! Était-ce la nuit survenue, ou la mort... le couvercle de sa tombe s'abattait sur elle.

Au petit jour, elle vit le visage de Bébert au-dessus du sien, il parlait :

— Martine, il faut que je parte... Je perdrais mon boulot, si je n'allais pas prendre le chargement... Je reviens dans huit jours... Mardi, tu m'entends, Martine? Mardi en huit... Tu seras là, tu me le pro-mets? Jure-moi que tu viendras?

— C'est promis... dit Martine.

Bébert la prit dans ses bras de fer, la descendit du camion et la déposa sous un arbre, face à la cabane.

— Ne retourne pas à la cabane, lui recom-
manda-t-il, c'est un cauchemar là-dedans… La pro-
chaine fois, je t'emmènerai d'ici. Tu verras, je gagne
bien ma vie, je te rendrai heureuse… Ne retourne pas
à la cabane. Finis de dormir et rentre chez toi, à Paris.
Je te donne rendez-vous ici, dans huit jours… Fais de
moi ce que tu veux, mais viens ! Sinon, gare à toi !

Il remonta dans le camion. Martine n'ouvrait pas
les yeux, elle entendit seulement le bruit démesuré du
camion qui démarrait.

Elle se débarrassa de la couverture dont Bébert
l'avait enveloppée. Le monde était là, nettoyé par la
nuit, calmé, rajeuni. Tout allait recommencer avec le
soleil, il faudrait prendre le car… il y aurait les doigts
des dames et les traites… Martine se leva et traîna son
corps endolori jusqu'à la cabane, en face. Se retrouver ici… Elle regardait le lit, le buffet, la table… Le
jour avait du mal à passer par les vitres sales, mais les
rats se tenaient tranquilles. Il faisait plus froid que
dehors, humide : d'un geste retrouvé, Martine tira un
fagot de derrière la cuisinière… les allumettes étaient
par là… elle attendait que les fagots prennent bien
pour ajouter les petites bûches… puis elle sortit
prendre de l'eau au puits. L'eau qu'elle ramena dans
un seau était d'un froid propre, transparent. Il devait
y avoir dans le buffet de la menthe ou du tilleul… il
y en avait toujours eu.

Il y en avait. L'eau bouillait. Du revers de la main,
Martine nettoya la table, y posa un bol, sucra sa
menthe d'un bonbon… Elle était chez elle… Après
tout, elle pouvait attendre Bébert ici. Ici où sa mère a
été heureuse avec tant d'hommes, un seul suffira à
son malheur à elle. L'amour, quand ce n'était pas
celui de Daniel, était le plus violent, le plus atroce des
poisons. Le crochet de la suspension était toujours là,

mais se pendre devenait inutile : Bébert ferait l'affaire.

Elle se mit à l'attendre.

Huit jours plus tard, un camion fou traversait le village, accompagné de cris, de hurlements… Miracle
qu'il n'ait tué personne, ni accroché une voiture ! Le
camion s'arrêta devant la Gendarmerie Nationale, le
conducteur sauta de sa cabine et entra d'un bond
dans la pièce où deux gendarmes, avant de se mettre
à table, faisaient une belote…

— Dans la cabane à Marie Vénin… dit-il, il faut y
aller…

Ses yeux bleus étaient injectés de sang, la sueur lui
collait les cheveux au crâne, les muscles du corps tres-
saillaient comme la peau d'un cheval agacé par les
mouches.

— Qu'est-ce qu'il s'y passe ? demandaient les gendarmes bouclant leurs ceinturons, un accident, un
crime ?

— Les rats ! cria l'homme, les rats ont dévoré la
fille à Marie… Ils ont dû l'attaquer en masse… C'est
plus qu'une charogne ! Elle n'a plus de visage…

Il sortit en deux enjambées, sauta dans le camion,
démarra…

Les gendarmes enfourchaient leurs bicyclettes.

C'est en 1958 qu'est apparue sur le marché la rose
parfumée *Martine Donelle* : elle a le parfum inégalable
de la rose ancienne, la forme et la couleur d'une rose
moderne. Avec les félicitations du jury.

Paris, 1957-1958.

DU MÊME AUTEUR

Aux Éditions Gallimard

LE RENDEZ-VOUS DES ÉTRANGERS

LE MONUMENT (Folio n° 862)

ROSES À CRÉDIT, *L'âge de nylon I* (Folio n° 183)

LUNA-PARK, *L'âge de nylon II* (Folio n° 358)

« ELSA TRIOLET CHOISIE PAR ARAGON ». Choix de textes

LES MANIGANCES, *Journal d'une égoïste* (Folio n° 235)

L'ÂME, *L'âge de nylon III* (Folio n° 306)

LE GRAND JAMAIS (Folio n° 970)

ÉCOUTEZ-VOIR

LE ROSSIGNOL SE TAIT À L'AUBE (Folio n° 256)

LE CHEVAL BLANC, précédé de *Préface à une « Vie de Michel Vigaud »* (Folio n° 48)

LE CHEVAL ROUX

LE PREMIER ACCROC COÛTE DEUX CENTS FRANCS (Folio n° 371)

FRAISE-DES-BOIS. Préambule d'Aragon

CAMOUFLAGE

BONSOIR THÉRÈSE

L'INSPECTEUR DES RUINES (Folio n° 1070)

CHRONIQUES THÉÂTRALES, *Les Lettres françaises (1948-1951)*

MILLE REGRETS (Folio n° 1274)

LES AMANTS D'AVIGNON. Nouvelle extraite du recueil *Le premier accroc coûte deux cents francs* (Folio 2 € n° 4521)

Avec Louis Aragon et Jean Paulhan
« LE TEMPS TRAVERSÉ », *Correspondance (1920-1964)*, Les Cahiers de la NRF
Avec Lili Brik
CORRESPONDANCE *(1921-1970)*, Hors série Littérature

Chez d'autres éditeurs

MILLE REGRETS, Denoël
LE PREMIER ACCROC COÛTE DEUX CENTS FRANCS, Denoël
ÉCRITS INTIMES, Stock
LE MYTHE DE LA BARONNE MÉLANIE, Ides et Calendes
CE N'ÉTAIT QU'UN PASSAGE DE LIGNE, Le Temps des cerises

COLLECTION FOLIO

Dernières parutions

Impression Maury-Imprimeur
45330 Malesherbes
le 27 mai 2016.
Dépôt légal : mai 2016.
1er dépôt légal dans la collection : novembre 1972.
Numéro d'imprimeur : 209457.

ISBN 978-2-07-036183-0. / Imprimé en France.